奈良監獄から脱獄せよ

和泉 桂
Izumi Katsura

幻冬舎

奈良監獄から脱獄せよ

奈良監獄 見取り図

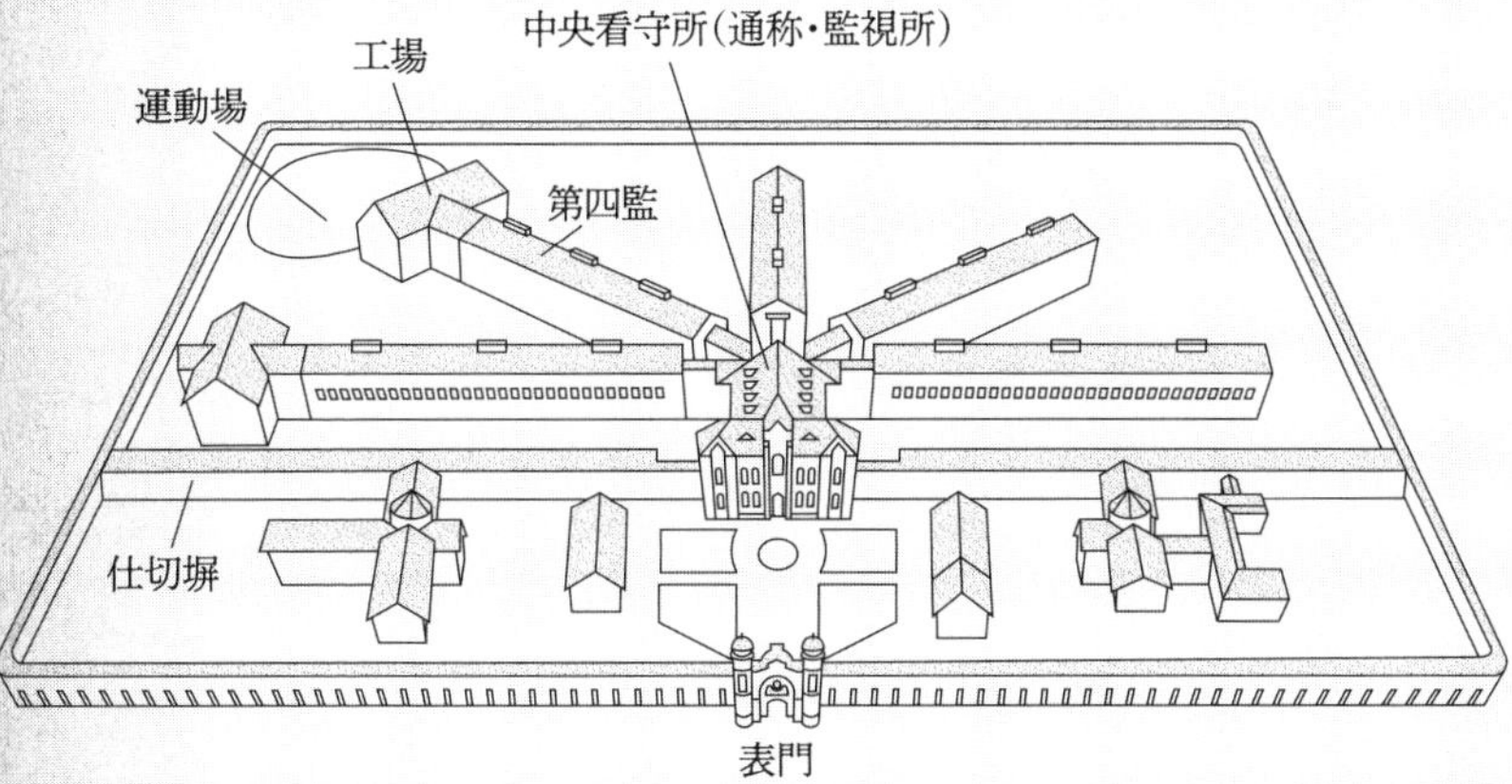
中央看守所（通称・監視所）
工場
運動場
第四監
仕切塀
表門

目次

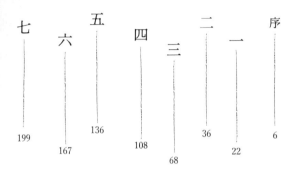

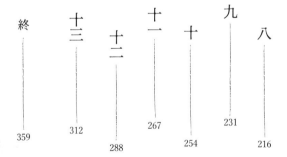

序

抜けるような青空に、白い雲がいくつもぽつぽつと浮いている。後ろの席の清子《きよこ》ちゃんが、ふわふわの綿菓子のようで美味《おい》しそうだと言っていたのを思い出して、ぷっと噴き出してしまう。お弁当を食べたばかりだったのに、頷《うなず》いてしまったわたしも十分に食いしん坊だった。

良妻賢母を育てるこの橘《たちばな》樹高等女学校に入って三度目の春は、とても退屈でぬるま湯の中に浸かっているみたいだった。

進学してよかったところは、このセーラー服くらいしかないかもしれない。

女学生ならば袴《はかま》にブーツも素敵だけれど、この大きな襟とリボンが可愛らしくて、わたしのお気に入りだ。ごくたまにほかの女学校の生徒とすれ違うと、たいてい、羨望の目で見られる。

制服以外は、学校生活は窮屈そのもの。

校則が厳しくてお友達同士で活動写真に行くこともできないし、カフェーに立ち寄るなんてもってのほか。おまけに女学校は町外れにあり、電車もバスも一時間に一本しかない。

徒歩で通える生徒は少なく、放課後になると潮が引くように生徒たちがいなくなってしまう。

帰れば縫い物やら何やらを手伝わなくてはならないので、こうしていつも学校でぐずぐずしていた。

誰もいない学舎は、時間ごと凍りついたみたいだ。

わたしが世界を独り占めしているようで、どきどきしてしまう。

以前、それを同級生に言ったら「寧子《やすこ》さん、いいところのお嬢さんなのに変わってるわね」と返されたので、誰にも言わないことにしている。そもそも、家柄とわたしの性格には何の関係もないのに、あの子の主張のほうが風変わりだった。

図書室で借りた本を返してから、昇降口へ行く。

進級のお祝いに新調してもらったぴかぴかの革靴と、アイロンをかけたばかりの紺色のスカート。

下足箱で履き替えてくるりと一回転すると、想像どおりにスカートのひだが広がって綺麗な円を描いた。

もう一回。

結局、くるくると三度回転したところで、わたしは誰かが校庭に向かうのに気づいた。

わたし以外にも、学校に居残り中の変わり者がいるのは意外だった。

どうせなら変わり者になり切ってみようと、わたしはその影を追いかけた。

とはいえ、すぐに相手が生徒でないのはわかった。洋装でズボンを身につけているのは担任の先生だと思うけれど、校庭の植え込みに用事があるなんて、いったい何かしら？

そろそろとくぬぎの木の下に近づくと、そこにはやっぱり先生が立っていた。

弓削朋久《ゆげともひさ》先生。

わたしたちの担任で、数学の教師でもある。出身は神奈川県で、奈良には詳しくないらしい。遠足のときも、若草山《わかくさやま》の頂上から見える煉瓦《れんが》造りの監獄を知らなかったくらいだ。髪の毛をさっぱりと切り揃え、眼鏡をかけているせいでとても真面目に見える。

「先生」

彼は動かなかった。

「何をしているんですか？」

わたしが思い切って尋ねてみても、弓削先生の返事はなかった。

聞こえなかったのかなと、わたしはもう一度「弓削先生」と呼んでみた。

「聞こえてますよ」

いつもと同じ、不思議と冷えた口調だった。

橘樹高等女学校はキリスト教系の私立校で、このあたりでも名の知れた家の子ばかりが集まっている。進歩的な教育を謳《うた》っているけれど、師範学校や実科高校のように手に職をつけたい生徒はいなくて、ほとんどの生徒は卒業したらお嫁に行くのが決まっている。

わたしがここに進学したのは、お父様が熱心なクリスチャンだからだ。

今年の春にやって来た弓削先生は、教師の中でも最年少だった。京都帝大卒の立派な肩書きはさておき、女学校に若い男性教師なんてと、着任するときは反対の意見もあったらしい。

なのに、去年代替わりした理事長はここをただの花嫁学校にしたくないそうで、優秀な先生は学校全体の刺激になるからと、周囲の反対を押し切ったのだとか。

——僕は数学を教えます。わからないことがあったら、質問してください。

端整な細面の弓削先生がそう言った瞬間、数学なんて興味がないはずの同級生でさえもざわめいた。

はしたないけれど、わたしも心臓を高鳴らせた一人だった。

けれども、年上の男性に憧れるわたしたちの気持ちとは裏腹に、弓削先生は素っ気なくて、まさに数学にしか興味がないようだった。

朝は出欠を取る以外は連絡事項の伝達のみで、日常会話はいっさいない。おかげで、先生が休日に何をしているかは不明だった。

質問だって、先生が答えてくれるのは数学についてだけだった。個人的な質問は、まったく取り合ってくれない。猫と犬のどちらが好きかというふざけた問いかけにも、興味なさそうにため息をついて終わった。

わたしには、そういう素っ気なさが新鮮だった。

「先生、木に何かいるんですか?」

弓削先生を見るたびに、わたしは半跏思惟像《はんかしいぞう》を思い出してしまう。

膝の上に片足を乗せて考え込む、独特の仏像だ。

先生はこの世界ではないところに思いを馳せているようで、わたしはいつも、先生が何を目にしているのか気になってしまうのだった。

「いえ、何でもありません。小笠原《おがさわら》さんも早く帰りなさい」

「えっ!? わたしの名前、知ってたんですか?」

特に目立つわけでもないし、成績だって普通で、質問一つした経験がないわたしのことを? 振り返った弓削先生は、何を馬鹿なとでも言いたげな顔になった。

「これでも、担任ですよ」

「すみません……」

ふと、ぴいぴいというさえずりが耳に飛び込んできて、わたしは思わず頭上を見上げる。

枝と枝の陰になってわからなかったけれど、小鳥の巣があるみたいだ。

確か、校庭の隅にある倉庫の前に、用務員が雑用に使う木箱が置いてある。あれに乗れば、木の上も見えるかもしれない。

「何の鳥ですか?」

「さあ」

それでも少しだけ、先生のまなざしが和らいだ気がする。先生のそんな顔を見るのは初めてで、なぜだか心臓が痛くなってきた。

「痛い……」

「え？」

振り返った先生の視線に、今度は何も言えなくなる。わたしは「ご機嫌よう」とだけ言って、校門に向かって走りだした。

どうしてだか、胸が痛い。こんなのは、初めてだ。わたしは病気なのかしら？

校門をくぐろうとして、わたしはふと足を止める。そこには、蒼白い顔をした同級生が佇《たたず》んでいたからだ。

「谷本《たにもと》さん？」

「あら、小笠原さん。お久しぶりね」

月曜日からずっと休んでいた級友は、にこりと無理やりに笑った。

「もうお元気になったの？」

「わたくし、今日で学校をやめることになったの。それで、ご挨拶に」

「今日!?　どうなさったの？」

「結婚が早まるのよ」

谷本さんが目を伏せたので、長い睫毛《まつげ》の影が彼女の白い頰の上に落ちた。

「それは……おめでとうございます」

残念だわと言いかけて、わたしは慌てて言い換えた。

谷本さんは成績優秀で、クラスでも常に一番か二番を守っている。そんな彼女でさえも、途中で勉学を諦めなくてはいけないのだ。

「小笠原さんも、婚約なさっているのよね?」

「ええ」

「…………」

彼女は一瞬、何かを呑み込んだように見えた。

「皆さんによろしく。ご機嫌よう」

「ご機嫌よう」

級友が結婚を理由に学校をやめるのは、そこまで珍しい話ではない。

わたしも婚約者がいて、卒業したらすぐに結婚する予定だった。一度だけ会った年上の大学生で、建築家を目指して勉学に励んでいる。

来年には家庭に入り、わたしは夫のために美味しい料理を作る。お母様のように真面目に品行方正に暮らし、スカートをくるりと回すこともないだろう。

それはおそらく幸せだけれど、今よりもずっと退屈に違いなかった。


意外にも、小鳥の巣に気づいているのはわたしと弓削先生だけのようだ。

つまり、これは二人だけの秘密。

そう考えてどきどきしたけれど、弓削先生は何とも思っていないだろう。小鳥の巣の存在を隠しているわけではないみたいで、暇なときは大っぴらに見に行っているらしい。窓際のわたしの席から、先生が巣を眺めているところが時折見えた。

小鳥は日々成長し、大きくなっているようだ。わたしが精いっぱい背伸びをすると、首を伸ばして餌を待つ雛鳥《ひなどり》たちのくちばしが見えるようになってきた。

あとどれくらいで、あの子たちは巣立つのかしら？

数学の授業中、わたしは弓削先生の指を眺めながら、彼らに思いを馳せる。

そのときだ。

何か黒いものが、ガラスの外を横切った気がした。さりげなく視線を向けると、それは大きな一羽の鴉《からす》だった。

鴉は真っ直ぐにあのくぬぎの木に向かい、近くの木に留《と》まると不気味な声で鳴いた。

もしかしたら、雛鳥を狙っているのかもしれない。

どうしよう。

親鳥がそばにいても、鴉とでは勝負になるはずがない。このままでは、雛たちが襲われてしまうかもしれない……。

せっかくここまで大きくなったのに。先生が見守ってきたのに。

今すぐにでも走りだしたい気持ちを抑えて、わたしは唇を噛《か》む。

「それで、この交点を線で結びます」

声を上げる代わりに、わたしは弓削先生を凝視した。わたしではだめでも、先生なら何とかしてくれるかもしれない。

先生、こっちを見て。

祈るような思いを抱いていると、弓削先生はわたしに視線を向けた。わたしが視線を外さずに指だけで窓の方向を指すと、先生はつられたようにそちらを見やった。

「そして反対側の……」

唐突に、先生の声が途切れる。外の光を受けて、先生の眼鏡のレンズがちかっと光った気がした。

「先生!?」

声が上がったのは、突然、弓削先生が廊下へ飛び出してしまったからだ。

「どうかなさったの?」

「まあ……」

皆が慌てた様子であたりを見回すが、わたしだけが先生の行く先を知っている。

けれども、それを口に出すのは憚《はばか》られたし、皆に秘密を知られるのは嫌だった。

このことは、わたしだけの宝物にしたい。

先生はいつも冷たいけれど、大事なものに対してはとてもあたたかい。

わかりづらくても、本当はすごく優しい人なんだ。

そう悟った瞬間から、わたしの中で先生は特別になったのだ。


小鳥が巣立つまでのあいだ、わたしたちは何度かあの木の下で鉢合わせになった。

あと数日だと思うけれど、お別れが待ち遠しいような、淋しいような、そんな気分だった。

複雑な気持ちで家に帰ったその日、お父様が改まった顔でわたしを呼んだ。

「寧子、ここに」

「何ですか？」

居間に腰を下ろしたわたしは、着物姿のお父様をじっと見つめる。

「先方の都合で、おまえの嫁入りを早めてほしいというんだ。卒業まで待ってくださるということだったが、おまえも支度があるし、学校は今月いっぱいでやめなさい」

「あと一年です！」

口答えめいた言葉を発してから、わたしは頬を染めた。

「仕方ないだろう？　太郎《たろう》君の母君が体調を崩されて、不便だそうなんだよ」

「……わたしは」

そこでわたしはいったん口籠もった。

「もう少し勉強をしたいんです」

「女が勉学なんかして、何になる？　茶も花も満足にできないくせに。それなら料理の一つでも覚えたらどうだ」

かっと胃の奥が熱くなった。

わたしはお母様を振り返ったが、お茶を淹《い》れているらしく背を向けたままだった。聞こえているくせに。

「だって」

「寧子さん」

やっとお母様が口を開いたが、「向こうは困ってらっしゃるのよ」と言い添えただけだった。

わたしは女中になりたいわけじゃない。

一度家庭に入ったら、勉強の機会なんて二度とないはずだ。

それもまた、幸せな一生かもしれない。けれども、わたしは生まれて初めて勉強が楽しいと思えるようになっていた。

わたしたちは、まるで蚕《かいこ》だ。繭《まゆ》に閉じ込められ、羽化を許されずに茹《ゆ》でられて死んでしまう。何も見えないまま。

恵まれた人生だとわかっていても、それでも、わたしには苦しかった。

その夜、わたしは初めてお父様以外の男の人に宛てて手紙を書いた。

宛先は、弓削先生だった。

先生に、お父様を説得してもらえないだろうか。帝大出の偉い先生なのだから、お父様だって心を動かされるかもしれない。

だって、担任の先生だもの。わたしたちの人生を案じてくれているはず。

興奮していたせいか、布団に入ってからもわたしはちっとも眠れなかった。


翌日、放課後にくぬぎの下で顔を合わせた弓削先生に、わたしは「これ」と封筒を差し出した。

「何ですか？」

「手紙です」

「学校を休むのですか？」

欠席届か何かかと思ったらしく、弓削先生は眼鏡を少し持ち上げて尋ねた。

「いえ、先生に宛てた個人的な手紙です」

「でしたら、読めません」

弓削先生は相変わらずの淡々とした口ぶりだった。

「え？」

「それを受け取ることは、できません。持って帰ってください」

「特別な意味は、ありません」

それは恋文ではなかった。

わたしは学校をやめたくない。やめさせてほしくない。だから、先生にどうにかしてほしくて。

もう少し、先生のそばに——ううん、学校にいたい。

それだけをしたためた、わたしなりの決意表明だった。

「それでも、僕が教師である以上は、君からの個人的なものは何も受け取れません」

「…………」

わたしたちは、仲間だと思っていた。教師と生徒ではあるけれど、小鳥たちの巣立ちを見つめる仲間だと。

だけど、わたしが間違っていた。

何もなかった。

先生とのあいだには、何も。

わたしが言い訳を考えながら何とか笑うのを、先生はどこか気まずそうに、そしてどこか眩しそうに眺めていた。

なぜそんな視線を向けられるのか、わたしにはわからなかった。

ご機嫌ようと挨拶をしなくてはいけないのに、言葉が出てこない。

わたしはよろめくような足取りで、歩きだした。

家に帰ったわたしは、食事を食べたくないと言ってお母様を心配させた。

食欲はないし、そのうえ、どうしても眠れなかった。

どうしてこんなに悲しいのか、布団に潜り込んで考えているうちにやっと思い当たった。

わたしは振られてしまったんだ。

全然、気づいていなかったけれど、先生のことを好きだったんだ。

あれはやっぱり、恋文だったのだろう。

勉強も、恋も、何一つ叶《かな》わない——何も。

この先、わたしは蛹《さなぎ》のまま、羽化できずに死んでいくのだ。

たまらなくなって、わたしは起きだして机に向かう。

封筒と便箋を取り出し、宛名には『弓削朋久先生』としたためた。

これが、わたしの人生の最後の手紙になる。

長いことかかって文面をまとめたあと、わたしはもう一度、制服に着替えた。

そして、こっそり家を抜け出す。

最後に目指したのは、女学校だった。

門に鍵はかかっていたけれど、わたしにだってこの程度の塀を乗り越える才覚くらいある。

しらじらとした月明かりに照らされた校庭は、どこか寒々しかった。

あのくぬぎを目指して、わたしは歩を速める。

ちっちっと舌を鳴らして呼んでみたが、鳴き声は聞こえない。

寝ているのだろうか。

ううん、きっと、小鳥はもういないのだろう。

あの子たちは、わたしとは違って自由だった。

生まれ変わりを信じてはいないけれど、もし、それが許されるなら小鳥がいいな。

ほんの一瞬であっても、先生に見つめてもらえるもの。

思ったとおり、倉庫の前には木箱が放置されていた。両手で抱えてそれを運び、あの木の下に置く。

わたしは持っていた腰紐を結わえて長くすると、木箱の上に乗り、その端を上に向けて放り投げる。何度か失敗したけれど、太い枝に上手《うま》く引っかかった。数回それを繰り返して、木に巻きつけて輪を作った。

「うん」

ぐっと引っ張ってみても、折れる様子はなく、解《ほど》けなかった。

わたしはその場で、くるりと一回転してみる。

月明かりの下で、スカートが綺麗な円を描いた。

弓削先生だったら、これは完全な円ではなくて三百六十角形とか言うのかしら？

先生を思い出すと少し楽しくなって、わたしは小さく笑う。

怖いのは、先生に会えなくなることではないの。

この気持ちが、繭の中に閉じ込められたまま、なかったことにされてしまう。それが嫌なの。

「先生、ご機嫌よう」

わたしはできあがった輪に首を入れ、木箱を力強く蹴った。

一

僕は数字が好きだ。

数学が好きだ、と言い換えてもいい。当然、一番好きな科目は数学だ。

大学でも数学を専攻したが、そこで僕は初めて、自分はただの数学好きであって突出した才能があるわけではないのだと自覚した。

本物の天才や秀才に揉まれて、ようやく、努力では埋まらない差と自分の能力の限界を理解したのだ。

数学者になれるような煌《きら》めく才能には恵まれていないことを認識し、恩師のつてで数学教師の職を得た。教師は雑務が多いが、日々数学に触れられるので苦にならなかった。

何もない週末、僕は住まいのある奈良から京都へ向かった。書店をはしごして最後に三条《さんじょう》通麩屋町《どおりふやちょう》の『丸善《まるぜん》』を訪れた僕は、時間をかけて二冊の洋書の数学の本を吟味した。京都の丸善は、僕の暮らす奈良の書店とは品揃えがまったく違う。語学はそこまで得意でなかったものの、数式ならば意味がわかる。これで二か月は楽しめるだろう。

さすがにここは京都でも指折りの大きな書店だけあり、ひっきりなしに客が出入りしている。

ステッキを突いた紳士、古ぼけた学帽を被った大学生、舶来の絵本を選ぶ親子連れ。

ガラス越しにちらりと外を見たところ、もう薄暗い。念のため時計に視線をやると、そろそろ帰らなくてはならない時間だった。

「大福《だいふく》？　おまえ、えっと、弓削じゃないか！」

声をかけてきたのは、大学生のときに同じ寮で過ごした大野《おおの》――だと思う。昔と変わらない書生スタイルのおかげで、何となく思い出した。モダンさの欠片《かけら》もない服装は、いかにも彼らしい。

何よりも、僕をその妙なあだ名で呼ぶのは彼くらいしかいなかった。

「大野？」

「おう、そうだ。久しぶりだな。まだこっちに住んでたのか」

ひょろっと背が高い彼は、生活費のほとんどを本につぎ込んでいるのではないかというほどの読書家だった。大学の後半に彼を寮で見かけなくなったのは、肺病で休学したからだと聞いた。

「それはこっちの台詞《せりふ》だ。元気になったんだな」

「おかげさまで。やっと四年生になれたよ。おまえは？　とっくに卒業したよな？」

「今はしがない数学教師だ」

「そっか、おまえ、教えるの上手かったもんなあ。試験前なんて、かなり世話になったっけ」

「お互い様だよ」

大学の寮ではいろいろな学科の学生が一緒だったので、試験前になると得意な分野を教え合う勉強会を開いた記憶があった。

それに、昔から人に何かを教えるのは嫌いじゃなかった。尋常小学校では同級生の勉強を、いつも見てやっていた。家では歳の離れた妹に無理やり九九を教え込もうとしたが、なかなか覚えてくれなかった。癇癪《かんしゃく》を起こしたら泣かれてしまって、ずいぶん困ったっけ。

「で、どこの先生なんだ？」

勤め先である私立の女学校の名前を言うと、大野は目を見開いた。

「そいつは羨ましい。大福帳にかじりついてたくせに、大出世じゃないか」

「羨ましいって、何で？」

大福帳とは、また懐かしい。

古道具屋で安売りされていた大福帳を買ってきて、毎晩、寝しなに読んでいるのを大野に見つかったのだ。僕が色白なことも手伝い、大野は僕に『大福』と命名した。彼は気の利いたあだ名だと思ったようだが、実際にそう呼んだのは彼だけだった。

「だって、可愛い女学生に囲まれてるんだろ？」

「嫁入り前の大切な娘さんだ。何かあればくびだよ。個人的な関わりを持たないように気をつけてるくらいだ」

父親である前理事長の急死で学校経営を引き継いだ若い理事長はやる気に溢《あふ》れており、女学校をただの花嫁学校にする気は毛頭ないようだった。そのおかげで、僕のようなつぶしの利かない人間も働き口を得られたのだ。

けれども、理事長の思惑がどんなものであれ、内実はお嬢様ばかりが集まった女学校だ。生徒たちとは一線を引かなくては、痛くもない腹を探られかねない。

最初は珍しがられたものの、幸い、数学はほかの学科に比べて難しい。お堅く振る舞っていれば、少女たちは近寄りづらく感じるようで、今やすっかり遠巻きにされている。

僕に学科以外のことで話しかける生徒は、一人だけだ。その彼女が昨日は手紙を持ってきて、僕は咄嗟《とっさ》にそれを拒んでしまった。よく考えてみれば彼女には婚約者がいるのだし、大胆な真似はしないだろう。反射的に拒絶したことを悪いと思う程度に、その一件は僕の中で引っかかっていた。

これからも教師でいるためには、申し訳ないが、彼女ともきっちり線を引かなくては。

「そりゃそうか。数学に興味ない子も多いだろうしな」

「うん。僕なんて置物みたいなものだ。いてもいなくても変わらない」

「置物ってのはいいたとえだが、おまえは巻き込まれやすいから気をつけろよ」

「巻き込まれる?」

意味がわからずに、僕は思わず聞き返す。

「人とは一線を引いてるくせに、いざとなると面倒見ちゃうだろ。それで厄介ごとにずぶずぶ足を踏み入れるからなあ……まあ、教師には向いてると思うけど」

「迷惑をかけられたってこと？　記憶にないけどな」

そもそも他人との感情の交錯は、僕にとっては一番の苦手科目だ。

もちろん、今のような日常的な会話は問題ない。だが、表面上のつき合いはできても、腹を割って他人と関わるのは不得手だった。

だからこそ、特に覚えがない。

何も思い出せないと僕が首を傾《かし》げると、呆《あき》れたように「そういうところなんだよなあ」と大野は声を上げた。

「何のこと？」

「城山《しろやま》だよ！　法科で一年下の！」

「……ああ」

言われてみれば、学生時代はそんなできごともあった。

寮で一緒だった後輩の城山になぜか絡まれるようになり、挙げ句の果てに斬りつけられてしまったのだ。傷は深くなかったし、もう薄くなっていたのですっかり忘れていた。

城山は、二言目には弓削先輩は陰気だ、鬱陶《うっとう》しい、真面目すぎるなどと僕を馬鹿にしていた。そのくせ、夜になると部屋に押しかけてきて、ぽつぽつと悩みを口にするような男だった。僕は相槌《あいづち》すら打たなかったが、彼はそれでもよかったらしい。

ある晩、いつものように彼の将来の悩みを聞いているうちに、どうしてだか「あんたは誰のことも真剣に考えてない」などと激しく詰《なじ》られた。僕が呆気《あっけ》に取られて黙り込んだのに腹を立てたのか、彼は短刀を持ち出してきたのだ。

護身用の短刀なんてものを今時持っているのも意外だったし、刃傷沙汰《にんじょうざた》の当事者になるなんて完全に想定外だった。

何とか廊下まで逃げおおせたが、それまでだった。

今なお、僕の左腕には、引き攣《つ》ったような瘢痕《はんこん》がある。痛みはなく、時折痒くなる程度だ。

何が城山を怒らせたのかは、未だにわからない。おそらく僕が悪いのだろうと思ったので、大ごとにするつもりはなかったものの、寮の廊下でのできごとを穏便に済ませるのは無理だった。結果、郷里からやって来た親族に連れられ、城山は大学をやめて療養生活に入った。

「おまえは人の話をちゃんと聞きすぎるんだよ。だから、妙な期待をさせちまう」

「そうでもないよ。ただ、周りの人たちの話が興味深いから、何となく聞いているだけだ」

「そこなんだよなあ」

人間のタイプをいくつかに分けられるなら、城山は火の回りが早い気質だろう。普段はあっさりしていたが、いつ火が点《つ》くか不明なのは少し怖い。

僕にとって、彼は他山の石にほかならなかった。

「城山といえば、あいつの隣の部屋だった法科の滝《たき》って覚えてる？」

「うん。秀才だったな」

「あいつ、春から控訴院に勤めてるんだけど、こっちが実家だからたまに会うんだよ。何でも派閥争いが大変でさ、こないだなんかげっそり痩せちまってたぜ。病気にならなきゃいいけど」

控訴院は地方裁判所の上級機関で、主要都市数ヵ所に設置されている。

地方裁判所での判決結果に不服があれば、被告人も検察官も控訴する権利がある。受理されると控訴院で裁判が行われ、控訴院での審判に不満があれば、更に控訴できる。そして最終的に、最高の司法裁判所である大審院にて法廷が開かれる。つまり、被告人も検察官も罪が決定されるまで、それを覆《くつがえ》す機会が二回あるわけだ。

真面目で人のいい滝は、派閥争いなんてものは一番苦手だろう。僕も同じなので、そこまで厳しくない今の職は楽でよかった。

そこで僕は、ちらりと時計に視線を落とす。もうそろそろ立ち去りたいという合図だった。

「あ、ごめん。帰るところだよな」

「うん」

「奈良だと、関西本線だっけ。気をつけて帰れよ」

「ありがとう」

「元気でな」

ぽん、と肩を叩かれる。そんな気安い仕種《しぐさ》をされるのは久しぶりで、僕はたじろいだ。

ともあれ、これから奈良の片田舎に戻らなくてはいけない。帝都と比べれば、京都も奈良も大差ない田舎に見えるかもしれない。だが、人力車やタクシーがずらりと待ち受ける京都は、やはり日本を代表する古都だと納得がいく。奈良なんて、電車の本数も乗降者数も少ないから、駅前なんて閑散としたものだ。

僕はやって来た電車に乗り込むと、空いている席に腰を下ろす。鞄からさっき買ったばかりの新しい数学書を取り出して、早速ページを捲《めく》った。

インクの匂いが心地よい。

「…………」

僕の向かいの席に座っていたのは幼い子供で、飽きた素振りで母親の膝に上体を預けている。

あのくらいの歳の頃には、僕は既に数字に夢中だった。

僕の実家は丹沢湖《たんざわ》にほど近い小さな村にあり、一族は代々庄屋を務めていた。その流れから、ご一新のあとは村長に選ばれる家系だった。つまりは、村の名士という位置づけだ。それなりの田畑を所有し、敷地にはいくつも蔵が建っていた。

子供が蔵に入ることは禁じられていたが、ある日、蔵を整理していた父が出納帳を見せてくれた。

一家の家計や収支を記した出納帳の数字は、過去に僕の先祖たちが生きた証《あかし》だ。

——いいかい、朋久。これは我が家の大切な歴史なんだよ。

愛おしげに出納帳の表紙を撫で、父がそう告げる。捲ってみると、日付と金額、用途を記録した帳面で、そこには覚えたばかりの漢数字がたくさん書かれていた。

——数字がいっぱい……。

——そう、数字はすごいんだ。金額も日付も数字で表すだろう？　数字がわかれば、世界が見える。

——うん。

父は偉大なる一族の歴史を見せつけ、やたらと得意げだった。

数字は、日付だけでなくものの重さや大きさ、距離、あらゆるものを表せる。

時間の積み重ねでさえも。

アラビア数字でも、漢数字でも、表記の方法は違ったとしても意味は同じだ。

子供心に、それがまたすごいと思った。言葉が通じなくても、数字だけで異国の人とだってわかり合えるかもしれないのだ。

僕は熱心に教科書を読み込み、それに飽きると家中で数字を探した。新聞、父の読む書物、母のつけている帳簿。

一番情報量があるのは、やはり古い出納帳だった。旧家だけあって、出納帳はかなりの冊数が保管されていたからだ。

だが、そうした過去からの積み重ねは、ある日突然、すべて消滅した。文字どおり、消え失せたのだ。

それは、同居していた父方の祖母が起こした、とある事件のせいだった。

数字を読むのが趣味になって数年後、祖父が出先で倒れてそのまま亡くなった。

母方の祖父母は早くに亡くなり、僕にとって祖父といえば父方だけだったので、とても悲しかったのを覚えている。

その夜だ。

ふらりと外に出た祖母が蔵のすぐそばで焚き火を始め、そこにさまざまなものを投げ込み、燃やし始めたのだ。

祖父が大切にしていた先祖代々の証文やら何やらで、弓削家を名家たらしめる重要なものばかりだった。

僕が異変に気づいたのは、煙の匂いのせいだ。父はこれからの段取りを叔父《おじ》と相談していて、外でのできごとは耳に届いていないようだった。

「お義母《かあ》様、やめてください」

半泣きになった母が、日本髪を乱しながらそう訴える。

「いいんだよ、燃しちまうんだから！」

「この家の大事なものだとおっしゃってたじゃないですか」

父が誇らしげに話していた、弓削家の歴史。それがあっという間に灰に変わっていく。燃え尽きてしまう。

「悔しいじゃないか、あの人だけが、こんな……」

祖母は涙を流し、髪を振り乱しながら、更にものを火に投げ入れた。

祖母の投げ込んだ帳面がたちまち真っ黒になり、数字が書かれた紙片が空に舞い上がっていく。

時折、闇夜に散る火の粉は赤い星のようだった。

「朋久さん、お父様を呼んできて」

唯一祖母を止め得る父は叔父と話し込んでおり、いっこうに裏庭には姿を見せない。

「え、え……」

「早く！」

母に珍しく鋭い声で促されたものの、僕はその場に立ち尽くしたまま動けなかった。

だって、この光景は——なんて綺麗なんだろう……。

一族の歴史が、祖先たちが積み上げたものが燃えてしまう。僕が心惹《ひ》かれた整然とした世界を壊されているのに、目を離せない。

あとから知った話だが、祖父は妾《めかけ》を作って好き放題やり、多額の借金をこしらえた。そのつけを祖母に押しつけて苦労をかけたくせに、自分はぽっくり逝ってしまった。

それが、祖母の最初で最後の大爆発に繋がったのだろう。

祖母の情が燃やす焔《ほのお》は、天にも届きそうなほどの勢いだった。

華やかで美しい火は、しばらく赤々と燃え続けた。

憑《つ》きものが落ちた祖母は、その夜から抜け殻のようになった。何を言ってもぼやけた表情で、僕や母はもちろん、父すら認識していないらしかった。

祖母は、自分の心さえも灰にしてしまったのだろうか。

あの焚き火を見て以来、僕は子供心に祖母を恐れた。赫《あか》の美しさに心を奪われた、自分を恐れた。

僕はあのとき、人を呑み込む情念とはどんなものなのかを直感的に知ってしまった。

だからこそ、僕はそうならないようにと心に決め、激しい感情に突き動かされる人たちを他山の石にしてきた。僕が城山の話をよく聞いたのは、自分とはまるで違う彼から学びを得ようと思ったためだ。

それにしても。

奔放で我慢が苦手、外で妾を囲う祖父と、それまで何年も溜めていた鬱憤《うっぷん》を最悪のかたちで晴らした祖母と。

その両方の血を引いている僕は、いったい何者なんだろう？

長いあいだ電車に揺られたあとに僕は奈良駅で下車し、もうバスもなかったので、そこから下宿へ歩いて戻った。

途中途中で一休みしたから、二時間以上かかったはずだ。

街灯もあるが、このあたりでは月明かりが頼りになる。

最初は大野と会ったことの意味などを考えていたが、次第に、頭の中は空っぽになっていた。

軽く汗ばむほどの運動量で下宿に着いた頃には、あたりはすっかり夜になっていた。

大通りから一本角を曲がると、下宿先の玄関が見える。大家は昨日から法事で留守なので、家は真っ暗だ。無事に帰宅できることに安心し、僕は少し歩を緩めた。

「おい」

声をかけられたのは、そのときだった。

居丈高な物言いに何だろうと思いつつ振り返ると、そこにはカイゼル髭《ひげ》もいかめしい男と後ろにもう一人が立っている。二人組が警官なのは、制服を見て気がついた。

「何か、用ですか?」

周辺はしんと静まり返っていて、事件が起きた様子もない。このあたりはもともと年寄りと女子供ばかりの静かな土地だった。もしや、職務質問か何かだろうか。

「弓削朋久だな」

「はい」

「小笠原寧子さん殺害の嫌疑がかかっている。一緒に来てもらおうか」

「え？」

僕は鞄の中に入っている本を、無意識のうちにぎゅっと押さえる。

小笠原寧子だって？

もちろん、その名前は知っている。

黒目がちの大きな目と雰囲気が、幼い頃よく見た小鳥のつぐみに似ていると思っていた。

「殺害って、事故などではなく？」

「それはまだ調べている」

あの子が死んだ？

しかも、僕が殺したなんて、そんなわけがない。

濡れ衣にもほどがある。

「僕は今まで、買い物で京都に行っていたんです。そこで会った、証人だっています」

「話は署で聞こう」

冷ややかな物言いに戸惑い、僕はぎくしゃくと警官の後をついていく。

それが運命の分かれ道になると、知らないまま。

二

「おまえ、張り切ってんなぁ」

「頑張れば、刑期が短くなるって聞いたからさ」

話し声が背後から聞こえてきて、僕は俯《うつむ》き加減で薄い笑みを口許《くちもと》に浮かべる。

声の主は、先週入った新人だ。笑ってしまったのは、初犯の彼が何日で音を上げるのか、古参の囚人たちが賭けているのを知っていたからだ。それは、新人が入るたびに繰り広げられる賭けだった。金のやり取りは無理だが、差し入れの飴玉やおかずなど、賭けるものは何とでもなる。

「無理無理、せいぜい一日二日早まるくらいだって。そんなんじゃすぐに気持ちが切れちまうぜ」

「もうじき赤ん坊が生まれるんだ。一月《ひとつき》でも早く出たいからさ」

僕にだって、あんなふうに躍起《やっき》になっていた時期があった。

一生懸命努めていれば、誰かが見つけてくれる。こんな真面目な人物が監獄にいるのは何かの間違いだ、事情があるに違いないと裏を探ってくれるはずだ。

そして冤罪《えんざい》が暴かれ、真犯人が捕まる。

監獄生活も二年目の今にして思えば、あまりにも都合がよすぎるただの夢物語だ。

神の奇蹟《きせき》なんてものは、この世には存在しない。

だから、僕は一つだけ心に決めている。

誰にも頼らずに、僕がこの手で奇蹟を起こす。

四十過ぎまでここに留《とど》まるなんて、冗談じゃない。

「おい、421号」

板張りの床に腰を下ろし、柿色の作業用の獄衣の袖を捲《まく》って作業を始めかけたところで、頭上から声が降ってきた。

顔を上げると、紺色の制服を着た看守の片岡《かたおか》が目の前に立っていた。片岡は三十代後半くらいで、僕よりだいぶ年上だ。

看守の制服は洋装にブーツで、威厳を見せるためにいくつものボタンがついている。常にサーベルを携帯し、いざとなると躊躇《ためら》いなくそれで囚人を殴る。筒袖で洗いざらしの着物を身につけている僕たちとは、看守は服装からして正反対だった。

「こいつに仕事を教えてやれ」

看守にぐいっと肩を押し出された青年は、新顔だろう。就業衣はまだ真新しくてぱりっとしているし、何よりも、洗濯による色落ちがなくて濃厚な柿色だったからだ。

ようこそ、難攻不落の奈良監獄へ。

僕は皮肉なことを考えながら、今の片岡の言葉を反芻《はんすう》する。

新人の胸元には、『四九六號《ごう》』と墨書された布地が縫いつけられており、僕の視線はそこに吸い寄せられた。

４９６――完全数じゃないか。

湧き上がる興奮を誰かに気取《けど》られるのが嫌で、僕は自分の眼鏡をくっと押し上げるふりをして俯く。

完全数とは、その数字以外の約数の和が、その数字と同じになる数のことだ。たとえば６は１＋２＋３＝６だから、完全数にあたる。

古代から、６、28、４９６、８１２８が完全数なのは知られているが、見つかっている完全数は多くはなかった。

４２１号や４９６号とは僕らの称呼番号で、ここでは名前の代わりに番号で管理されている。娑婆《しゃば》の厄介ごとを監獄にまで持ち込ませないためとか、あるいは看守と囚人が関わりを持たないためとか、さまざまな配慮からのようだ。番号は一から順に振られているが、四桁の数字は見覚えがないので、どこかでまた振り直すのだろう。

胸に縫いつけられた小さな布には、僕たちの情報が詰まっている。

一例として、彼の布には『③』と記されている。③は囚人としての等級を表し、新入りは三級から始まる。等級はこの工場で行われる作業の成績や生活態度で決まり、僕は二級。もっと成績がいい者は、一級か特級だった。

「いいな?」

いいも悪いも、拒否する権利はない。

返事をする前に、後ろのほうの誰かが声を上げた。

「生徒を殺すようなやつに、センセイをやらせんのはどうなんですかねえ?」

「ちょっかいを出すなよ。こいつが『面倒』なやつなのはみんな知ってんだろ」

その言葉は効果覿面《てきめん》で、囚人たちはしんとなった。

496号は顔の造作がはっきりとしており、黒目がちの目には明るい光が宿る。

色恋沙汰には興味がない僕から見ても結構な男前だが、どんな罪を犯したのだろう。女性を騙《だま》したとか、殴ったとかだろうか。ここでは全員が丸刈りだが、髪形を今風にすればさぞもてるに違いない。

いや、496号の個人的な分析はどうでもいい。

完全数、男、既決囚。その三つの情報があれば十分だ。

「懲役二十年なんだから、いずれ教えるのも上手くなんだろ」

懲役二十年なのは間違ってはいないが、僕はここでは二年生なので残りは十八年強だ。頼むから、数字は正確に扱ってほしい。

「二十年なら、きっと、俺のほうが長いですね」

出し抜けに496号が口を開いたので、僕はぽかんと口を開けた。

「……は？」

「無期だから」

場違いなほど朗らかに笑いながら言った496号の言葉に、場がしんと静まり返る。

驚きから、僕は眼鏡のレンズ越しに相手をつい凝視してしまう。

こんなに楽しげに無期刑を告白するなんて、やけっぱちになっているんだろうか。

無期刑はいわゆる終身刑で、原則として一生涯監獄から出られない。

死刑の次に重い刑罰なのだから、もののはずみや正当防衛で一人殺したくらいでは、終身刑にならないはずだ。

このにこやかな青年は強盗殺人とか放火殺人とか、連続殺人とか、そういった身の毛もよだつ凶悪犯罪をやってのけたのか。

しかし、いかにも人懐っこそうな青年に憔悴《しょうすい》した様子はまったくない。つまり、改悛の情は見るからにゼロだ。

完全数、無期刑、凶悪犯。

爽やかな風貌のくせに、二つの情報を書き換えねばならないくらい、とんでもない新入りだった。

「496号、勝手にしゃべるな」

「申し訳……」

「だから、俺に口を利くな。こっちは看守だ。おまえから話しかけてきたら、いちいち注意しなくちゃならん。わかったな？」

僕たちを監督する看守は二種類いる。それなりに僕らを人間扱いしてくれるやつと、完全にごみだと思って見下してくるやつだ。

基本的に囚人と看守は立場的に相容れないが、片岡は比較的囚人に対しても寛容で、こういうときも噛んで含めるようにゆっくりしゃべる。

「わかりました。どういうときなら話していいんですか？」

「どうって……ああ、もう、いい」

囚人たちの漏らすくすくす笑いが、天井の高い工場に漣《さざなみ》のように広がっていく。

板張りの工場は二階にあり、天井の骨組みが素通しで見えている。風通しがよいが、そうでなくとも冷え込む奈良の冬ではよけいに寒く、今も手がかじかんでいた。

「とにかく、おまえに任せる。いいな、センセイ？」

「はい」

ほかの嫌みな看守に比べたら片岡はましな部類だが、それでも、『センセイ』という発音には、僕に対する微妙な感覚が透けている。

僕の罪状は、殺人罪だ。

聞けば、女学校の教師が教え子を絞殺したという一大醜聞は、地元紙だけでなく全国紙の紙面をもにぎわせたそうだ。そのうえ、強姦したなどという尾鰭《おひれ》もついていたとか。あまりに有名なので、僕のあとに入獄した連中はたいていあの事件を知っている。何でも、大正六年の重大事件の一つにも数えられたらしい。

女子供に手をかけるのが最も軽蔑されるこの監獄で、僕はほかの囚人や看守から蛇蝎《だかつ》のように嫌われていた。

心情的にいえば、罪は496号よりも重いかもしれない。

そんなわけで、僕は監獄という一種の独立国では、完全に浮き上がっていた。

ここでは人に言えない過去や臑《すね》に傷を持った囚人たちが、規律で雁字《がんじ》搦《がら》めにされ、集団生活を送っている。娯楽に飢えた彼らにとって、僕のような罪状の人間は鬱憤を晴らす格好の標的だ。

多くの囚人たちが抱える気性の荒さは、僕にとって嫌悪と恐怖の対象で、一緒にいるのは落ち着かなかった。

取り分け、目の前にいる496号は終身刑の極悪人だ。

機嫌を損ねたら半殺しにされるかもしれないし、気をつけて接しなくては。

一度深呼吸をして、気持ちを切り替える。

僕はぽつねんと佇む496号に視線を向けて、「来てくれ」と促した。

「はい」

作業場の片隅に、使っていない『丸台』が雑然と積まれている。監督者に声をかけて組み玉と糸束を受け取り、帳面に記録をしてもらう。

「これが君のだ」

「はい」

片岡が噛んで含めるように言ったとおり、原則として僕たち囚人は私語厳禁だ。

とはいえ、囚人同士が作業中に無駄口を叩くのは、よほどまずい内容でなければ目こぼしされていた。つまり、私語厳禁はある程度は建前だ。

だが、暗黙の了解で話していいこととといけないことは分類されている。

たとえば、看守の悪口や待遇への不満。他人の悪口も避けたほうがいい。それから、脱走計画なんて冗談でも口走ってはいけない。看守に知られたら、場合によっては懲罰房である『丸《まる》房《ぼう》』に送られる。この丸房の環境が劣悪で、一日二日そこに入れられただけで、囚人は牙を抜かれたような顔になって戻ってくるのだ。

４９６号の頭がよければ、さっき片岡が発した言葉の裏には、『ほかの囚人はともかく、看守には話しかけてくれるな』という真意があるとわかるだろう。それを察するかどうか、僕は少し意地悪な気持ちで彼を観察しようと決めた。

そもそも、この奈良監獄では九百人あまりの男性の囚人を、たった百人の看守で制御して運営が成り立っているのだ。何かことが起きれば、絶対的に数が多い囚人が勝つに決まっている。数のうえで圧倒的優位に立つ囚人が反抗せずに従っている理由は、看守が武器を持っていることと、僕たちが足並みを揃えた行動ができないことだった。看守側は数が力になると知っているので、九百人を一度に集めるような愚かな真似はしない。それぞれのグループを細分化し、私語を禁じて意思の疎通を封じている。

それでも、囚人たちが抑圧に耐えかねて暴動でも起こせば大ごとになるだろう。だからこそ、多少の私語は黙認されていた。

「組み紐は初めてか？」

「ハジマです。羽嶋亮吾《はじまりようご》」

初めてかどうかを聞いたのに、返ってきたのはまったく求めていない情報だった。

「羽嶋のハは鳥の羽で、シマは難しいほうの……左に山がつくシマです」

羽嶋は笑うと右の頬にえくぼができて、黒目がちの目が和んで顔がくしゃっとなる。図体の大きな子供みたいだ。年齢も二十歳そこそこくらいだろうか、たぶん僕よりも年下だ。

「必要ない」

「えっ？」

相手が怒らないことを確認してから、僕は言葉を続けた。

どうやら彼はおとなしい部類のようで、僕が教師として振る舞っても文句はないようだ。

「ここでは、称呼番号にさん付けをするんだ」

「称呼番号」

「僕は421号で、君は496号だ」

僕が指で胸に書かれた称呼番号を指すと、羽嶋は「ああ」と納得したように頷く。

「同じ房の人は教えてくれたんです。林《はやし》さん、納富《のうとみ》さん……」

意外にも、羽嶋は『四監』では珍しい雑居房に入れられたようだ。

「私語は禁止だ」

「けど、これからいろいろ指導してくれるんでしょう？　そういう相手にお礼を言ったり名前を聞いたりするのは、ただのおしゃべりとは違うと思うんです」

「それは屁理屈だ」

ああ言えばこう言う、なんて面倒な生徒なのか。

「待ってください。今みたいのが、私語じゃないですか？」

羽嶋に真顔で問い返されると、僕は困ってしまう。

「揚げ足を取らないでくれ」

羽嶋は上背も肩幅もあって体格は僕よりもずっと立派で、筋肉もしっかりついている。人懐っこい表情のせいか威圧感はないが、殴られたら僕なんて吹っ飛びそうだ。これなら、外役《がいえき》――外での工事に行かせるか、もっと大きな家具製作などの作業をやらせたほうがよさそうだ。

なのに地味な内職を割り振るなんて、管理側も無期刑の凶悪犯に対して様子見を決め込んでいるのかもしれない。

「でも、名前くらい教えてくれたって」

「だめだ」

僕は冷ややかに答えたが、後ろの席から「そいつは弓削だよ。弓削センセイ」とほかの囚人がよけいな口出しをしてくる。

「ありがとうございます！」

何が嬉しいのか、羽嶋は声を弾ませた。

「そっか、弓削さんは本物の先生なんですね。すごいなあ！」

「もういいだろう。続きだ」

「はい！」

それもこれも看守の仕事なのに、どうして僕が新人教育を任されなくちゃいけないのかと、忌々《いまいま》しくなってきた。

けれども、立場的に反抗はできない。

ここでの作業は、僕たちにとっては立派な仕事だ。適性のある内容を割り当てられ、その実績や生活態度を定期的に評価される。

監獄の責任者である『典獄《てんごく》』の覚えがよければ恩赦の対象に推薦され、刑期短縮の道も開ける。

しかし、飴があるなら、当然鞭《むち》もある。成績を盾にされれば、僕たちは看守に尻尾《しっぽ》を振らざるを得なかった。

また、中には看守の心証をよくするため、他人を蹴落とそうと企むやつもいる。

ここでは、看守の言うことは絶対だ。国が決めた『監獄則』という法律はあるが、運用は管理側のさじ加減次第の面を持つ。

僕も、この監獄に組み込まれた一つの歯車にすぎなかった。

「組み紐編みは初めてか？」

「あの、帯締めとかに使うやつですよね？」

「そうだ。ここでは羽織紐を作ってる」

組み紐は、細い綿糸や絹糸を何十本も縒《よ》り合わせて編んだ紐を指す。平らな平紐や、円筒形の丸紐、角形の厚みを持たせた角紐などの種類があった。旧幕府時代は兜《かぶと》や刀剣の飾りにも使ったそうだが、帯刀しなくなって久しい大正の御世《みよ》では、帯締めや羽織紐に利用する。

簡単な道具だけで作れるし、一度こつを覚えたらあとは慣れでできるので、僕らのような職人として働いた経験のない囚人に打ってつけだった。

もっとも、この監獄では組み紐だけを生産しているわけではなく、工場別に組み紐編みや機《はた》織《お》り、指し物製造などが行われている。この監獄には獄舎が一監から五監まであり、更に一階と二階に分かれている。それぞれの階に工場が設置され、ここは四監の二階なので、『四監上工場』と呼ばれていた。

「この監獄、煉瓦造りで洋館みたいに格好いいのに、作っているものは意外と地味なんですね」

確かに、奈良監獄は塀から表門、獄舎に至るまで赤茶色の煉瓦で彩られた立派な西洋風の建物だ。工場のように煉瓦を使われていない建物もあるが、総じて見た目は瀟洒《しょうしゃ》で、何も知らなければどこぞの大金持ちの住まいにも見える。

「で、これ、どうするんですか？」

「売って、監獄の運営費——僕たちの生活費に充てるんだ」

「どうして？」

「自分たちの払った税金で、囚人を養うなんて腹が立つだろ。だから、できるだけここの経費は囚人が稼ぐんだ」

経費節減と更生の意味も兼ね、僕たちが食べる野菜も囚人が育てているくらいだ。

「そっか！」

昔ながらの監獄といえば、落語や講談に出てくる牢名主《ろうなぬし》を思い出すだろう。

僕も同じ印象を持っていた。

けれども、明治時代に日本の政府は監獄の運営方法を大きく転換させたのだ。話好きな典獄が何度も演説をぶったので、すっかり覚えてしまった。

その理由は、旧幕府が開国時に各国と結んだ不平等条約にあった。

欧米の列強と肩を並べ、不平等条約を是正するには、近代国家と認められなくてはいけない。

そのための努力の一つが、悪名高い鹿鳴館《ろくめいかん》外交だ。あれは夜な夜な舞踏会を開くことで、日本の文化レベルが欧米並みになったと知らしめる政策で、後世の人間から見るとひどく馬鹿馬鹿しいやり口だった。

それだけでは足りないので、政府は監獄の西洋化を推進させた。

というのも、収監した囚人に何もさせないのは、欧米からは近代国家にあるまじき人権侵害に見えるそうだ。仮に自国民が監獄送りになったとき、そんな非人道的な場所に入れられるのは、許されないというわけだ。

西洋式の監獄を作るために役人が海外に送られ、新しい監獄が模索された。

その結果の一つが奈良監獄で、囚人は無為に過ごす生活から一転して労働を義務づけられた。働きに応じて雀の涙ほどの賃金が出るが、監獄内では使い途《みち》がないので、出所の際にまとめて支払われる。正当な事情があれば、家族に送金もできた。

それを羽嶋に説明するのは面倒なので、僕はさっさと仕事の説明に入った。

「まず、これは丸台。そこに置いて作業する。それから、これが組み玉だ」

丸台は、見た目は小さな丸椅子に似ている木製の台だ。

椅子との違いは、底面に四本の脚を支える大きな四角い台座がついていて容易には倒れない点。そして、椅子でいうと座面にあたる上面は鏡と呼ばれ、中央に丸い穴が開いている点だ。

僕たちは床に直接座るので、丸台を床に置くとだいたい胸の下くらいの高さになる。

用意する道具はこの丸台と錘《おもり》、組み玉、小型の鋏《はさみ》。

鋏は小型とはいえ刃物なので、扱いはかなり厳重だった。

「これが組み玉？」

まだ糸を巻いていない木製の芯を掌《てのひら》に載せ、彼は不思議そうに尋ねる。

「組み玉は自分で糸を巻いて作るんだ」

円柱形の道具は中心がくびれていて、そこに糸を巻きつけてから作業を始める。

「まずは糸を縒るところからだ。巻くのはそのあとだ」

「わかりました」

凶悪犯の割には反応が素直な点に安心しつつ、今日は羽嶋の指導に集中しようと考えた。


正午。

昼食時間になったので、僕たちは作業場に併設された休憩室に移る。

工場には休憩室と便所が備えられており、朝に作業が始まると、夜の就寝時間まで一度も自分たちの監房に戻らない。つまり、便所に入るときくらいしか一人になれないので、昼食の三十分間だけでも羽嶋の指導から解放されると思うと、ほっとした。

食卓として低い台がいくつも置かれ、皆、決められた場所に座る。

片岡に指示されたらしく、隣に羽嶋が腰を下ろした。

配食夫から麦飯と味噌汁が配られ、喫食開始の合図とともに、僕たちは食事を始めた。

傍らの羽嶋は味噌汁の椀を手に取り、勢いよくそれを呷《あお》った。

「えっ」

「…………」

思わず僕が声を上げたので、羽嶋は不思議そうにこちらを見やる。

いけない。僕が目指すのは模範囚で、看守に目をつけられるのは御免だ。

会話の糸口を作らぬよう、僕は彼を真似て味噌汁の椀を呷ってみた。

――う……。

舌先に触れたのは、じゃりっとした砂の感触だった。仕方なく、一度椀に吐き出す。

案の定、砂がたっぷり入っている。

ここで調理を担当しているのは、僕らと同じ囚人だ。炊事夫たちは最低限の人員で九百人分の食事を一気に作るため、効率重視で野菜はほとんど洗っていないと聞く。おかげで汁物の椀は、野菜についていた砂が底に溜まっている。さすがに不快なはずなのに、羽嶋は気づいていないんだろうか。

もっとも、世の中にはさまざまな人間がいる。砂くらい気にせずに飲み干すやつがいたって、別段、おかしくはない。

それよりも、僕の今の課題はどうやって効率よく組み紐編みを教えるかだ。

午前中は下準備で終わったので、午後からは実践に入らなくてはいけない。

僕に組み紐編みを仕込んでくれたのは、相内《あいない》という老人だ。

彼は足腰が弱ってしまって移動がつらいらしく、特別に自分の独房での作業を許されているので、長く顔を合わせていない。

相内の指導を思い出そうとしたが、もう二年近く前のことで難しかった。

だったら、僕なりのやり方でわかりやすく指導しなくては。

味気ない麦飯を口に運びながら、あれこれ筋道を考えてしまう。

やはり、僕は誰かに教えるのが性に合っているようだ。思考を巡らせるのが楽しく、まったく飽きない。

「思ったよりも、肩、凝りますね」

食事を終えた羽嶋が、唐突に話しかけてきた。

こんなところで懐かれるのは面倒なので、僕は聞こえなかったふりをする。

「ほら、俺なんてばきばきです」

完全に無視している僕の態度をどう受け止めたのか、羽嶋はぐるぐると大きく肩を回した。

「馬鹿！」

「わっ⁉」

思わず羽嶋の腕を摑み、それを押さえつける。

羽嶋の腕は僕よりも遥かに逞《たくま》しく、指も長く筋張っている。

その体勢のままおずおずとあたりを窺《うかが》ったが、監督の片岡は気づかなかったようだ。

……よかった。

僕は胸を撫で下ろし、羽嶋からすぐに離れた。

「えっと……何かまずいこと、しましたか？」

とぼけた表情に、頭を抱えたくなる。

監獄では守るべき規律は多すぎるくらいに多いのに、看守たちは、初日に心得をちゃんと叩き込まなかったんだろうか？

僕が指導すべき内容ではなかったが、面倒に巻き込まれるのは困る。

「大きな動きは、何かの合図とか喧嘩とかに見えるからやめたほうがいい。注意される」

「知らなかった」

「最初に教えてもらわなかったのか？」

「全然。どれくらいならいいんですかね？　首、回すのは？」

彼が首をぐるりと回すと、ぼきっと鈍い音がこちらにまで聞こえてくる。

「ほら、すごいでしょう。弓削さんは平気なんですか？」

「ここでは４２１号だ」

僕は自分の胸に書かれた、四二一號の文字を指さした。

「はい！　で、肩凝り大丈夫なんですか？」

返事は素直なのに、どうして会話を続けるんだ……。

だが、ここで無駄に言い争うよりは適当にあしらったほうが早い気がして、半ば根負けした僕は「凝る」と答えた。

「やっぱり！　組み紐って難しいけど、ゆ……４２１号さんはどれくらいで一人前になりました？」

「…………」

「俺だと、半年くらいかかるかなあ」

義務的に一言だけ返したのに、更に会話を広げようとするとは、不屈の精神の持ち主だ。

呆れて返答に窮していると、彼は「あっ」と申し訳なさそうに苦笑いした。

「そっか。私語禁止、でしたね」

僕は内心でため息をついた。

人懐っこいといえば可愛げはあるが、ここでの規律を守ってくれないのは困る。

こんなやつと、やっていけるのだろうか。

凶悪犯の抱く凶暴性、政治犯の持つ鬱屈、知能犯の漂わせる小ずるさ。そのいずれも感じさせないため、羽嶋は終身刑を喰らうような悪党に見えない。

だからこそ、かえって底知れない。そもそも凶悪犯は厄介なものだ。最低限の指導だけして、あとは無視に限る。

だいたい、監獄で誰かと親しくなっても意味はない。

裁判に負けて監獄に送られる羽目になったとき、担当弁護士はひどく心配し、囚人が書いた獄中記を餞別《せんべつ》にくれた。

それを読み、僕はほかの囚人となるべく交わらないと決意した。再審を狙うならば、できるだけ品行方正に過ごす必要がある。有益な情報でもくれる相手なら仲良くしたいが、それにも対価が必要だ。変な派閥に組み込まれて、いいように使われるのも癪だった。

他人との交流が難しい監獄内であっても、娑婆にいた頃所属していた極道の組だったり、会社の関係者だったり、単に看守の好き嫌いだったりで、さまざまな派閥が生まれるのは仕方ない話だ。

看守たちは彼らが連帯しないように心がけているが、それでも、妙な企みをする連中はいるものだ。僕もつき合う相手を間違えれば、厄介ごとに巻き込まれかねない。

だから僕は、ここにいる全員と一線を引いて独立独歩で行こうと決めた。

それを知らしめる事件は、入獄後すぐに起きた。

僕の罪状を知った古参の囚人が、運動の時間に突っかかってきたのだ。

――あんた、自分の生徒を死なせたんだって？

絡んできたやつの第一声はそれだった。

「僕のせいじゃない」

「だったらどうして、ここに入れられたんだよ？」

「冤罪だ」

囚人たちはどっと笑った。

「冤罪のやつなんて、ここにゃ、ごまんといるよ」

「そうそう」

無論、それは監獄内でのみ通用する出来の悪い冗談だった。

「すかしやがって。そういうところが気に食わねえんだよ」

胸倉を摑まれて僕が顔をしかめると、囚人たちがわっと盛り上がる。看守が注意しないのは、彼らの目が届かない時機を見計らったのかもしれない。

「殴るのはかまわないが、ただで済むとでも？」

「何だって？」

「何かあれば、僕は看守に報告する。君の刑期は何年残ってる？」

「あと二年だ。それが？」

「意味もなく僕を殴ったせいで罪が増えるのは、馬鹿馬鹿しいと思わないのか」

「屁理屈捏《こ》ねやがって、気に食わねえな」

くだらない。

僕が顔を背けたのを見て、男が殴りかかってくる。僕はいっさい抵抗せず、なすがままに任せた。

当然、看守と顔を合わせたときには殴られたと訴えたが、取り合ってくれなかった。僕がどんなにぼろぼろであっても、現場に居合わせなければ何も起きていないと見なされるのだ。

僕は囚人に殴られる都度、看守に告げ口をした。卑怯者だと嫌われてもかまわなかった。僕に関わると面倒なだけだ。それを喧伝《けんでん》するためだけの愚行だったが、効果はあった。さすがに看守が注意するようになったのだ。

殴られればこちらの成績も下がるが、421号を殴っても得るものはないとほかの囚人たちが察した頃には、僕は「そういうやつ」と見なされ、軽蔑されつつも遠巻きにされるだけの存在になった。

それでいいと思っていた。むしろそのほうが楽だったのに、今更のように他人に掻き乱されてしまい、僕はひどく気が立っていた。

長い一日が、ようやく終わりかけていた。

作業を終えた僕たちは工場から退出し、行進して監房へ戻る。

総煉瓦造りの壮麗な建物は二階建てで、僕たちの工場と監房は二階にある。

二階の廊下は採光のため天窓が取りつけられ、床は中央部分が細長く刳《く》り貫《ぬ》かれている。落下防止の鉄格子が被せられているが、こうすれば階下でも光が届くし、上下で互いの廊下も見える。要は、採光と逃亡の抑止に一石二鳥の仕組みだった。

廊下の両側には、それぞれの監房の扉がずらりと並び、戸口には番号が漢数字で表記されている。称呼番号と監房の番号は必ずしも一致しないので、称呼番号も記されていた。

こういう非効率なやり方が、僕には理解できなかった。

長い廊下の一方の端は工場で、もう一方の端は『中央看守所』だが、僕らは単に監視所と呼んでいる。

一階も二階も、複製のようにそっくりな構造だった。木造の監視所を中心に、五本の廊下が半円を描くように放射状に延びている。

単純計算では180÷4――つまり、四十五度ごとに廊下がある計算で、初めて見たときに僕はこの監獄の完璧な美しさにくらくらしてしまったくらいだ。

おまけに監視所から工場に向けては廊下に傾斜がつけられており、端から端まで見通せる。監視所にいれば五方向を監視できる画期的な造りなので、見張りは一階も二階も常に一人しかいない。

ここに収容されてさえいなければ、僕は奈良監獄の美しさについて賛美したに違いない。以前に名所として写真で見たが、玉ねぎのようなドームを載せた二本の尖塔を備え、アーチ形の出入り口がある表門は、驚くほどに壮麗だ。その先に、二階建ての立派な獄舎があるのだ。

「還房《かんぼう》！」

全員の点呼のあとに監房に入ると、背後から分厚い扉が音を立てて閉まる。

ようやく、一人になった。

僕たちが暮らす四監は、夜間独居房と言われている。

文字どおり、夜にのみ一人になれる区画だ。

普段は起床から食事、排泄に至るまで管理されているので、一瞬でも『個』に戻れると安心する。

「……疲れた」

膝を抱えて座り込み、眼鏡を外して目頭を揉みながら弱音を吐く。もちろん、ここは独居房なので僕以外は誰もいなかった。

作業の疲労ではなく、完全に気疲れだった。

「何なんだ、あいつ……」

僕は膝の上に額を乗せ、目を閉じる。

羽嶋……羽嶋亮吾、だったな。

結局、一日目にして羽嶋の名前を覚えてしまった。

めでたく彼は、僕が名前を記憶した数少ない囚人の仲間入りだ。その気がなくても記憶に残る相手はいるが、たった一日で刷り込まれた相手は三人目だった。

今日の印象では、彼は頭が悪いわけではないようだ。

囚人の中には判断力の乏しさや善良さから犯罪に巻き込まれ、再犯を繰り返してしまう者もいる。再教育が難しいので、監獄側もそうした囚人には手を焼いていた。だが、羽嶋はそんな連中とは違って見える。

「うわああーっ！　あああー!!」

野太い悲鳴があたりいっぱいに響いた。

ついで、ごっごっという鈍い音。

おそらく、分厚い木の扉に頭か拳かを打ちつけているのだろう。

ぞっとした。

三寸（約9センチ）ほどの厚みの扉は、僕たちが細工できないように内側に鉄板が張りつけられ、見るからに頑丈だ。ここまでの音なら、流血したっておかしくはないはずだ。

「うるせえぞ！」

耐えかねたらしく、囚人のうちの誰かが怒鳴った。

「こら！　声を出すな！」

さすがの僕でも何が起きたのか知りたかったが、扉を開けられないので廊下すら見えない。

外側と監房を明確に隔てるのは、この分厚い扉だった。

とはいえ、囚人たちを密室に閉じ込めれば、どんな悪事を働くかわからない。

そのため、室内を監視する手段が当然用意されていた。

それが視察孔だ。

看守の目線に合わせて高い位置に設けられた横長の覗き穴で、金網が張られている。

扉にはもう一つ穴があり、そちらは食器や排泄箱を出し入れする食器孔で、逆に床に近い場所にあった。こちらは普段は蓋がされている。

ほかに具合が悪くなった場合に備え、看守を呼び出す手段もある。扉近くのボタンを押すと廊下に向けて連絡板がぱたりと倒れ、看守に急を知らせる仕組みだった。

「うあああああ!!」

なおも叫ぶ男は、称呼番号が偶数だったことしか記憶になかった。

つい最近、それまで収容されていた敷地内の隔離病舎から戻ってきたので、完治したのだろうと思っていた。もともと心が弱かったらしいが、ここに来て急速におかしくなったとの噂だ。

こういうとき、独房なのは有り難い。雑居房で気の合わないやつと二人か三人で空間を共有するのは、絶対に御免だ。相手が羽嶋だったら、こちらが変になりそうだ。

くたくたの薄い布団の上に座り、白い漆喰《しっくい》の壁に寄りかかって右手の窓を見上げた。

窓の向こうは、とっくに夜の帳《とばり》が下りている。

監房は窓の位置が高く、奥行きがあってガラスは手が届かない場所に嵌《は》まっている。身長が五尺二寸（約156センチ）の僕では、背伸びをしてもガラスに指が触れるかどうかだ。当然、窓には逃走防止の鉄格子が嵌められている。

僕がいる四監の窓から見えるのは、お隣の五監の煉瓦の壁だった。

この監獄は町外れに位置し、周囲は農家や監獄の管理する田畑に囲まれている。仮に窓の位置が低くても、風景を楽しむのは無理だったろう。

殺風景な監房は二畳ほどの広さだ。初日に一人になったとき、自分の掌や腕、足を使って房内のすべてを綿密に計測したのでほぼ間違いない。

入ってすぐ、扉の隣にはコンクリートで固めた小さな手洗いがある。ほかには文机《ふづくえ》と円座、排泄箱、それから布団一式。

文机の上には持ち込みを許可された一冊の本と石板、そして石板に字を書くための赤茶けた石筆が置かれていた。

二級では石板以外は持ち込めないので、記録ができない。一級になればペンの持ち込みが可能になる。これが厳しいのは、囚人同士で秘密のやり取りをすることやペンに似せた脱獄の道具を持ち込まれるのを防ぐためだろう。とにもかくにも、早く一級になりたかった。

部屋を弱々しく照らすのは、自家発電ゆえにぼやけた裸電球の光だ。

「…………」

ようやく静けさが訪れ、りーんりーんと、尾を引くように長く鈴の音が鳴り響く。分厚い扉の向こう、廊下を歩き回る看守が就寝の合図を響かせている。

もう、こんな時間か。

ここでは何もかもが時間割どおりに進み、体調が悪いなどの不測の事態以外で、レールから外れるのは許されない。当然、自由は極端に制限されている。

僕たちの行動は記録され、評価され、常に更生の度合いを測られていた。

外の世界から隔絶されており、たとえ戦争が起きても知らされず、ここから解放される日を心待ちにするしかない。

思考を巡らせているうちに、僕はあの五文字に辿り着く。

小笠原寧子。

その漢字の並びを、僕はここ二年ほど片時も忘れたことがなかった。

どうして、彼女は死んでしまったんだろう?

僕にとって、それが最大の謎だった。

僕が疑われた原因の一つは、彼女が日記に僕のことを書いていた点だ。しかも、僕に宛てられた手紙には、まだ嫁に行きたくないとの旨が切々と書き連ねてあったそうだ。

そこから警察は、寧子と『親密な』関係にあった僕が、彼女に裏切られたと思い込んで殺害したと断定したのだ。

まったく身に覚えがないが、放課後にしばしば同じ場所で顔を合わせていたのが災いした。単に小鳥の巣立ちを見守っていただけなのに、それを目にした生徒や教師のあいだで、僕たちが密会していたと噂になっていたのだ。知らぬは当の本人のみだった。

そのうえ、下宿の大家はたまたま留守で、事件当夜の在宅の証明ができる者がいなかった。朝のうちに京都へ向かったのは、証拠品を消す目的だったのではないかと糾弾《きゅうだん》された。

幸い大野は僕に会ったと証言してくれたが、それはもう夕方だ。前夜に寧子を殺《あや》め、何食わぬ顔で早朝の列車で京都へ行くのは十分に可能だった。

弁護士から手紙の内容を知らされたが、あの文面では自殺としか思えない。もしくは、僕が殺していない以上は、真犯人がいるのではないのか。

実際、捜査の初期は僕を容疑者と見なす一方で、自殺と見なす声も強かったと弁護士が教えてくれた。

なのに、いつの間にか僕が彼女を殺したという不出来な筋書きがでっち上げられたのだ。

事態を悪化させたのは、寧子の父親の小笠原重蔵《しげぞう》の存在だった。

市議会議員で地元の名士である小笠原に同情する者は多く、僕は令嬢を誑《たぶら》かした張本人と決めつけられた。おまけに、僕が城山と刃傷沙汰を起こしたと知った地元の新聞社がそれを記事にし、僕は若い男女を弄《もてあそ》ぶ異常者扱いをされてしまった。

そんな罪状はなかったのに、新聞記者たちは僕が寧子を乱暴したうえで殺したのではなどと書き立てたらしい。

母と幼いときの妹以外、異性と手を握ったことすらないのに、笑いごとじゃない。

小笠原は娘を失った悲しみに耐えきれず、僕に責任を押しつけたのだろう。

僕は天地神明に誓って無実だと主張できたし、それを曲げなかった。

けれども、議員である小笠原に比べて、僕は信望も地盤も何もないよそ者だ。どちらが信じてもらえるかなんて、火を見るよりも明らかだった。

僕の態度は罪を認めぬふてぶてしいものだと見なされ、裁判官の心証はどんどん悪化していった。それでも死刑や無期刑を免れたのは、小笠原が僕にいつか改悛の情を見せてほしいと訴えたせいだ。一瞬では死ねず、半端に希望が残る懲役二十年という刑は、僕にとっては最も耐え難い罰だった。小笠原はそれを見抜いていたのだろう。

――もしおまえが何の罪も犯していないのであれば。

不意に、裁判所で判決が出たあと、引き立てられようとする僕に放たれた小笠原の冷たい声を思い出す。

――もしおまえが何の罪も犯していないのであれば、潔白だというのならば、神はおまえを救うだろう。だが、救われないのであれば、それは――

小笠原は熱心なキリスト教の信者で、遅くにできた寧子をたいそう可愛がっていた。地元の名士として評判もよかったし、僕が教師を務める女学校への寄付金も多かった。

持てるすべてを使って戦ってくる相手に立ち向かい、官選弁護人は懸命に弁護してくれたが、無駄だった。

地方裁判所で有罪判決が出たので、当然ながら控訴院に控訴したが、『凶悪犯罪デアルコトハ明白ナリ』との文言を添えられ、あっさりと却下されてしまった。

愕然とした。

僕はこの社会においては、警察の取り調べも裁判も公正に行われると思い込んでいた。だが、それは幻想だった。

真っ当な法の裁きは、力がある人間でなければ受けられないのだ。

控訴を受理してもらえなければそれ以上は手の打ちようがなく、僕は犯罪者としてこの監獄に放り込まれた。

僕にできるせめてもの抵抗は、更生なんてしないことだ。

冤罪なのだから、反省の必要はないはずだ。反省するのは、僕をここにぶち込んだやつらに屈するようで悔しすぎる。

僕は絶対に、この監獄から晴れ晴れと出ていってみせる。

当然、模範囚として減刑されるだけでは意味がない。それでは、僕の罪は消えないからだ。冤罪を晴らして、ここから堂々とおさらばする方法を僕はずっと模索していた。

三

「僕は無実なんです。本当です。何もやっていないんです！」

熱くなるつもりはないのに、僕は身を乗り出して早口で訴える。

日曜日。

面会に訪れた新聞記者の柿本《かきもと》は、初対面だった。若くはあったが、熱心な人物で僕の事件をしっかり調べてくれていた。

奈良県での政治家の腐敗について調査しているうちに、今回の事件について興味を持ったのだという。取材のため、わざわざ特別な許可を取ってくれたそうだ。

これまでは面会者など担当弁護士しかいなかったので、僕は感激に打たれていた。

「つまり、冤罪だとおっしゃるんですか？」

柿本は真剣な面持ちで、手帳に何ごとかを書きつけているようだった。

「はい。信じてくれるんですか？」

「でなければ調べに来ませんよ。あなたのような真面目な人が、女学生を殺めるとは到底思えません。私が再審請求をお手伝いします」

「本当ですか⁉」

願ってもないことに、僕の声は上擦った。

落ち着け。今まで誰も信じてくれなかった。誰も話を聞きに来てくれなかった。

過剰に期待して心を躍らせても、どこかで突き落とされるのがおちだ。

「ええ。これほどの暴挙が許されるわけがありません。世間はわかってくれる。あなたは来年の今頃は、きっと娑婆に戻っています。復職だってできるかもしれない」

彼の声は熱っぽく、真心が籠もっているようだった。

「…………」

嘘みたいだ。そんな都合のいい、夢みたいな話があるだろうか。

泣きだしそうになった僕は、唇をきつく嚙む。

涙を堪《こら》える僕の表情に気づき、彼は宥《なだ》めるように微笑《ほほえ》んだ。

「泣かないでください。涙は最後まで取っておきましょうよ。今は笑ってください」

「あり、がとう……ございます……ありがとう……」

そうだ。笑おう。

やっと、報われたんだ。

「っく……ふ……」

なのに、たまらずに嗚咽《おえつ》が漏れた。

目許からつうっと涙が零《こぼ》れ落ち、頬を濡らしていく。

聞き慣れた笛の鋭い音が、廊下いっぱいに鳴り響く。

「起床！」

――え？

「柿本さん!?」

僕は慌てて跳ね起きてあたりを見回す。そこは先ほどまでいた面会室ではなく、いつもの監房だった。空気は冷え切っていて、まだ寒々しい。

これは夢、か……？

嘘だ。こんな現実的な夢があってたまるか。

だが、確認するまでもない。僕は薄い布団にくるまって、一人きりで寝ていた。生あたたかい感触を覚えて目許に触れると、僕は本当に泣いていた。

「はは……」

乾いた笑いが漏れ、僕はうつ伏せになって枕を叩いた。

馬鹿みたいだ。

僕は子供の頃から夢の内容をよく覚えているほうで、悪夢にうなされて飛び起きることなどしょっちゅうだ。

それこそ、祖母がすべてを燃やす夢など幾度見たか数え切れない。

夢で一喜一憂するのは馬鹿馬鹿しいが、さすがに希望を与えられたあとに現実を見せつけられるのはつらい。

たかだか夢でこんなに落胆するとは、僕は相当心が弱っていたらしい。

正夢だった部分は、今日は日曜日だということくらいだ。

「………」

がたんと音が聞こえ、扉の下部にある食器孔から汁椀と茶碗が入れられる。

朝食はいつも、麦飯と味噌汁。それに漬物がつく。おかずは何日かに一度で、正月など特別な日だけ品数が増えた。食べ物を差し入れてもらうこともできるが、特に夏場は食中毒が多いので、料理によっては拒まれると聞いた。

「喫食！」

廊下の外から、合図の声が聞こえてくる。

僕は箸を手に「いただきます」と小声で言うと、味噌汁の椀を取り上げ、水面を揺らさないように口許に運ぶ。

不意に、味噌汁を豪快に飲んでいた羽嶋の精悍《せいかん》な顔を思い出し、僕は箸を止めた。

羽嶋の胃袋は、鋼鉄製なんだろうか……？

「………」

不思議だ。ほかの受刑者を思い浮かべるときは番号が先なのに、あいつは４９６号じゃなくて名前で思い浮かんだ。せっかくの完全数なのに、台無しだ。

いや、どうでもいい。

さっさと食べてしまおう。

監獄の食事は量が少ないので嚙まずに呑み込むのがいいというのは、例の獄中記で学んだ。よく嚙むと消化が速く、すぐに腹が減るのだとか。もっとも、よく嚙んだほうが満腹感があるという意見も聞き、どちらが正しいかは不明だ。

「終了！」

食事の時間が終わった合図に、僕は食器を手早く片づけた。

気を取り直した僕は、自分の頰を何度か叩いた。

日曜日は工場での作業もなく、比較的自由に過ごせる。

読書に耽《ふけ》るもよし、通信室に行って手紙を書くもよし。

結果が見えていながら、僕は毎週、しつこいくらいに外界の誰かへの手紙を書き続けていた。

基本的に勝算がない真似はしたくないが、それでも、これに関しては足掻《あが》き続けたい。

僕に許可された外界との交信は、週に一度、一通だけだ。

可能な限りあちこちに手紙を書いたものの、家族も友人も返事をくれなかった。

家族には各方面に働きかけてほしいと頼んだのに、それすらも無視されている。彼らにとっては、弓削朋久という長男は汚点なのだろう。妹がとうに結婚していてよかった。

僕以外の囚人にとって最大の楽しみは、家族との面会だ。老若男女が、家族に会うために尖塔を備えた立派な表門をくぐる。

一週間で今日だけは、この監獄が華やぐのだ。

面会者が現れて呼び出される囚人の足音を聞きながら、僕は監房で頬杖を突く。

家族というのは、不思議だ。

差し入れを携えた妻子が足繁く訪れる相手が、人殺しの凶悪犯のこともあった。反対に、軽微な罪であっても、家族から絶縁されてしまう者もいた。

僕は後者だが、それ以前に自分から家族を捨てたも同然だった。

祖母の事件の直後、一家の大黒柱の父が卒中で倒れ、半身麻痺になってしまった。以来、快《かい》闊《かつ》だった父はすっかり人が変わってしまい、介護を受け持つ母に当たり散らすようになった。

父が歩くときの、足を引きずるような音。

あの音は、理不尽な癇癪をぶつけられる予兆だった。まだ小学生だった僕は、どんな怪談よりも父の足音が怖かった。

数字の素晴らしさを語ってくれた父は、もう、この世界にはいないのだ。

苦手だった父親から離れるため、母と妹を置いて、逃げるように京都まで来てしまった。

だから、彼らが僕を見限るのもあたりまえといえばあたりまえじゃないか。

「421号、面会だ」

「えっ！」

看守が外から呼びつけたので、僕はどきっとした。

いったい、誰が?

「笠松正三《かさまつしょうぞう》だ。どうする?」

「……………」

笠松は僕の事件で検事を務めていたが、判決の直後に定年退職して弁護士に転身したそうだ。知りたくもない彼の現状は、一度だけ面会に来た僕の弁護士が教えてくれた。

休日を潰して面会に来るとは、まさか僕を嵌めたことを後悔しているのか。

原則として家族や近しい者しか面会できないはずだが、そのあたりはどうにでもなるのだろう。

灰色の背広を着込んだ陰気な検事は、よく覚えている。裁判のときに僕から何としてでも不利な言葉を引き出そうとし、それがいっそ滑稽だったからだ。

寧子の死をどう思うかと問われれば、答えに困る。

若い身空で彼女が死んだのは気の毒だったが、僕のせいかと聞かれれば納得がいかなかった。従って、罪を償えと言われたってできるわけがない。

だが、それだけでは割り切れない。

もしかしたら、僕にも何かできたのかもしれない。事件を防げたのではないか。そう考えると、胸の奥が微かに痛む。

こんな境遇に僕を落としたのが、彼女だったとしても。

だから、彼女を恨んではいないのだ。

「元気そうですね」

「おかげさまで」

「今日は小笠原さんの代わりに伺いました。あの方、相変わらず気落ちしてますよ。何かお伝えすることは？」

やはり、小笠原の代理人か。

鉄格子を嵌め込んだ窓から入る薄い光が、男の額のあたりに降り注いでいる。

裁判でも小笠原にやけに肩入れしていると思っていたが、ここに来て、それを隠さなくなった。そもそも、小笠原は僕を逮捕させるときには警察に手を回していたし、検事である笠松にも同じようにしていたわけだ。

それでは、万に一つも僕が勝てるはずはなかったのだ。

そうまでして、僕を嵌めたかったのだという事実はあまりにも重かった。

おまけに、こうしてわざわざ顔を見に来るあたり、僕の担当弁護士よりよほどまめじゃないか。

あれほど憤っていた僕の弁護士ですら、きっと、負けた裁判のことなど忘れているだろう。

「ありません」

僕が本心から即答すると、彼は呆れたような面持ちになった。

「組み紐工場での成績は良好だそうですね。常に一二を争っておられるとか」

「…………」

「小笠原さんは、主はいつでもあなたを見ておられるとおっしゃってました。あなたに罪を贖《あがな》う気持ちさえあれば救われるのに」

全知全能とはいえ信者でもない者まで一人一人見張っているとは、神様というのはずいぶん暇な存在らしい。

小笠原はキリスト教徒で、近隣でも有名な敬虔《けいけん》な信者だという。笠松も同様に信者だそうで、彼らの強い連帯の理由が腑に落ちた。考えてみれば、橘樹高等女学校もキリスト教系の学校だった。

――もしおまえが何の罪も犯していないのであれば、潔白だというのならば、神はおまえを救うだろう。だが、救われないのであれば、それは――

小笠原の言葉は、僕にとっては呪詛《じゆそ》にも等しかった。

だいたい、大事な一人娘が自死したのと乱暴されて殺害されたなどと噂されるのとでは、前者のほうがまだましではないのだろうか。

それとも、宗教的に自殺は許されないから、後者がいいと考えたのか。

「そっちこそ、悔い改めないいんですか？　奸計《かんけい》で人を陥れるなんて、あんたたちの神様はすべて見てるんでしょう」

丁重に接してやる理由もないので挑発的に言ったが、笠松は冷笑にも似た表情を浮かべた。

「憐《あわ》れな人ですね。――この際だから、教えてあげましょう」

「…………」

僕は無視を決め込んだが、笠松は畳みかけてきた。

「お嬢さんの手紙は、もう一通あったんですよ」

「え？」

どきっとした。

それまで僕はふてぶてしく椅子の背に寄りかかっていたが、思わず身を乗り出してしまう。

「あなたへの最後の手紙です」

「何て書いてあったんだ⁉」

僕は男に顔を近づけた。

もしや、そこには僕の無実を証明する内容が記されていたのではないか。でなければ、笠松がわざわざ餌をちらつかせるはずがない。

「知りたいのですか？」

「あたりまえだ！」

心臓が震える。

「残念ながら、悔い改めぬ方にお教えする必要はありません。これもご遺族の意向です」

「終了だ」

無慈悲にも面会時間が終わり、看守が僕を連れ出すために扉を開ける。

「言え！」

「どうぞ楽しい監獄生活を。まあ、あなたが無事に刑期をまっとうできるなら、ですが。ああ、手紙はいつでも見に来てください」

笠松は薄笑いを浮かべて、僕にだめ押しの言葉を投げつける。

仮釈放など遠い先なのだから、それこそ、脱獄でもしなければ読めないではないか。

「421号」

時間が来たならばそれ以上食い下がれず、僕は唇をきつく噛んだ。

笠松に背を向けて呼吸を落ち着けようとしたが、やはり、心臓が激しく脈打っている。

「…………」

だめだ。どうしようもなく、心がざわめく。

ここで食ってかかっても無意味だとわかっていたが、僕は未練がましく振り返る。

笠松がにやにやしながら僕を見つめているのが、よけいに気に食わなかった。

看守に「おい」と小突かれるようにして、僕は面会室から外に出された。

僕への最後の手紙。

最後という言葉が引っかかる。

もしそれが遺書だったら、寧子は自殺だ。

すなわち、僕の無罪が証明されるのだ。

希望の光が射《さ》し込んできたように思え、僕は自分の右手を軽く握り締めた。

どうすれば、寧子の手紙を手に入れられる？

「おまえも人が悪いな」

廊下に出たところで唐突に言われ、僕は顔を上げる。

「一言謝ってやればいいだけだろ。あちらの親御さんはそれで気が済むんだ。どうしてそれができない？　おまえには天罰がくだるだのなんだの、言いふらしてるらしいぞ」

「僕はそういうの、信じてないので」

そうだ。信じていないはずなのに、今の僕は、すっかり気持ちが揺らいでしまっている。

「おまえ、天理教だっけ？」

奈良という土地柄、このあたりは天理教の信者が多いので、天理教は特別扱いされていた。

面会と同様に週に一度、僧侶や牧師の話を聞く機会があるが、教誨《きょうかい》の際の小部屋もわざわざ独立して作られている。

「いえ……実家は浄土宗です」

寺や神社に行けば型どおりに手は合わせるが、その程度だ。

「どんな神様だって、悪いことをすりゃ罰を下すんだよ。おまえがここにいるのがその証拠だ」

看守にまで追い打ちをかけられるとは想定していなかったので、つい、口を噤《つぐ》んでしまう。歩きながらつぐみに似た黒い目の少女を思い出し、僕は瞬きをする。そういえば、監獄にいると小鳥を見かけない。

「おとなしそうな顔で、本当に強情だよな」

言い負かしたと思ったのか、彼は得意げな面持ちでつけ加えた。

「…………」

面会室を出てふと顔を上げると、廊下には面会の順番を待つ羽嶋の姿があった。

どこかそわそわしている様子で、僕にも気づいていない。

羽嶋には会いに来てくれる人がいるのだと思うと、胸がぎゅっとなる。

たとえ終身刑の極悪人であっても、気にかけてくれる人はいるのだ。

僕なんて、嫌みを放つために来た笠松しかいないのに。

僕と彼の違いを、思い知らされたようだった。

奈良の冬は、とにかく寒い。標高が高い郷里も寒かったが、京都や奈良の冬はまた質が違う。

こちらの冬は、手も足も指先が凍えてかじかむ。晴れていても陽射しは冷たく、どこか陰鬱だ。顔を洗う水の冷たさが苦手で、この時期は水で顔を撫でるだけに止《とど》めていた。廊下にいくつか置かれたストーブだけが熱源で、その熱は監房にまでは届かない。暖房としては、気持ち程度の効果しかなかった。

目覚めてもどことなく気分が沈んでいるのは、昨日の面会のせいだろう。あれから気が散って、唯一の楽しみである読書にすら集中できなかった。

囚人は一冊ならば本の持ち込みが許されており、僕は難解な専門書を少しずつ大事に読んでいた。差し入れがあれば交換も可能で、何冊もある場合、残りは看守に預かってもらう。

昨日は、数式の意味も何もかも、僕の頭を素通りしていった。

寧子の最後の手紙とは、いったい何を意味するのか。

とはいえ、あの事件から二年近く経って、今更新事実が判明したというのはさすがに首を傾げてしまう。

警察の捜査でも、遺品に手を付けなかったとは考えづらい。少女の持ち物などたかが知れているし、家の中や蔵ならばまだしも、外にこっそり隠す才覚があるとは思えなかった。友達に託したという線もあるが、そんな間怠《まだる》っこしい真似をするだろうか。

そもそも、遺族に公表する意思がないのなら、僕が娑婆に出て確かめるほかない。

それこそ、脱獄をするとか。

——馬鹿馬鹿しい。

脱獄なんて、できるわけがない。

僕は無実の罪でここに収監されているのに、脱獄をしたら今度こそ犯罪者になってしまう。

たとえ冤罪を晴らすためだったとしても、法を破ることはできない。

雨模様の今日は朝の運動がないので、すぐに作業が始まる。

だらしない格好は減点の対象で、僕は素早く身なりを整えた。

看守の手で鍵が開けられ、全員が外に出て点呼が始まる。

そのあとは突き当たりにある工場まで、真っ直ぐな廊下を全員で行進するのだ。

壁際の通行は禁じられており、通路の中央寄りを歩いて工場へ向かう。

手前には更衣場があり、そこで丸首に筒袖の就業衣に着替える決まりになっていた。

着替えという一手間で、道具を持ち出すことを防いでいるわけだ。

「おはようございます！」

更衣場で顔を合わせた羽嶋が、陽気に挨拶してきた。

監獄に来て四、五日目だろうが、相変わらずやけに元気だ。

「おはようございます、弓削さん」

聞こえていないと勘違いしたのか、羽嶋は人懐っこい笑顔で繰り返す。

面倒くさい……。

五分もしないうちに僕をうんざりさせるなんて、これはもう一種の才能だ。

羽嶋が更に口を開こうとしているので、僕は仕方なく「421号だ」と言った。

「421号さん、おはようございます」

「……おはよう」

とうとう根負けして応えると、羽嶋は嬉しげに破顔した。

作業場では簡単な朝礼のあと、それぞれの仕事が始まった。

隣の席には羽嶋が座っている。

「編み方、忘れてないだろうな」

日曜日を挟んだので、もしかしたら綺麗さっぱり忘れてしまったかもしれない。

「何となく。とりあえず、やってみます」

丸台の前に腰を下ろし、羽嶋は作業途中でぶら下げたままの組み玉を手に取った。

糸の緊張を保っておけば緩まないので、しばらく放置しても問題はない。

組み玉が定位置にあるかを確認し、羽嶋は左斜め前の組み玉をすくい、自分の右脇に持ってくる。かたんと音を立てて組み玉が落ちたら、今度は右斜め前の組み玉を左脇に。次は逆だ。

木製の組み玉同士がかちかちとぶつかる音は心地よく、規則的でテンポもいい。

僕は少し安心し、改めて自分の作業を始めた。

羽嶋は初めての日曜日にゆっくり休めたのか、顔色はよく元気そうだ。

何よりも、瞳がきらきらと輝いている。

羽嶋を心配しているわけじゃない。ただ、新参者は自身の置かれた境遇に慣れるまで時間がかかるものだ。

なのに、羽嶋はあっさりとその問題を乗り越えてしまったらしい。

奇妙な男だ。

だが、こうして羽嶋のことを考えていると、寧子について思いを巡らせずに済んだ。

忘れていたはずの寧子のことを今日も思い出し、僕は唇を噛む。

難問に直面すると、人はこんなにも悩むものなのだ。答えが隠されている分、数学よりも難解だった。

そのうえ、笠松の当てつけめいた言葉が胸の中で澱《よど》んでいる。

僕が無事に刑期をまっとうできればとは、どういう意味なのか。

当てずっぽうで適当なことを言っている可能性はあるが、そう片づけようとしても、いい気分にはなれない。

今になってじわじわ効いてきた言葉は、まるで遅効性の毒だ。

やがて、昼食の時間になった。

ここでも羽嶋と一緒だが、ゆっくり食べていれば会話をしなくて済むだろう。

そう考える僕をよそに羽嶋は平然と食事を掻き込み、味噌汁を勢いよく飲む。

たまらずに彼をじっと見つめていると、羽嶋が僕の視線に気づいた。

「何か？」

「あ……いや、べつに」

僕が気にしすぎているだけで、今日はあまり砂が入っていないとか？

箸で底を軽くさらってみると、いつものようにじゃりじゃりと嫌な音がした。

つまり、この男が鈍いだけらしい。

「421号さんって魔性なんですか？」

「は？」

マショウという言葉が、咄嗟に漢字にならなかった。その言葉が『魔性』だとわかった瞬間、僕は噴き出していた。

「何だ、それ」

「房の人に言われました。もめごとを起こしたし、仲のいい囚人もいるし、ここでもひいきされてるって」

「え？」

理解できない。

もめごととは、監獄に来てすぐに殴られまくった件だろう。あれは一方的に目をつけられただけなのだが、そう見えない人もいたのかもしれない。

それはともかくとして、仲のいい囚人なんて一人も浮かばない。指導役だから仕方ないとはいえ、僕にしつこく話しかけてくるのは羽嶋くらいのものだ。

ひいきとやらに至っては、これだけ侮蔑されているのだからそんなわけがないことは一目瞭然のはずだった。

「ここに赤い印、ついてるし」

彼の人差し指の動きにつられて、僕は自分の襟を見下ろす。

ああ、これか。

相変わらず、彼は自分の暮らす監獄についての理解度が低すぎる。看守たちは、いったいどんな新人教育を行っているのだろう。

「成績優秀者の印だよ」

「成績って？」

もしかして羽嶋は何も知らないのかと、僕は片岡をちらりと見やった。椅子に腰を下ろした片岡は、退屈そうに大きな欠伸《あくび》を噛み殺している。多少はここのルールを説明してやるべきだろうと、僕は不承不承、口を開いた。

「ここでは工場での作業の成果や普段の生活態度で、成績をつけるんだ」

「大人なのに、成績をつけられるんですか？」

「茶化すんじゃない。とにかく、優秀者には特典があるんだ。手紙を書ける回数が増えるとか……若干、過ごしやすくなる」

婆婆なら、子供騙しのささやかな褒美《ほうび》にすぎない。しかし、自由の利かない監獄においては、そうした特典の効果は絶大だ。

「それ、どうやってなるんですか？」

羽嶋は目を輝かせた。

「質のいい商品をたくさん作るんだ。言っておくが、時間をかけていいものを作るのは普通だ。そこそこ手早く作るんだ。逆に、道具を壊したりすると失点になる」

「なるほど。じゃあ、俺も目指してみようかな」

いくら器用でも、そう簡単に経験の差を埋められるわけがない。なのに堂々と言い放った羽嶋の脳天気さと自信とが、癪に障《さわ》ってしまう。

それでも、むっとした感情を隠すくらいの社会性はあった。

「――いいんじゃないか。売り上げが上がれば、ここの監督も喜ぶ」

「そうなんですか？」

羽嶋はきょとんとする。

「工場同士で競ってるんだ。成績がいいと、時々お茶が振る舞われる」

「なるほど。俺が頑張れば、みんなにいいことがあるってわけですね」

「まあ、そうなる」

「なら、頑張ります！」

ぐっと握り拳を作り、羽嶋は威勢よく宣言した。

「今日は一昨日よりもちょっと進んだし、少しは上手くなってるかも」

「一寸」

「え？」

「編めたのは、一寸だ」

おとなげなかったが、つい、僕は羽嶋に突っかかってしまう。

「測ってたんですか⁉」

「僕の指、一節がだいたいそれくらいなんだ」

「へえ……言われてみればそうかも」

羽嶋はしげしげと自分の手を見つめ、それから僕の手に視線を向けた。

「個人差があるから、定規を借りてみるといい」

何となくその視線が鬱陶しくなり僕は思わず指を握り込んだ。

「そっか。俺の指、どれくらいなんだろ」

羽嶋は自分の手と指を大きく広げ、首を傾げた。

その素直さが女学校での生徒たちと重なりかけ、いつの間にか緩みかけた口許を僕は慌てて引き締めた。

「できました！　見てください」

その言葉に僕は手を止めて、羽嶋が作業している丸台の鏡の下を覗き込んだ。

「だめだ」

羽嶋の指導を始めて、三日目。

彼は作業が丁寧なせいで、進捗《しんちょく》はあまり芳しくない。一定の長さを編むごとに僕が確認しているが、初心者なのだから劇的に上達するわけではなかった。

「どこが、ですか？」

彼の声には、今回はよくできたはずなのにという不満がありありと滲《にじ》んでいる。確かに熱心に頑張っていたのは知っているが、だからといって、安易に及第点は与えられなかった。

「ここだけ編み目が太いだろう？」

「あ！」

真っ白な組み紐を汚さぬように注意しつつ僕が指さしたところを見て、羽嶋が驚いたように声を上げる。完全に虚を衝かれた様子で、まるで気づいていなかったようだ。

「糸にちゃんと内向きの縒りをかけないと、膨らんで見映えが悪くなる」

「だめかあ……」

がっくりと羽嶋の肩が落ちる。

わかりやすいほどの落ち込みぶりに、ちょっときつすぎただろうかと僕は言い方を変えた。

「もちろん、これでも売れないわけじゃない。でも、等級は下がる。材料費は同じなのに、もったいないないだろう？」

葬式ではよれよれの品ではなく、厳粛な気持ちで美しい羽織紐を使いたい。自分が羽織を着る機会がいつあるのかと思いつつ、僕は静かに告げる。

「せっかくの晴れ着だから、綺麗に仕上げないとですよね」

うんうんと頷き、羽嶋は納得した様子だった。

「…………」

羽嶋にとって、羽織は晴れ着なのか。

そう認識した途端、ぞわりと背筋が冷たくなる。

見知らぬ誰かの晴れの日のために羽織紐を編むようなやつなのに、無期刑の凶悪犯。

気味が悪いくらいに相反している。

もちろん、監獄にいればさまざまな人物に出会う。

ここに来て一番参ったのは、自分を無罪だとのたまう囚人の多さだ。僕は人と関わらない方針だったが、だからといって、誰ともしゃべらないわけではない。

人を殺めてしまった罪の意識から犯罪の事実を心の中でなかったことにし、自分は無罪だと主張する者。

手をかけた相手は殺してもかまわないやつだったという認識から、無罪だと述べる者。

反省したのかどうかも曖昧で、刑の長さに罪を犯した事実さえ忘れてしまう者。

多くの者が自身を無罪だと言い張るせいで、誰も真面目に取り合わない。

一方で、僕のように嵌められた人間は、ほかにいるのかどうかすら不明だった。

「組み玉を逆に動かせば解けるから、失敗したところからやり直せる」

「はい、先生！」

羽嶋の明るい声が工場に響き、周囲の連中がどっと笑った。

先生……。

いきなり、後ろから頭を殴られたような気がした。

僕が無反応なのに気づき、羽嶋は「あっ」と自分の口許を一度押さえた。

「う、えっと、すみません。小学校の先生を思い出して……その……」

教師という過去は、僕には嫌なものではなかった。

「――いいから、続けて」

「すみません」

傷ついたわけじゃない。

ここで長く暮らすには、自分の感情を鈍らせるほかない。そうでなければ、単調な日々に耐えられなくなるからだ。けれども、それが習い性になると、僕は誰かに負けたような気分になってしまう。

悔しいじゃないか。

僕の運命をねじ曲げたやつらに、人格まで変えられてしまうようで。

どんなにささやかであっても日々に抗《あらが》わなければ、僕は僕でなくなってしまう。

するすると組み紐を解く羽嶋を眺めていた僕は、はっとして彼の肩に触れた。

「おい」

「！」

びっくりしたように彼がこちらに顔を向けたので、慌てて手を離す。

羽嶋に影響されたのか、気安すぎる真似をしてしまった。

「悪い……でも、解きすぎだ」

「……え!?」

僕の言葉の意味を摑みかねたのか、彼は声を上擦らせた。

「その辺は綺麗に編めていただろう？」

「つい、勢いで。けど、こつはわかったんで、やれそうです」

羽嶋は微笑む。

「ありがとうございます！」

声が弾んでおり、彼が本気でこの作業に熱中しているのは伝わってきた。

「成績優秀者は遠いなあ……」

「そりゃそうだろう」

あまりにも楽観的な様子に、僕は逆に毒気を抜かれてしまう。

羽嶋は真面目で、文句一つ言わずに働く。素直で明るく、娑婆にいれば愛されるべき資質の持ち主だろう。

だが、ここは監獄だ。

たとえ軽微な罪でも、皆、どこかしらでお天道様の下を歩けない後ろめたさを引きずっているものだ。

なのに、羽嶋の明朗ぶりはどうだろう。

健やかなのはいいことだが、監獄という場所では噛み合っていない。異常とも言えた。

希《まれ》にこういう心底おかしいやつが、監獄には紛れ込んでいる。人を殺しても何とも思わないし、ゆえに罪悪感も存在しない。

もっとも、僕だって生徒を手にかけたくせに罪の意識すらないやつだと受け止められているのだろう。

考えたくもないが、僕と羽嶋は、表向きは似た者同士なのかもしれなかった。

工場での作業が終わった夜九時には、僕はすっかり疲れてしまっていた。肉体的な疲労に加え、生徒を持ってしまった気疲れのせいだ。

おまけに、監房に戻る際には、必ずやらねばならない嫌な儀式がある。

「お願いします。４２１号」

全裸になった僕は看守の前で、高々と両手を上げて万歳をする。足裏まで見えるように片足ずつひょいひょい上げて飛び跳ね、同時に口を大きく開けて舌を出す。ついで後ろ向きになって背中側を見せ、工場から道具を持ち出していないと証明する。

我ながら間抜けな姿だが、順番を待っている連中は決して笑わない。これは工場を出ていく者全員に課されており、誰もが自分自身の滑稽さを知っているからだ。

独特のやり方は、ここでは『カンカン踊り』と呼ばれている。

こちらは踊っているつもりではないが、まるで舞踏のように見えるところからついた名前だとか。

最初は、こんなくだらないことをやらされるのは嫌でならなかった。

インテリで通ってきた僕が、総身に刺青《いれずみ》を纏《まと》っているような極道と区別なく、馬鹿げた踊りをさせられるのだ。しかも、嫌がって適当に動くと、そのときだけは思い切りの悪さを嘲《あざけ》られた。彼らは踊りそのものではなく、プライドを捨てられないやつを嘲笑《あざわら》うのだ。

それに気づいたとき、僕は愕然とした。

この踊りは、人の悪意の塊だとわかったからだ。

それが今やすっかりカンカン踊りに慣れ、嫌ではあっても自分の滑稽さも何とも思わないくらいに麻痺してしまった。

「よし」

「ありがとうございました」

踊り終えた僕は、看守の許可をもらい、就業衣から普段の獄衣に着替えて息をついた。

ようやく、今日も一日が終わる。

あと十八年あまりだから、単純計算して六千五百日以上もこんな似たような日々を繰り返すのか。もしかしたら途中で違う作業に変更させられるかもしれないが、時間割は大差ない。

それではさすがに、頭がおかしくなりそうだ。

看守の指示に従い、長い廊下を歩いて監視所に近い監房の前に立つ。扉は開いているが、中に入れるのは点呼が終了してからだ。

一人一人点呼され、胸に縫いつけられた称呼番号と監房に掲示された番号が一致しているかを看守に確認される。

背筋を伸ばして順番を待っていると、いきなり、右側から誰かが近づいてきた。

「よう、先生」

低い声で呼びかけられて、ぎょっとしてしまう。

４１３号。

素数でも完全数でもフィボナッチ数でも何でもないが、彼の番号はどうしたって忘れられない。数字そのものではなく、人間性に問題がありすぎるからだ。

ぱっと見はなかなかの男前だが、四監において、この男は僕や羽嶋なんて目じゃないほどの問題児だ。

姓は山岸で、下の名前は知らない。

殺人罪で収監されている彼は、僕が二人目に名前を覚えた人物だった。

単調な毎日はつまらなかったものの、一日の最後に山岸と顔を合わせるなんていうアクシデントはまったく嬉しくなかった。工場には来ていなかったので、ほかの場所にいたのだろう。

急いで左手にある監視所に視線をやったが、看守は困ったように目を逸らす。

「ん？　何だよ、おしゃべりしてくれねえのかよ？」

山岸がずいっと距離を詰めて、僕をごく間近で見下ろす。

「会いたかったのに、つれないよなあ」

息が額にかかるほどの距離感に困惑し、何も言えなかった。

怖かった。

好きでも嫌いでもないが、僕はこの男に本能的な恐怖を抱いている。

「なあ、黙ってないで何か言えよ」

どん、という鈍い音が耳のすぐそばで響き、僕は全身を硬直させた。

彼は素手で、僕の監房の扉を殴りつけたのだ。

「いってえ」

山岸の呻《うめ》き声が耳許で聞こえ、「大丈夫か？」と咄嗟に尋ねる。

「やっと口利いてくれた。先生はやっぱ、心配だけはしてくれんだな」

そういうわけじゃない。三寸（約9センチ）ほどある扉をこの勢いで殴れば、骨が折れたっておかしくない。

僕のせいで怪我をされるのは成績に関わる――かもしれない。一方的に絡まれている今の状況だったら、僕のせいとは言えないが、よくない記録が残るのは御免だ。

「今日も相変わらず、あの辛気《しんき》くせえ作業してんの？」

「そうだ」

「たまには部屋で本でも読もうぜ」

「労働は義務だ」

「つまんねえの。俺はちょうど医務所に行っててさ」

僕を見つめる黒々とした瞳は、まるで、星のない夜空のようだ。

その目で見られると、蛇に睨《にら》まれた蛙のように身動きできなくなってしまう。

太い眉と濃い睫毛。山岸の顔立ちは、全体的にはっきりとしている。体格も立派で、僕からすれば見上げるような偉丈夫だ。衣服を整えれば欧米の映画スタアにも似た雰囲気だが、異様なのは丸刈りにした頭から右のこめかみにかけての五寸（約15センチ）ほどの大きな傷だ。

彼は日露戦争に従軍し、頭に砲弾が直撃して大怪我を負ったという。

そんな彼の罪状は、素手で友人を殴り殺したという凄惨なものだ。機嫌がいいときはまともに作業に従事するが、虫の居所が悪いと平然と暴れる。

僕にとっては、最も関わり合いたくない人物だ。

山岸に比べたら、羽嶋なんて可愛いものだった。

「おい、何をしてる！」

片岡が腰に下げたサーベルをがちゃがちゃと鳴らしながら走ってきたが、山岸には近づこうとしない。

彼は監獄で大暴れした前科が何度もあり、呼びつけられた看守が負傷する事件が立て続けに起きた。怪我をした看守たちは復帰せずに辞めてしまい、以来、山岸は腫れ物扱いだ。一種の特別扱いに、囚人たちは彼を『大将』というあだ名で呼んでいるくらいだった。もちろん、それは彼を揶揄《やゆ》するもので、お山の大将とかそういう意味合いのようだった。

機嫌がよければ作業をいくらでも進められるうえ、人一倍手先が器用らしい。おかげで、監房の入り口にかけられた札は成績優秀者の赤色だ。

「そうそう、本でさ、わかんないところがあるんだよ。今度、教えてくれよ」

答えられなかった。

「頼むよ。あんた、頭いいんだろ。説明を聞きたいしさ」

「典獄の、許可が出たら……」

やって来た片岡の顔色を窺いつつ、僕は掠《かす》れ声でそう言う。

もう、いいかげんに助け船を出してほしい。

山岸と何か約束をしてそれを破れば、僕はそれこそ顔が変形するまで殴られるかもしれない。

「413号、おとなしくしろ」

「してるだろうが」

「どこがだ！」

片岡が一喝すると、山岸は無言で相手を見据えた。

凄まれた片岡は一歩後退《あとずさ》ったが、気を取り直したように山岸を睨み返す。

「監房に戻れ！　また丸房に入れられたいのか！」

片岡と様子を見ていた別の看守が恫喝《どうかつ》したが、山岸の表情はまったく変わらなかった。

「いいぜ、べつに。あそこはゆっくり寝れるしな」

一階にある重屏禁房《じゅうへいきんぼう》は真っ黒なペンキが内部に塗りたくられ、光はいっさい射さないそうだ。

唯一、食事のときだけ、小さな食器孔が開けられ、その一瞬だけ光を感じられるとか。

噂には聞いていたが、実際に見たことはない。脱走を企てたり看守に反抗したりと、監獄に来てから特に重い規律違反を犯した囚人が入れられるため、僕とは無縁だからだ。酷《ひど》い環境らしく、たいていの囚人は、戻ってくると牙を抜かれたようにおとなしくなってしまう。だが、山岸は何度丸房にぶち込まれても、何一つ変わらずに鼻歌交じりで帰ってくるのだ。もちろん、鼻歌は禁止なのだが、誰も彼を抑止はできない。

「いいかげんにしろ！」

「うるせえな！　俺は先生と話してんだよ！」

凄むような山岸の口ぶりに、サーベルを構えた片岡が緊張を滲ませる。

「それとも、あんたらが教えてくれんの？」

なぜか知らないが、僕は日頃から山岸によく絡まれていた。

山岸は機嫌よく会話をしていたかと思うと、いきなり胸倉を摑んで殴りかかるようなやつだ。僕だって、何度もそういう目に遭っている。

反面、粗暴だが読書を好み、この刑務所では数少ないインテリの部類に入る。だからこそ、仲間意識もあって僕に声をかけてくるのだろう。

こちらとしては、いい迷惑だ。

「いいだろ？　教えてくれるよな」

ぐいっと唐突に肩を抱き寄せられ、僕はぎょっとした。慌てて山岸を押し退《の》けようとしたが、力では敵《かな》わない。

「あんた、優しいしさ。最初からそうだよな」

「僕は……」

どういう誤解なのかと、僕は眉を顰《ひそ》める。

彼に優しく振る舞った記憶はまったくなかった。

そもそも、ここでは他人に親切にする機会なんてほとんどない。

「ここじゃだめなら、一緒に出ようぜ」

「は？」

「脱獄ってやつ？　あんただって、こんなところにいたくないだろ？」

「………………」

いったいどう答えればいいんだ。

もちろん、出たくないと言えば嘘になるが、出たいと言えば脱獄を企てたと看守に咎《とが》められかねない。

「俺だったら、あんたを出してやれる」

脱獄、か。

この監獄にいて、それを夢見ないやつは一人もいないだろう。

女三人寄れば姦《かしま》しいというが、囚人が三人寄れば脱獄を考え始めるといってもいい。

だが、奈良監獄から脱獄できた者は、公には一人もいないことになっている。実際はどうなのか、僕らの立場ではわからなかった。

しかし、山岸はどうやって実現するつもりなのだろう？

一人で脱獄を企てるのだって難しいのに、二人では尚更無理だ。誰かと示し合わせて行動をすること自体が困難で、そうでなくとも山岸は普段から隔離されている。

「僕は勝算のないことはしない」

「へえ。俺のやり口じゃ勝算がないって？」

山岸が片眉を上げてもう一歩詰め寄る。

「それって、勝算があるなら脱獄するってことだろ？　おとなしそうな顔して、意外と勝負師だよな」

「413号、離れろ！」

僕が答えられずにいると、焦《じ》れたように山岸がわざわざ身を屈めて顔を覗き込んでくる。

「413号！」

再び看守が声を荒らげる。

「頼むから、離れてくれ」

僕が小声で哀願すると、山岸は口許を歪《ゆが》めて笑みを作った。獰猛《どうもう》な獣のような表情に、僕は身を竦《すく》ませる。

「はいはい。ま、脱獄は無理でも、本のことで質問くらいさせてくれてもいいだろ?」

「421号、どうなんだ」

困惑しきった顔つきの片岡に話しかけられ、僕はちょっと悩んでから頷いた。

山岸は怖かったが、看守に恩を売れる絶好の機会だ。

「では、許可をいただけますか」

「あ、ああ、そうだ。典獄に許可を求めねばならん。413号、返事は」

僕がすぐに結論を出さなくていいようにと配慮をしたのに気づき、片岡は話を無難な方向にまとめた。

「ええ? 今じゃだめなのかよ?」

「我々の一存ではどうにもならん」

「……まあ、いっか。先生、顔を見られてよかったよ」

山岸はにやっと笑い、片岡を無視して自分の監房に戻る。そのまま許しも得ずに房内に入ってしまったので、片岡が慌てて扉を閉めた。

大きな音が廊下に響き、僕は緊張を解いて息を吐き出した。

「災難だったな」

「いえ」

囚人を管理するのは、看守の仕事だ。山岸が乱暴な態度を取るのであれば、それは、看守たちの指導が悪いのだ。

独房に足を踏み入れると、がちゃんという重々しい音とともに背後の空気が動いた。

この分厚い扉は、中から開けようにも取っ手がない。開扉《かいひ》のときは、廊下側から鍵を差し込みながらレバーを下げて引っ張ると、重い音を立てて錠が開く仕組みだ。この音が相当うるさく、誰かがドアを開閉しただけで廊下に響き渡るのだ。

特殊な錠前は、すべての監房に共通で、鍵さえあればどの房からでも廊下には出られる。仮に脱獄したければ、外から開けてもらう以外にない。

僕は試しに、閉まった扉を軽く握り拳で叩いてみる。

音がしない程度に殴ったが、それでも痛いものは痛い。あんなことを平然とやってのけた山岸は、やはり、僕とは感覚が違うのだろう。

「…………」

とにもかくにも、やっと、一人になれた。

本を読む気も起きず、僕は布団を敷いてその上に腰を下ろす。

今のやり取りで、一気に疲弊してしまった。

「はあ……」

もしかしたら、厄年だったろうか。

人間関係は希薄なほうがいい。誰かと関わるのなんて面倒だ。そういう信条で生きてきたのに、どうしてこんなことになるんだろう。羽嶋といい山岸といい、僕に絡んでくる囚人は個性がありすぎる。

とりわけ山岸の苛烈さは、焰のようだ。

彼はどことなく、僕の祖母を思い起こさせた。

とはいえ、祖母は生涯に一度だけ焚き火で家の大事なものを燃やす程度の慎ましさだったが、山岸ときたら八百屋《やおや》お七のようだ。自身をも灼《や》き尽くすのを厭《いと》わないような凄まじい火焰《かえん》を纏い、周囲に火の粉を撒き散らす。

仮にここが娑婆なら、僕は山岸はもちろん、羽嶋だって避けて通っていただろう。

ここに来て、僕は嫌というほど『自由』について考えるようになった。

自由とは、何か。進路を自分で決められることが自由だと解釈していたが、それは正解ではない。自由とは、つき合う人間を選べるという意味だ。

そんな単純な定義を、僕はここに来るまで知らなかった。

控訴は失敗したうえ、再審の見込みはない以上、当分のあいだ自由は縁遠いものになる。

刑期の半分を消化しているならともかく、たかだか一割程度だ。一斉減刑があるならば一、二年は減刑されるかもしれないが、それでも十年以上はここに閉じ込められていなくてはならない。

それに、刑期をまっとうして監獄を出るのは一番悔しい事態だ。そうしたって僕の罪が消えたわけではないからだ。

青春の日々を監獄で無為に費やし、挙げ句、犯罪者として娑婆に戻るなんてひどい屈辱だった。

それならいっそ、山岸の言うとおりに脱獄だって考えてみたくなる。

いくら僕が真面目でも、自由を求めるのは人として当然の心理だ。

たとえば『巌窟王《がんくつおう》』のように、壁に穴を掘り続けるのはどうだろう?

だが、壁の白い漆喰を剝がしても、その下からは堅牢な煉瓦の壁が現れるだけだ。漆喰を削るのはともかく、煉瓦は素手ではどうしようもない。

運よく道具が手に入ったところで、人が通れる穴を掘るには何年かかることか。途中で部屋替えにでもなれば、努力が水の泡だ。

となると、一番手っ取り早いのは、外での作業のときに脱走することだろう。

囚人は安い労働力として、外での肉体労働に従事する機会もあった。労働の内容は、線路や道路などの公共工事や、寺社の清掃など多岐に亘《わた》る。

また、僕たちの食事に使われる野菜を耕作夫が作っているが、畑は監獄の敷地外にある。その作業のときも狙い目だ。

どの作業も監視の看守が同行するが、何十人もの囚人を一度に監視できるほどの人手は割けない。とはいえ、お揃いの柿色の獄衣では目立つことこのうえないし、実際に逃げ出すのは至難の業《わざ》だろう。

これが冒険小説だったら、今頃、何か画期的な策が見つかって成功しているはずだ。

そういえば、大学の寮には探偵小説が好きな男がいた。僕らは英国で書かれたコナン・ドイルの小説の訳注書を教材に、一緒に英語を学んだっけ。斑《まだら》模様の紐が出てくる恐ろしい犯罪。赤毛の男ばかりを集めた犯行計画。普段の僕は小説はあまり読まなかったが、彼の教えてくれたものはどれも面白かった。

今となっては、彼の名前を思い出せない。

部品として管理されることに慣れすぎて、時々、僕は自分がどうしてここにいるのかさえも忘れそうになる。

戻る場所も進む場所もなく、ここで毎日退屈な作業を繰り返し、心を磨り減らしているだけだった。

だが、寧子の手紙が手に入れば、その中身がわかれば、僕は救われるのかもしれない。

それは、深海に射し込んだ一条の光にも似た、ささやかな希望だった。

四

「先生、またここにいたんですね」

黒いくりくりとした目が特徴的な彼女は、僕をじっと見つめている。

小笠原寧子。

僕が受け持つクラスの生徒で、数学には熱意を持って取り組んでいる。

そのせいで、僕は彼女を特に覚えていた。

寧子は解《ほつ》れた前髪を直し、不思議そうに頭上に目を向ける。

「あの子、何の鳥かわかりましたか？」

「さあ」

僕は鳥の種類には興味がなかった。ただ、一度見つけた親子の営みを、何となく見つめたくなってしまっただけだ。

いくら食物連鎖とはいえ、このあたりを根城にする大きな鴉に彼らが狙われているのが、どこか痛ましかったからかもしれない。それで、僕の目の届くあいだは彼らを見守ろうと考えたのだ。

「また見に来ていいですか？」

「小鳥は僕のものじゃないので」

僕の答えを聞いた寧子はぽっと頰を染めて、嬉しそうな面持ちになった。

やっぱり、つぐみに似ている。

長い前髪が時々顔にかかって目許を隠してしまうところが、つぐみの模様を思い起こさせるのだ。それに、その黒目がちの目も小鳥を想起させる。

つぐみは渡り鳥で、冬だけ北の国から訪れるという。そう教えてくれたのは大学時代の友人で、言われてみれば春や夏には見かけなかった。

ややあって、僕は鳥の巣を見つめるのにも飽きて踵《きびす》を返した。

「さようなら」

彼女が声をかけてきたので、僕は「早く帰りなさい」とだけ言って足早に職員室へ向かった。

翌日の授業計画を練るのは、僕にとっては楽しい日課だった。

花嫁学校では数学の世界にともに没頭してくれる生徒など望めないが、好きな数学で生計を立てられるだけで満足だった。

寧子の父親は有力な市議会議員で、彼女はお嬢様だ。婚約者がいるとも聞いている。

僕はそれを知っていたので、寧子との会話も最低限に止めていた。女学校に若い男性教諭がいるだけでも、色眼鏡で見られるご時世だ。良家の子女と妙な関わりを持って、痛くもない腹を探られるのは不愉快だった。

だからこそ、寧子に対してもほかの生徒と差はつけなかった。僕と彼女のあいだには雛を見守るという共通点があったが、逆に言えばそれだけだ。

それだけの関係ならば、誰にも咎められることはない。

けれども、人の心の中で感情がどう育つかは僕には想像できなかった。

想像できていたら、何かが変わっていたのだろうか。

寧子、君は――。


「できました！」

しんと静まり返った作業場に、今日も羽嶋の元気な声が響き渡る。

「おいおい、何度目だよ」

誰かが茶々を入れたので、皆が声を立てて笑った。

だが、片岡が咳払いしたので、すぐにそれは掻き消える。

羽嶋の「できました」はこれが初めてではなかったので、皆が失笑する気持ちは僕にもわかった。

無論それは彼が悪いのではなく、羽嶋が素直なだけだ。

僕のようなひねた人間とは、最初から違う。

普通ならどこかで萎《しお》れたりへこんだりする時期があるはずだが、羽嶋は相変わらずの陽気さで、彼を対象にした賭けは成り立たなかったらしい。

おまけに、彼は可愛げのあるやつとしての地位を確立し、つまはじきにもされない。羽嶋の馬鹿正直な気質を見せつけられ、居心地が悪くなる悪党もいるだろうに。

「どうですか、これ」

糸を切る前であれば何度もやり直せるので、僕は慎重に羽嶋の作った羽織紐を検分した。ところどころいびつさは残っているが、これならば売り物になる。

「いいと思う」

長かった……。

僕は安堵の感情とともに、ふうっと息を吐き出した。

羽嶋は手先は器用だが、妙なところで凝り性で、何度も糸を解いてはやり直した。指導を早く終わらせたかったものの、向上心を阻むのは教師としては悪手だ。僕としては、あの小鳥の巣のように彼を見守るほかなかった。

「ありがとう、弓削さん！」

４２１号だと訂正するのも今更無駄なように思えて、僕は頷いた。

「ああ」

「やっとできたのか。センセイも苦労するな」

近づいてきた片岡が羽嶋の組み紐を一瞥《いちべつ》し、にやりと笑う。

「片岡さん、ありがとうございます！」

素直な礼の言葉に、片岡は戸惑ったように鼻を鳴らした。

「片岡殿、だろう」

僕が指摘すると、羽嶋は「あ」と口許を押さえた。片岡はそんなことは気にしていない様子で、自分の席に戻って椅子にどかりと座り込む。

「じゃあ、最後に仕上げだ」

「ええっ!?　まだあるんですか!?」

途端に羽嶋が情けない声を出した。

「編みっぱなしで商品になるわけがないだろう。端を房《ふさ》にするし、そもそも二本一組だからまだ半分だ」

「房って、どうやって？」

「編んだ部分を少し解く。今から教えるよ」

「そうなんだ……縒ったり解いたり、忙しいですねえ」

作業を止めた僕は羽嶋の丸台に近づくと、余分な糸を処理してから解き方を教えてやった。

とにかく、これで羽嶋が巣立ってくれる。

「421号さんは、誰からこれを習ったんですか？」

「あいな……ここの生き字引みたいな人だよ」

「へえ、会ってみたいです」

相槌を打ちつつも羽嶋が複雑な表情に変わったのは、僕が相内を名前で呼んでいるのに気づいたせいかもしれない。

名前を口にした途端、あのご老体が懐かしくなった。

もう枯れてしまったような老人だし、僕とは相容れないはずの犯罪者だ。それでも僕にとっての恩人で、この監獄で真っ先に名前を覚えた相手だ。

その次は山岸で、羽嶋が三人目。

三人ともそれぞれ個性的で、彼らに比べると自分はしみじみと平凡だ。

仕上げの作業を始めて、三十分ほど経っただろうか。

「これでどうですか?」

羽嶋から手渡されたものを再び検品し、僕は頷いた。初めての作品なので一流とはいかないが、それなりに値段はつくだろう。少なくとも、はねものにはならない水準だ。

「うん、いいよ。まずは一本完成だな」

「やっぱり、教え方上手いですね」

「褒めなくていいから、次だ。本数をこなしたほうが成績が上がる」

「はい!」

嬉しげに目を細め、羽嶋が自分の作り上げた羽織紐を撫でる。

それから彼は「よし」と言うと、糸束を手に取った。

しばらく作業に没頭していた僕が再び彼の手許を見ると、羽嶋は比較的順調に組み玉を作り始めていた。これなら、もう教えることはなさそうだ。

久しぶりの静謐《せいひつ》が僕には心地よく、同時に、少し物足りなかった。

昼食の時間になり、僕は自分の麦飯と味噌汁を受け取った。隣の席には、やはり、羽嶋が座っている。

「喫食！」

合図とともに食事を始めた僕は、相変わらず豪快に味噌汁を呷る羽嶋に目を向けた。

毎日毎日、彼はこの調子で味噌汁を一滴残らず飲み干すのだ。

指導が最後であれば、一緒に食事を摂《と》る機会もなくなるから、ここは一度聞いてみたい。

「……あのさ」

「はい？」

「砂、平気なのか？」

「砂？」

羽嶋はまったく気に留めていない様子で首を傾げた。

「砂だよ。お椀の底に溜まってるだろう。食べてて気づかないのか？」

「あ、えっと、ええ。じゃりじゃりしてますね。これ、砂だったのか」

怪訝《けげん》そうな素振りのまま彼はもぐもぐと口を動かし、ごくりと飲み込んでから口を開いた。

「慣れてるんで。まあ、いずれ身体《からだ》からも出ていくし」

やはり、異物が入っていることは認識していたようだ。それでも平気だという言葉に、僕は愕然とする。

「慣れていても、腹を壊すだろう。周りも心配する」

「周りって？」

慣用表現だったが、確かに、同じ雑居房の囚人が羽嶋を案ずるかは疑問だった。

「その……君のご家族だ。病気になれば連絡がいく」

「そんなの、いませんよ。それに、生まれつきどこもかしこも丈夫なんで」

「そうか」

世間話のようにごまかそうとして、かえって踏み込んだことを聞く羽目になってしまった。

だとしたら、このあいだ面会に来ていたのは誰なのだろう？

「君は、もっと自分を大切にすべきだ」

「え」

羽嶋はきょとんとして、まじまじと僕を見つめる。

「どうして？」

「どうしてって……せっかく生きているのに。こんなところで病気になって、早死にするのも悔しいじゃないか」

「どうせ、無期だし。早死にしたっていいですよ」

それについては気安く相槌を打てず、僕は困ってしまって視線を落とした。こういうときの上手い言葉を考えるのは、僕には不得手な課題だ。

「ありがとうございます」

出し抜けに羽嶋が礼を告げたので、僕は顔を上げる。

「……なに?」

「気にかけてもらえて、嬉しいです」

「違う。これは……ただの野次馬根性だ」

「でも、嬉しいですよ」

にこにこと笑う羽嶋が不気味で、僕は「わからないな」とぼやいた。

「わからなくて、いいです。俺が勝手に嬉しいだけだから」

本当に、意味がわからない。

羽嶋はいったい、どういう人間なんだろう?

終身刑なのだから、大きな罪を犯したのは間違いがない。そのうちに噂は回ってくるかもしれないが、僕はいつしか彼の罪状に興味を覚えていた。

羽嶋はどんな鮮やかな焔を燃やし、ここまでやって来たのか。

——だめだ。

僕にだってささやかな好奇心はあるが、ここで発揮するのは禁物だ。山岸のように下手《へた》に懐かれても困るし、逆に嫌われて厄介ごとの種になるのもまずい。

いずれにしても、羽嶋との師弟関係も今日でおしまいだ。

明日からはまた静かな日々が戻ってくる。それが待ち遠しかった。

監獄の地下に向かう階段は一段一段が狭く、一人しか通れないようになっている。左右の壁が迫って圧迫感があり、体格のいい人間は難儀するだろう。人が殺到したら将棋倒しになるようなこうした構造も、脱獄や暴動対策に違いなかった。

「ふう……」

辿り着いた先は半地下で、昼間なのに薄暗い。特にこの時期は陽射しが届かないせいで一際寒く、構造的にも半分は外なので、吐き出す息が真っ白だ。

ここには主に水回りが配され、広々とした炊事場と洗濯場、囚人が交代で使う浴場などがあった。壁は独房と同じで煉瓦の上から漆喰が塗られているが、ところどころ剝げてしまっている。

本来ならば日中は作業に従事しているはずなのに、僕がこんなところにいるのは理由がある。

朝一でやって来た看守に、工場に行かずに掃除夫代理を務めるようにと伝えられたのだ。監獄でも冬から春にかけて断続的に風邪が流行し、今回は炊事夫と掃除夫が集団で感染したそうだ。

彼らがいないと囚人の生活が成り立たないので、急遽《きゅうきょ》、何人か補充することになり、僕が選ばれたのだ。

羽嶋の指導が終わったばかりで、やっと自分の作業に集中できると思ったのだが、拒否する権利はないので致し方ない。

「あれっ、弓削さん」

薄暗い地下空間の入り口で僕を呼び止めたのは、目を丸くした羽嶋だった。

次の瞬間、彼の顔がぱっと輝いた。

「どうしてここに?」

「風邪が流行《はや》ってるから、掃除夫が足りないって」

「おい、421号」

見慣れない看守が近づいてきて、僕を見てにやにやと笑いを浮かべる。

「センセイなんだから、きちっと指導してやれよ。せっかくおまえの生徒にも声をかけてやったんだからな」

揶揄の入り混じった言葉に、ほかの掃除夫から低い笑いが漏れる。そんな中で、羽嶋だけが神妙な面持ちだった。

「わざわざ、僕たちを選んだってことですか？」

聞き返した瞬間、頬に熱いものが走った。

「ッ」

「弓削さん！」

看守に平手打ちされたのだと認識するまで、数秒を要した。

羽嶋が声を上げたので、僕はそちらのほうに驚いてしまう。

「私語は慎め！」

「……はい」

看守が怒ったのは、図星だからだろうか。

四監上工場で、僕は毎月上位に入る成績優秀者だ。

工場同士で売り上げを競っている中では、成績優秀者を外すのは得策ではない。一位になれば看守にも褒美が出るはずだから、僕が作業に参加できないのは損失に繋がる。掃除夫の補充員を無作為に選んだならば仕方ないが、何となく納得がいかない。

だが、それはまだいい。

問題は、僕と羽嶋を組ませたことだ。

四監だけで、百人以上いるのだ。僕と羽嶋が二人組になるのは奇蹟のような確率だ。裏に作為があると疑うのは、考えすぎではないだろう。

そうでなくとも、羽嶋はやっと組み紐編みを覚えたばかりだ。ここで別の仕事をさせればせっかく学んだ内容だって忘れかねないのだから、片岡だって多少は配慮をするはずだ。

なのに、どうして僕と羽嶋を選んだのだろう。

あと十八年も刑期が残っているんだから、終身刑の羽嶋と二人で仲良くやれという配慮か。

もしくは、羽嶋のお目付役として見込まれてしまい、もっと教育してやれという圧力なのかもしれない。

直感的に、僕はこの巡り合わせに疑念を抱いていた。もしこれが小説だったら、探偵はいろいろと推理を巡らせるに違いない。

「…………」

たとえば、僕を個人的に監視するためというのはどうだろう。

その動機を持つのは、小笠原だ。

理由はもちろん、嫌がらせだ。ほかの四人に僕の動向を見張らせ、粗《あら》を探して恩赦や減刑の道を徹底的に阻むための。看守を仲間に引き込めば、四人の手配や情報収集は代行してくれるだろう。

引き受ける四人にしても、監視程度ならば発覚しても咎められないから、なり手はごまんといるはずだ。

そして長い時間をかけて、僕を更に苦しめるための証拠を集める――こういう筋立てだったら、羽嶋が僕に接近してくるのに意味を見出せる。

現実はもっと複雑だと思っていたが、案外、世界はこれくらい単純なのかもしれない……。

「弓削さん？」

羽嶋に問われ、考えごとに耽っていた僕ははっと顔を向ける。

「！」

「ぼんやりして、大丈夫ですか？　俺たちは個人用って。それ、どこですか？」

にこやかに白い歯を見せる羽嶋の態度は、普段と変わらない。

そうだ。少しばかり彼の接近が不自然だったとしても、羽嶋がそんな後ろめたいことを承諾するとは思えない。

想像というより、妄想だ。自分から不安の種を作り出すなんて、僕もどうかしている。

「こっちだ」

娑婆でも風呂に毎日入るわけではなく、監獄では当然、もっと少ない。冬場の風呂は一週間から十日に一度だ。新入りの羽嶋がまだ風呂に入ったことがなくても、おかしくはなかった。

道具入れから風呂掃除のための道具を出し、それを床に置いた。

「束子《たわし》で浴槽を洗って、水を汲んで沸かすんだ」

「はい」

この浴槽は皮膚病などの囚人のための特別なもので、仕切りを設けて一人用の狭い浴槽を作っている。床はコンクリート製で、垢でざらついていた。僕は浴槽を水で流すと束子を取り上げ、無言で汚れた内壁をこすった。

「おまえら、さっさとやれよ。このあとは便所だからな」

看守が張り上げた声が、地下の空間で反響する。

羽嶋は静かに掃除しているようだが、終わったのだろうか。

僕は一度立ち上がると、腰を軽く叩く。浴槽を乗り越えて濡れた床に下り、隣を覗いた。

羽嶋は浴槽の手前で、こちらに背を向けて立っていた。誰もが同じ柿色の着物を着ているが、その背中はなぜか声をかけづらかった。

僕の中で、先ほどのくだらない妄想が渦巻いていたからかもしれない。

「ん？」

視線に気づいたのか、羽嶋がいきなり振り返った。

気まずさにびくっと反応したせいで、足がずるりと滑る。

「ッ」

ぐらりと身体が前に傾ぎ、両手が泳ぐ。

「うわっ」

摑めるものがないうえ勢いは止まらず、気づくと僕は羽嶋に激突していた。

「いたた……」

「ってえ……」

僕の下で、尻餅《しりもち》を突いた羽嶋が呻いた。

「大丈夫か？」

僕は急いで立ち上がる。

羽嶋は痛そうに顔をしかめていたが、こちらを真っ直ぐに見上げて「怪我、なかったですか？」と聞いてくる。

「たぶん、ないよ。君を下敷きにしたから」

「よかった。弓削さん、俺なんかよりずっと細いし」

「すまない」

ここで番号で呼べと主張するのは、助けてもらったのにさすがに可愛げがないだろう。

それに、いちいち訂正するのも面倒だ。呼び方については、もう諦めたほうがよさそうだ。

「ありがとうのほうが、いいです」

「え？」

何を言われているのかわからず、僕はぽかんと口を開けて相手を見つめてしまう。

少しはにかんだように、羽嶋は目を細めた。

「おおきに、でもいいけど」

礼を要求されているのだと認識し、僕は困惑しつつも口を開いた。

「……ありがとう」

「はい！」

謝られるよりも、礼が嬉しいのか。

それはそうかもしれないが、言葉にされると、やけに新鮮だった。

四文字と五文字の差にすぎないけれど、羽嶋には意味がある違いなのだろう。

「あ、何か用事があったんですか？」

そこでようやく気づいたように問われ、僕はやっと自分の用件を思い出した。

「さっさと終わらせようと言いたかったんだ」

「はい」

羽嶋がこくりと頷いた。


あちこちを掃除してへとへとになった僕たちへのご褒美は、久しぶりの入浴だった。

脱衣場には、〇から九までの番号を振った脱衣籠が用意されている。

号令で服を脱いで裸になり、称呼番号の末尾の数字が一致する籠に自分の衣類を入れる。

濃淡はあるが僕たちの衣類はほぼすべてが柿色で、ふんどしや手ぬぐいに至るまで同じ色だった。

羽嶋は僕よりも一足先に番号を呼ばれ、嬉しそうに浴場へ向かった。

「センセイ」

声をかけられてぎょっとしてしまったのは、前だけ申し訳程度に隠した山岸がいたからだった。山岸は筋肉質で、ひょろひょろの僕とは大違いだ。

「元気そうだな」

「どうも」

僕の様子など意に介さず、山岸は不遜《ふそん》な態度のままだ。

「新入りの指導は終わったんだろ。俺の頼みはどうなってんだよ」

どうやら、山岸に僕の情報を漏らしている輩《やから》がいるらしい。この監獄にも情報屋のたぐいがいるので、特に不思議でもなかったが。

「典獄の許可が下りていないんだ」

そういえば、本について教えてほしいなどと言われた記憶がある。山岸といつも顔を合わせるわけではないので、すっかり忘れていた。

「何を読んでるんだ？」

「『致知啓蒙《ちちけいもう》』」

音を漢字に変換するまで、わずかな時間が必要だった。

「西周《にしあまね》だっけ。僕にわかるかどうか……」

「知ってんなら話が早い。先生の説明が聞きたいんだよ」

「私物の交換は禁じられている」

「お堅いねえ」

「それが決まりだ」

書籍に符牒《ふちよう》やら何やらを書き込んで交換すれば、囚人たちも大規模な蜂起《ほうき》や脱獄を企てられるかもしれない。看守たちは、囚人の持つさまざまな可能性の芽を摘むことに骨を折っているのだ。

「次、入れ！　413号！」

「おっと、俺か」

山岸は上機嫌になり、「またな」と言い残し、大股で浴槽へ向かう。

その威圧感から解放され、僕はほっと息を吐き出した。

「大将殿は、相変わらず怖いねえ」

「何、言ってんのかわかんねえし。チチチチって小鳥の鳴き声か？」

「馬鹿」

順番を待って並ぶほかの囚人たちが、声を潜めて山岸の噂を始めた。あまり声高に話すと注意されるので、そのあたりは皆、心得たものだ。

「そういや、今日は、あの新入りも来てなかったよな」

「新入りって雑居房のやつだよな？　妙に懐っこいけど、あいつ、何したんだ？」

彼らの話題は自然と羽嶋のことになった。聞き耳を立てるのは下品だが、羽嶋について知りたかったので、つい、そちらに神経を集中させてしまう。

「知らねえの？　殺しだよ」

「へえ。男前だし、痴情のもつれってやつかい」

「いや、強殺に火付けだ。あいつ、のんきな顔して終身刑だぜ」

強殺、要するに強盗殺人だ。そのうえ放火。終身刑になるほどの重罪だろうかという驚きはあったが、そのくらい悪質な犯行なのかもしれない。

「とんでもねえな」

「詳しい話は亀田《かめだ》に聞いたんだけどよ」

亀田とは、情報通で知られる囚人の一人だ。

彼は共産主義の思想犯で早いうちに転向したが、仲間を売ったせいで恨まれており、軽微な罪なのにここにいるというもっぱらの噂だ。

どこからどう聞き出すのか、亀田はさまざまな情報を持っている。ここではものが流通しないので、かたちのないもの――つまり情報の価値が高い。僕の経歴も、彼が噂を流したのだろうと睨んでいる。情報の見返りは差し入れのお裾分けや、ほかの情報だったりするらしい。

情報というのは、意外と侮れない。

四人の人間関係にも大きな影響を与えるし、出獄してからの身の振り方を考える際に使える場合だってある。

同じ四監にいても、作業内容が違う亀田と顔を合わせる機会は運動の時間くらいだ。

何か話せば弱みを握られそうで、会釈したことしかない。

「猿沢池《さるさわいけ》の近くに印刷所があるだろ」

「そうだっけ？」

「そこの社長が被害者。何でも、やつは社長に拾われて、何年も居候《いそうろう》してたって話だぜ？　それがある日、婿養子が家の二階から隣の工場の庭を見たら、真っ昼間から二人が揉み合ってたってさ。それで、止める間もなく出刃でグサッ」

「ひでえなあ……そいつはあんまりにも恩知らずじゃねえか」

「だろ。しかもそのあとは火付けだぜ。人は見かけによらないってもんだ」

工場の隣に二階建ての自宅があるなら、そこから見えることくらい気づいているはずだ。それすら思い至らないくらいの場当たり的な犯行だったのか。

しかし、逆に、印刷所に出刃包丁を持ち込むのは計画性を感じさせる。

計画性も殺意もあると見なされての無期刑だろうが、周りをまったく確かめないで人を殺すのは雑すぎる。

仮に羽嶋が僕の祖母のようなタイプだったならば、衝動に駆られてやってしまったのかもしれない。

「次、入れ！」

服を脱いだ僕は身体を洗い、手早く頭から湯を被る。浴槽に身を沈め、天井を見やる。

自分の身体に纏わりつく湯が、ぬめった血のように思えてぎょっとする。

――何なんだ、これは。

喉の奥で、何かがつかえているような不快感。

何度か唾を飲んでみたが、それは消えなかった。

「…………」

羽嶋のせいだ。

僕は彼に失望しているんだ。

もしかしたら、いつの間にか僕は羽嶋に期待していたのかもしれない。

彼とならば、親しくなってもいいのではないかと。

そうでなくては、監獄暮らしはあまりにも苦しい。

誰ともわかり合えず、誰とも馴れ合えない。

それをよしとしているくせに、時々、どうしようもなく淋しく、孤独に打ちのめされることがある。

いっそ、僕も罪人になり切って、ほかの囚人たちと馴れ合えればどれほどよかっただろう。

そのほうが、よほど楽じゃないのか。

けれども、僕が僕でいるためには、罪を認めることだけはできない。

やってもいないことを、やったと言わされるのは我慢ならなかった。

四九六

●奈良《なら》の人殺《ひとごろ》し
十四日午後一時頃、奈良県奈良市《ならけんならし》の印刷所経営徳永豊太郎氏《いんさつじよけいえいとくながとよたらうし》（五十九）が出刃包丁《でばばうちやう》で斬《き》られ、工場《こうぢやう》の庭《には》で血塗《ちまみ》れで倒《たほ》れたるを娘婿《むすめむこ》の徳永次郎《とくながじらう》（三十）に発見《はつけん》さる。被害者《ひがいしや》は庭《には》で絶命《ぜつめい》し、その後印刷所《のちいんさつじよ》より出火《しゆつくわ》し工場及《こうぢやうおよ》び隣接《りんせつ》する自宅《じたく》が全焼《ぜんせう》せり。自宅《じたく》の二階《にかい》で一部始終《いちぶしじふ》を見《み》てゐた次郎《じらう》はその証言《しようげん》により、加害者《かがいしや》は羽嶋亮吾《はじまりやうご》（二十一）と断定《だんてい》、警察《けいさつ》は逃走中《たうそうちゆう》の犯人確保《はんにんかくほ》に努《つと》めてゐる
（奈良電話）

●奈良《なら》の社長殺《しやちやうごろ》し続報《ぞくはう》
十四日に奈良県奈良市《ならけんならし》の印刷所経営徳永豊太郎氏《いんさつじよけいえいとくながとよたらうし》（五十九）が殺害《さつがい》され印刷所《いんさつじよ》と自宅《じたく》に放火《はうくわ》されし事件《じけん》で、警察《けいさつ》は逃走《たうそう》せし羽嶋亮吾《はじまりやうご》（二十一）をつひに逮捕《たいほ》したる。羽嶋《はじま》は徳永氏《とくながし》に三年《さんねん》

間世話《かんせわ》になりしも、卑劣《ひれつ》な犯行《はんこう》に及《およ》びたり（奈良電話）

新聞の記事を読むと、この殺人犯はなんて非道な人物なのかと思うだろう。

羽嶋はかな以外は覚束なかったので、内容は弁護士が読み聞かせてくれた。

「何の力にもなれなくてすまない」

残念そうに弁護士の児平《こだいら》に謝られて、羽嶋は首を横に振る。

「いいんです。俺の話、信じてもらえただけで嬉しかったです」

「あたりまえだ。たった一人の目撃証言だけで、有罪にされるなんて……しかも無期だなんて馬鹿げている。それどころか、ハツ子《こ》さんが何かの間違いだと信じてると言ってくれなければ、死刑だったんですよ」

児平はまだ若く駆けだしだと話していたが、熱意がひしひしと感じられた。

何とかならないか、必死で模索してくれていた様子は羽嶋にも窺える。

「とても悔しい。こんなことがあるなんて。冤罪なんて、裁判制度の恥だ。司法国家としての欠陥だ」

「仕方ないですよ」

「でも、再審請求を棄却されるなんておかしい！　これじゃ、あなたの前途は真っ暗だ」

怒りと興奮のためか、児平の顔は真っ赤だった。

「私は、徳永さん……娘婿の次郎さんの証言はどうしても信じられない」

被害者も目撃者も徳永なので、弁護士は下の名前で呼んだ。

「だけど、あの人が俺を嵌めるとは思えないんです」

被害者の名は、徳永豊太郎。

目撃者の徳永次郎は豊太郎の娘であるハツ子の夫で、羽嶋が勤め始めたときからの先輩だ。彼は事務を担当していたので工場での仕事は教わらなかったが、折に触れて気さくに声をかけてくれた。

もともと、羽嶋は奈良とは縁もゆかりもない。

羽嶋が育ったのは、東京でも猥雑《わいざつ》さと貧困を煮詰めたような町だった。

実家はそれなりに裕福だったらしい。それは羽嶋亮吾という貧民らしからぬ堅苦しい名前にも表れていた。しかし、物心ついた時分にはもう父はおらず、痩せこけた母と弟妹だけがそばにいた。

あの町では、夕方になるとどこからともなく男たちがやって来て、大鍋に入ったどろどろとした汁物を売る。それは病院が捨てた残飯でできており、菜っ葉や鶏肉の骨などに加え、ごみや髪の毛も混じっていた。羽嶋は大工の棟梁《とうりょう》の元で働いて弟妹を養っていたが、そうした安い飯しか買ってやれなかった。

人懐っこいとか明るいとか言われるが、考え込んでいては生きていけないから、深くものを考えないようにしていただけだ。

だが、羽嶋が十五歳の年に家族は流行病《はやりやまい》で羽嶋を残して死んでしまった。生きる意味がわからなくなり、羽嶋は東京を離れた。この世界のどこかに、自分の居場所があるのではないかと思いたかったからだ。

だけど、そんな場所はなかなか見つからなかった。

そうして日銭を稼ぎながら流れ流れて、なぜだか奈良に辿り着いた。

特技もやりたいことも何もなく、神社の境内でぼんやりと宮大工の仕事を見ていたら、棟梁に声をかけられた。何でも、豊太郎の工場を建てるのに人手が足りないのだという。心得があったし、幸い図面を覚えるのが得意だったので、棟梁は羽嶋を殊更《ことさら》に可愛がってくれた。

印刷所は無事に竣工したが、そのあとすぐに棟梁が大怪我をして宮大工の組は解散。またしても路頭に迷ったところで、工事の施主だった豊太郎と再会した。

豊太郎は宿無しで文無しの羽嶋を、快く家に住まわせてくれた。

活版印刷所では最低限の読み書きができないと困るが、二年生で小学校をやめてしまった羽嶋に対し、ハツ子が丁寧に教えてくれた。

あそこでの暮らしは、楽しかった。

ほとんど文字が読めなくとも、羽嶋は活字がどこにあるかを即座に覚えられたので、あっという間に工場の主力になった。

そんな生活が暗転したのは、奈良に移り住んで三年目だ。組んだばかりの版を確認してもらうために豊太郎を探しに行くと、工場の庭に彼が血塗れで倒れていたのだ。

——社長！

驚いて抱き起こすと、彼は口から血を吐き出した。

羽嶋が呆然としていると、敷地内にある自宅の二階から駆け下りてきた次郎と鉢合わせした。次郎に人殺しと喚《わめ》かれるまで、羽嶋は自分が疑われるなんて夢にも思わなかった。

馬鹿げた話だ。羽嶋が人を殺すわけがない。

そこまでの情熱も憤怒も、持ち合わせていないのだから。

そう言えばよかったのだが、根なし草の自分を誰も信じてくれないのではないかと不安が込み上げてきた。

急に恐ろしくなり、羽嶋は豊太郎を置き去りにして逃げてしまったのだ。

人生で後悔することがあるとすれば、その点に尽きる。

一度は逃亡したものの、豊太郎が心配で現場に戻り、燃え盛る印刷所を見て愕然とした。

そのうえ羽嶋はすぐさま警察に捕まり、夜となく昼となく取り調べを受けた。

——おまえは被害者に申し訳ないと思わないのか？

——すまないとは思っています。

世話になった恩人の手当てもせずに逃走したことに対し、羽嶋は深い悔恨を抱いていた。そのせいで咄嗟に謝ってしまったが、それを自白と解釈されたのだ。

漢字だらけの調書に捺印《なついん》しろと命じられ、わけのわからないまま従った。

そのとき初めて、羽嶋は自分が犯行を認めたことになっていると知らされた。

それでも裁判のためにつけられた官選弁護人は、羽嶋に対して親身になってくれた。

真犯人に思い当たる人はいないのかと問われて一瞬は次郎を疑ったが、そこで羽嶋は思考停止した。

ハツ子は父を失ったばかりなのに、ここで旦那が捕まってしまったら？

ハツ子のためには、思う存分憎める、次郎以外の犯人が必要なのかもしれない。

豊太郎に対する義理を果たすためにも、そうしたほうがいい。

だいたい、自分には何もないじゃないか。

家族もなく、大切なものもない。自分の中に誇れるものは何もなく、望みも何もない。

ただ生きるためだけに生きているなら、監獄にいても娑婆にいても一緒だった。

人権問題だと息巻く児平には申し訳なかったが、羽嶋は大した熱意もなく敗訴し、ここに辿り着いた。

ここが自分の終《つい》の棲家《すみか》でかまわない。

そう思っていたのだ——ついこのあいだまでは。

五

「よし、次だ」

埃一つ落ちていない監房の様子を確認し、看守は満足げに頷く。

「はい」

看守の指示に、僕は短く答えた。

相変わらず風邪が流行しており、掃除夫の次は看護夫の仕事を割り振られ、僕は組み紐の作業を既に十日近く休んでいる。

もはや、今月の成績優秀者は絶望的だ。

なぜ僕にこんな役回りをと腹が立ったが、どうやら途中で誰かと交代させると、工賃の計算が面倒だからのようだ。

となると、羽嶋もどこかで掃除夫をやらされている可能性が高い。組み紐を一本仕上げただけで掃除に回されたのであれば、工程を忘れてしまっているかもしれない。

「次は４０２号の監房だから、第六十三房だな」

「！」

「何だ？」

思わず数字に反応してしまってから、僕は慌てて俯いた。

「着替えと飲み食いの介助、あとは掃除だ」

「はい」

４０２号は忘れもしない、僕に組み紐を教えてくれた相内老人だ。

最後に会ったのは確か秋口なので、去年の話だった。

指定された監房は一階にあった。

洗濯場から新しい着替えを持ってきた僕は、あらかじめ開扉されていた入り口から足を踏み入れた。

「誰だ？」

気配を察知し、横になっていた人物がしわがれた声を出した。

「寝てていいですよ」

戸を閉めるのは禁止されているので、開け放ったままで僕は勝手に掃除を始める。

「……ああ、先生じゃねえか」

淡い陽射しの中、弱々しく言う老人こそが４０２号――この監獄での僕の師匠ともいえる、相内だった。

柿色の袷《あわせ》の上から支給された綿入れを着ているが、それでも相当寒いのだろう。

「僕にとっては、相内さんが先生ですよ」

僕の精いっぱいの冗談に、相内はけっけっと不思議な声を立てて笑った。

落ち窪んだ目と、深い皺《しわ》。茶色い染みが浮かんだ肌。無精髭は白いものが混じり、唇はかさかさで、およそ水気がない。頬がこけているし、以前よりも痩せたようだ。僕たちは頭を剃り上げているが、彼の場合は頭はつるつるだった。

確かもう六十近いはずで、この監獄でも長老格の一人だ。

「どうだい、上手く編めるようになったかい?」

「まあ、何とか」

「謙遜しなさんな。今じゃ、新入りに指導してるそうじゃないか」

「よくご存知ですね」

「おうよ、寝たっきりの年寄りんとこにも、噂の一つや二つ、入ってくるのが監獄さ。まったく、最初はあんなに下手くそだったのになあ」

「恥ずかしいです」

入獄したばかりの頃、僕は組み紐が大の苦手だった。羽嶋に対しては偉そうに先生面《づら》しているが、当時の僕よりも今の羽嶋のほうがずっと上手だろう。それでも人に教えられる程度に上達したのは、指導を諦めなかった相内のおかげだ。

「いろいろ考えすぎるくらいに考えんのが、あんたのいいところだ。でも、ああいう作業は頭を空っぽにしたほうがいいんだよな」

「そうですね」

不器用すぎる僕に対し、看守は「何でできないんだ」と何度も怒ったが、相内は一度もそんなふうに詰らなかった。僕が覚えるまで、叱らずに根気強く接してくれた。

かつて、なぜそういうふうに怒らないのか、と尋ねたことがある。

——俺が親方を刺したときさ、怒られたんだよ。何でできねえのかって。そこがわかってりゃ、こっちもどうにか工夫するっての。

どうして自分には、皆と同じようにできないのか。

そこが自分ではどうにもならないからこそ、当の本人は苦しいのだ。

僕自身、それまで比較的要領よくものごとをさばいてきたが、逮捕されてからはずっと挫折の連続だった。

もしかしたら僕は、心のどこかで職人の仕事を馬鹿にしていたのかもしれない。自分はインテリだから、手作業なんて向いていないと思い込んでいたのだろう。だが、インテリだろうと極道だろうと、ここでは作業をこなせるやつに価値があるのだ。

だからこそ、僕は自分の価値を見失ってひどくへこんでしまった。

僕の指導役になった相内は、作業以外のよけいなことは話さなかった。けれども、上手くできずに苛立《いらだ》つ僕の中で澱んで言語化できない感情を、彼はなぜか察してくれた。相内と接することで、僕は自分の内に潜む偏見を多少は払拭でき、気持ちが楽になった。

相内に出会わなかったら、現状に耐えかねておかしくなっていたかもしれない。

そんな相内が起こした事件は、彼が語ったとおり、親方を刺したというものだ。

刑期を終えたあとは娑婆で真っ当な職人暮らしに戻ったが、やはり喧嘩が原因で僕より少し前にここに舞い戻ってしまった。

「丸台は、自分の心を映すから鏡っていうんだって、教えてもらいましたよね。今でもすごくいい言葉だと思います」

組み紐は無心に編むのが一番いい。心が乱れると、それは如実に編み目に表れるからだ。丸台の上面を鏡と呼ぶのは、言い得て妙だった。

「よせや、誰かの受け売りだよ」

照れたように、相内はぶっきらぼうに背中を向けた。

相内は鉄火で喧嘩っ早いが面倒見はよく、人生経験もそれなりに豊富で、看守たちの相談にも乗ってやっているそうだ。彼が長老格として扱われるのは、その人柄によるのだろう。

「ま、何だかんだで元気になったみたいだな」

「元気に？」

そこまで丈夫でない僕でも、幸い、監獄では風邪一つ引いていなかった。

「陽気ってほどじゃねえけど、前はいろいろ溜め込んでるみたいだったからよ」

「ああ、それはたぶん、ここに馴染んだんでしょう」

僕は考えなければ先に進めない人間だ。

考えすぎてあれこれと回り道し、手探りで道を探し、自分を納得させてからおそるおそる一歩踏み出す。

だからこそ、かっとなって向こう見ずな喧嘩ができる相内のことが羨ましくもある。

彼もまた、華やかな火花を散らさずにはいられない、刹那に生きる種族なのだ。

「あんたがここに馴染む日は来ないよ」

「そんなこと、言わないでください」

順応力がないと指摘されているようで、少しだけむくれてしまう。

「けなしてるわけじゃねえよ。あんたは、ここの連中とは違う。今までずっとそうだったし、これからもそうだろ。それがあんたのいいとこだしな」

「そう、でしょうか」

よくわからないまま、僕は眉を顰める。

「自分じゃわかんねえもんだろうなあ」

身体ごと振り返り、相内は黄色い歯を見せて笑った。

「掃除したいんですが、先に着替えますか？」

「掃除が先でいいよ。悪いねえ」

「気にしないでください」

しおらしく謝られて、僕は何とも言えない気分になった。以前の相内はもっと気っ風がよくて、迫力があった。こんなふうにあからさまに弱った姿を、見たくはなかった。

僕は埃を吸わないように口を閉じ、相内の布団の周りを雑巾で拭いていった。

「今年の寒さは殊更こたえるなあ」

しわがれた声で言われ、僕は手を動かしながら「そうですね」と答えた。返事の代わりに相内が乾いた咳をしたので、喉が痛いのかもしれないと思って水差しを取る。

「水、飲めますか?」

「うん」

このあたりは生水は飲用できないので、囚人に配られるのは湯ざましだった。

相内の背中に手を添えながら、彼の身体を起こす。左手に乗った彼の体重は、想像以上に軽かった。右手で探るように摑んだ湯呑みは、きんと冷えている。相内の口許に近づけてやると、彼が音を立てて湯ざましを啜《すす》った。

「……うめえ」

「変なところに入れないように、気をつけてくださいよ」

「これじゃ、娑婆に戻る前におっ死《ち》んじまいそうだ」

老人にとって、それはない話とはいえなかった。

監獄で一番多い死因は結核、次が胃カタルだ。医務所に医師はいるが、看護が行き届かないため、一晩中苦しんでいた囚人が、朝になったら冷たくなっていたなんて話も珍しくない。自死もたまにあり、首をくくった者の話もすぐに広まった。

囚人に思い入れはないが、相内だけは平穏無事にここから出ていってほしい。

「刑期はいつまででしたっけ」

「次の秋だよ」

答えてから彼がまたも咳き込んだので、慌てて背中をさすってやる。

骨と皮でできたような、薄い背中だった。

あたりまえだが、このあいだ触れた羽嶋の肉体とはまったく違う。

若さと老いと。ここにいる囚人は出自も年齢もばらばらなのだと、今更のように考えた。

「あと一年じゃないですか。早く元気にならないと」

「出ていったところで、行き先もねえしな」

刑期を終えた囚人の誰もが、健やかに出獄できるとは限らない。

「ま、ここは俺らが作った監獄だ。なら、ここで死ぬのもありかもしれねえなあ」

「そういえば、相内さんはここの煉瓦を焼いたんですっけ」

羽嶋には厳しく自分を番号で呼ぶようにと言ったくせに、僕は彼を402号と呼ぶのにはなぜか抵抗があった。

「いいや、煉瓦を焼くだけじゃねえよ。組み立てもしたんだ」

「えっ」

「運ぶのも積むのも、全部だよ。ありゃあ、きつかった」

上体を起こし、相内は首を左右に振った。

「この塀も建物も、全部俺らの焼いた煉瓦で建てたんだぜ。俺らの組の刻印が煉瓦に残ってる。思い出させるとは、あんたも嫌なことしてくれるねえ」

冗談めかした口ぶりだったので、気を悪くしたわけではないのだろうが、つい謝ってしまう。

「すみません」

「本職にやらせりゃ、もっと早くできたろうになあ。節約節約って、ここの連中は昔っからうるさいの何の」

奈良監獄をはじめとして、国内の西洋式監獄の多くは囚人たちを動員して建造された。奈良にはもともと旧式の監獄があったので、相内ほかたくさんの囚人がそこに収監され、毎日新しい監獄を作るための外役に出かけていった。

職人に習って河原で煉瓦を焼き、それを工事現場に運搬して積み上げる。けれども、栄養事情はよくないうえに、囚人は命を顧みない劣悪な条件で働かされた。今も僕たちの労働時間は一日十二時間近いが、慣れない作業ではますます大変だったろう。

教師時代の僕だったら、囚人たちが重労働を科されている点には特に違和感を抱かなかっただろう。逆に、罪を償うためなのだから、つらい労働は当然だと受け止めたに違いない。

だが、ここでの生活を経験してから考えはかなり変わった。

何もさせないのは酷だが、かといって、苛酷な労働は罰として過剰ではないのか。それならば、もう少しくらい自由があってもいいはずだ。

いつしか、僕の思考はずいぶんこちら寄りになってしまった。娑婆にいる真っ当な人々の言い分は、綺麗ごとが過ぎて胡散《うさん》臭いと感じるときだってある。

「昔、若草山に登ったら山頂からこの監獄が見えて……当時は何か知らなかったんで、あれは何かって人に聞いたくらいです」

「先生はこっちの人じゃないからなあ」

相内に先生と呼ばれるのは、嫌な気分がしなかった。

「こんなすごい監獄、僕じゃ作れませんよ」

「作るほうは冷や冷やしてたよ。ずぶの素人《しろうと》の集まりだ。上出来なものもあれば、積む前に壊れる煉瓦もあったしな。今だって、ほら、天井が落っこちてくるかもしれねえぜ」

思わず白い漆喰が塗られた天井に視線を向けると、相内がぷっと噴き出した。

彼なりの冗談だったみたいだ。

「しゃべってたら、元気になってきたよ。着替えようかね」

それは事実のようで、相内の顔色はだいぶ血色がよくなっていた。

「手伝います」

僕が洗濯場から持ってきた着替えを差し出すと、老人はするりと上を脱ぐ。痩せて枯れた身体には不似合いなほどに鮮やかな刺青が入っていて、僕はその落差に目を奪われた。

時々、袖からわずかに覗くことはあったが、全体を見るのは初めてだ。

殺風景な独房の中で、ぱっと花が開いたようだった。

「綺麗ですね」

子供じみていたが、素直な感想だった。経年でくすんではいるけれど、若い頃はさぞや華やかだったろう。

「そうかい？　こんなに枯れ枝みたいになっちまったらねえ。あんたは色が白いから、似合いそうだけどな。ほら、団七《だんしち》みたいな唐獅子《からじし》牡丹《ぼたん》でさ」

「そんなにいい男じゃないですよ」

団七九郎兵衛《くろべえ》といえば、歌舞伎や文楽に出てくる元魚屋の侠客で、唐獅子牡丹の艶《あで》やかな刺青が目印だ。

「うん、男伊達って感じじゃあないわな。瓜実顔《うりざねがお》で、どっちかっていうと女形か」

機嫌がいいのか、相内の舌がよく回るようになった。褒められるのは面映《おもは》ゆかったけれど、相内が楽しそうなので僕の心も軽くなる。

「終わったのか？」

看守が戸口から覗き込んできたので、僕は慌てて「はい」と立ち上がった。

「ありがとよ」

看守は相内と僕がしゃべれるように、少し時間を取ってくれたのかもしれない。実際、相内に必要なのは気晴らしだろう。

誰にともなく一礼し、僕は雑巾とバケツを持って歩きだした。

また、何もない日曜日がやって来た。

僕の心を波立たせた笠松は再訪せず、面会の予定がない連中は広い教誨堂に集められた。

教誨堂はいわゆる講堂のことだ。板張りの床は冷えていて、腰を下ろすと着物の薄い布地越しに冷気がじんと伝わってきた。

今日の娯楽は映画だった。

年代物の映写機がかたかたと音を立てながら、白黒の映像をスクリーンに映し出す。

たいていは決まった筋立てがない、写真と説明が流れるだけの記録映画だ。字が読めない連中もいるし、飽きておしゃべりを始める者も多かった。

映画が終わると、教誨に来ている僧侶や牧師が個別に希望者の話を聞いてくれる。

僕は教誨に関心がなかったが、どうせ暇なので映画は欠かさず見にきていた。

集団の中に、山岸の姿はない。

そもそも、彼が出席したことはあるだろうか。僕以上に、山岸は集団行動が苦手なのだ。四人は一つのくくりだが、学生のような集団とは意味合いが全然違う。ばらばらの個人が集まっただけの、まさしく烏合《うごう》の衆だ。そのうえ、ほぼ全員が犯罪者なのだ。倫理観が嚙み合わない相手とは、つき合うのは難しい。

たまたま町で行き合った僕が空腹なのに金がないと言ったら、店先の品を万引きして渡してくれた——そんなやつと友人になれるだろうか？　僕は無理だ。でも、この監獄にはそういうことが平気でできる人物も多い。

相内は盗みこそしないが、人を害することができる点で僕とは異なる価値観を持ち合わせている。彼を尊敬しているとはいっても、他人を傷つけたことに関しては、当然許容できなかった。

「あっ、久しぶりですね」

鮮やかな柿色の服の人物が近くに来たと思ったら、相手は羽嶋だった。

勝手に席を移動しているのに、看守は特に注意しなかった。お目こぼしされるのは、彼に愛嬌があるからか、終身刑だから同情されているのか。

——あるいは。

このあいだの羽嶋スパイ説の妄想がちらりと脳裏を過《よぎ》り、僕は内心で苦笑する。

だが、こうもつきまとわれると疑念が芽生えるのは致し方ないだろう。

「まだ掃除夫ですか?」

「うん、少しは上手くなったのか?」

今は看護夫だったが、いちいち訂正するのが面倒なので僕は適当に相槌を打つ。

「組み紐ですか? 自分じゃ、よくわからなくて。今度見てくださいよ」

「よくわからないんじゃ、だめだろう。はねものを作るわけにはいかないんだ」

「そうですけど、見る目がないっていうか」

「仕方ないな」

僕はため息をついたが、拒絶の意味は込めなかった。

相内は根気強く、不器用な僕につき合ってくれた。それを思い出したのだ。相内の存在がどれほど心強かったかを考えれば、少しは自分の考えを曲げるのもやぶさかではない。

「今度、ちゃんと確認するよ」

「そういうところ、やっぱり元先生なんですね。真面目そうなのに、何でここに来たんですか?」

不意打ちの質問に、一瞬、僕は言葉を失った。

「知らないのか?」

「全然」

罪状こそ、僕がここで忌み嫌われる最たる理由として話題になりそうなはずなのに。

「何もしていない」

僕は捨て鉢な気分でそう告げた。

真実を口にしても嫌な思いをするだけだ。それが理解できていたのに、なぜだか勢いで口に出してしまった。

それは、僕が一番聞いてほしい言葉だったからかもしれない。

「えっ⁉ それって、何とかならないんですか？」

「……信じるのか？」

僕は思わず、まじまじと羽嶋を見つめる。

それが本音なのか社交辞令なのか、見極めたかったからだ。

「今、自分で言ったじゃないですか。何もやってないんでしょう？」

そうやって素直に信じられると、拍子抜けしてしまう。

いや、それ以上に僕は苛立っていた。

「やってないって、どうしてわかる？」

「弓削さんが言ったから」

僕の痛みも、不安も、何も知らないくせに。

親きょうだいだって僕を信じなかったのに、なぜ、そんな無責任なことを言えるのか。

「どうして信じるんだ！」

「ッ」

気づけば僕は、羽嶋の胸倉に摑みかかっていた。

「人殺しのくせに！」

声に出してしまってから、僕はすぐさま後悔した。

失言にもほどがある。

ほかの囚人に聞かれたら、喧嘩になってもおかしくはない。

「――やってないです」

静かに言ってのけた羽嶋が、今度は僕の腕をぐっと摑み返した。

何を張り合っているんだと怒りたかったが、何よりも、握り締められたところが痛かった。

腕よりも、心臓のあたりがずきずきしてくる。

おかげで、言葉が出ない。

「何をしてる！　離れろ！」

見張っていた看守が駆け寄ってきて、僕はようやく我に返った。急いで指を解くと、羽嶋もそれに気づいたように僕からぱっと手を離した。

看守も面倒は避けたかったらしく、「黙って見てろ」という注意だけで、彼はすぐに部屋の片隅へ戻る。

「すみません」

なぜか羽嶋から小声で謝ってきたが、どう考えてもこちらが悪いので、「僕が悪かった」と素直に謝罪した。

珍しく衝動で動いてしまったことを、恥じ入るばかりだ。

誰かと喧嘩した経験すらないのに、こんな真似をするなんて自分でも怖くなる。羽嶋に殴りかからなくてよかったと、僕は安堵していた。

やはり、僕は祖母の血を引いているようだ。

「いえ、びっくりしただけなんで」

「こっちこそ驚いたよ。僕を信じる、なんて」

「え？」

「信じないだろ、普通」

吐き捨てる僕に対して、羽嶋は意外なほどに真摯《しんし》な目を向けた。

「だって嘘をつく理由がないでしょう？」

「君は、嘘をついてないのか？」

「つきません」

ひどく疲れた僕は、それ以上会話をする気力を失って膝を抱えた。

羽嶋が僕を信じるのは彼の勝手だが、僕が彼を信じるかどうかは別の話だ。

冤罪ならば羽嶋の無邪気さと素直さにも納得がいくが、いくら何でも、そんな偶然が起きるものだろうか。

無実の人間が、二人も監獄にぶち込まれたなんて。

つくづく警察と検察は腐りきっていると思っていたが、二年間に二人も冤罪の被害者を生み出しているなら、無能の極みと言ってもいい。

そして、それならばどうして羽嶋が何もしないのかが不思議だった。

たとえば、真犯人に心当たりがあって庇《かば》っているのかもしれない。だが、どんな理由であれ、たった一度の人生を棒に振れるだろうか。それとも、すっかり諦めてしまっているのか。

「…………」

あるいは、山岸のように、羽嶋は常人とはまったく違う論理で動いているのかもしれない。

他人と関わるのは面倒なはずなのに、なぜかどうしようもなく気になる。

僕と同じように罪を着せられたのだとしたら、彼は何を目標に生きているんだろう？

僕は、羽嶋が『何』なのか知りたい。

その感情が沸々《ふつふつ》と湧き上がってくる。馬鹿みたいだと自覚していても、一度盛り上がった気持ちはどうにもならなかった。

それに、彼の正体を見極めなければいけない理由はほかにもある。

先ほどもちらりと妙な思考が脳裏を掠めたが、結論としては、僕に近づいてくる羽嶋の存在そのものがひどく不自然だ。

作業や掃除、そして今。こうしてたびたび一緒になるのは、本当に偶然なのだろうか？羽嶋が他人を陥れるような真似を率先してやるとは思えなかったが、だからこそ、些細なきっかけで小笠原にほだされそうだ。あるいは、同じ神を信じているのならば、強い連帯感が生じてもおかしくはない。

——結局、笠松の作戦は正しかったというわけだ。

そんなことに思考を巡らせるほどに、寧子の最後の手紙という情報は威力があったのだから。

「集合！」

監視所の近くに立った看守の一人が声を張り上げ、続けてばたばたたっと忙《せわ》しない足音が聞こえてくる。

今日も看護夫の仕事に駆り出されていた僕の傍らを、看守が駆け抜けていったのだ。

おかげで手にした着替えを取り落としてしまい、ふんどしがひらりと舞う。

「手の空いた者は、玄関に集まれ！」

ふんどしを拾いながら目を向けると、看守の一人が監視所の裏側に回り、片隅にある階段を駆け上がる。事務室に行く扉は毎日見ているが、あんなところに階段があったのか。あたりを見回すと叱られるため、日頃から監視所のほうは見ないようにしていたせいで、まるで気づいていなかった。

「おい、何を見ている」

監視所にいる看守に声を荒らげられ、僕は首を竦めて「すみません」とだけ言って慌てて正面を向いた。

耳をつんざくような、不愉快な半鐘の音が鳴り響く。

「畑へ向かえ！」

敷地外の畑では、この時間ならば耕作夫が外に出て作業しているはずだ。怪我にしてはものものしいし、喧嘩か。乱闘でもなければ人数は必要ないから、脱走かもしれない。

僕が雑巾と着替えを持って相内の部屋に行くと、彼は既に目を覚ましていた。

いつものように扉を開けたまま部屋に入り、濡れた雑巾や着替えを床に置いた。

「おはようございます」

「ああ……」

彼はしわがれた声で返し、こちらを向いた。

「ずいぶん、顔色がよくなってきましたね」

僕が声をかけると、相内は乾いた唇を微かに歪めて笑みを作る。

「先生のおかげだよ」

「僕は医者じゃありませんよ」

軽口を叩いてみると、彼は短く笑ってから咳をした。

丁寧に雑巾がけをしていると、かんかんかんかんと鋭い鐘の音がまたしても聞こえてくる。普段は耳にしない音は、鼓膜に突き刺さるようだ。

「何だ、やけにうるせえな」

「畑で何か、あったみたいです」

「こりゃあ脱走だな。この鐘、監視所の真上にあるんだよ」

相内は煩わしそうに頭上を見上げた。

「そうなんですか？」

「外からじゃないとわかんねえが、建物の真ん中が尖ってるだろ？　あすこは屋根裏で、奥には鐘がある」

監視所の上あたりが尖塔になっているのは建物の外観からわかっていたが、深く考えたことはなかった。

「知りませんでした」

それならば、さっき階段を上った看守は半鐘を鳴らすために屋根裏へ向かったのだろう。

「あそこから屋根にも出られるんだぜ」

さすが、相内は奈良監獄の構造に関しては生き字引だ。こんな秘密を知っているのであれば、相内を服役させるのは別の監獄がよかったのではないか。

「にしても阿呆だねえ。真っ昼間に脱走なんざ、すぐに捕まるに決まってる」

「勢いでやったのかもしれません。かっとなって」

それはそれで、どんな心情で逃げ出したのかが気になってしまう。

脱走した四人の心にも、焔が燃え上がる瞬間があったのだろうか。

僕にもその焔が宿っていれば、ここから逃げようともがいたのかもしれない。

「下策ってのは違うか、そもそも策ってもんがねえからな。ただの下の下ってやつだ。くだらねえ」

「手厳しいんですね」

「だってよ、こいつを着たまんまじゃ、捕まえてくれって言ってるようなもんじゃねえかよ。金だって持ってるのかねえ」

寝転がったまま、彼は自分の柿色の着物を引っ張った。

確かに、こんな派手かつ粗末な着物を身につけている男は、四人以外にいない。

「つまんねえなあ。本当につまんねえよ」

「何だか、がっかりしたみたいですね」

よいしょ、と声を上げて相内は身体を起こす。そして、見上げるようにして、雑巾を絞る僕の目を覗き込んできた。

「俺はさ、ここで死んでも、外で死んでも、この歳になれば大差ねえって思ってんだよ。けど、まだ心残りがある。夢が叶わなかったって意味でさ」

「夢って？」

相内には不似合いな言葉だった。

「ここから誰かが出てくとこを、見れなかったってのがさ」

「刑期満了で、お勤めが終わる人はたくさん見たじゃないですか」

「違《ちげ》えよ。わかってるのに、あんたも人が悪い」

つまりは、脱獄だ。

本当に、囚人は脱獄の話題が好きだ。呆れつつも、僕は無意識のうちに、視線を開け放った扉に向ける。

幸い、手の空いた看守は畑に向かったのだろう。珍しく、廊下の向こうは人気《ひとけ》がなかった。

「一人くらいは、成功するやつがいるんじゃないかと楽しみにしてたのにさ」

「無理ですよ」

「無理なもんかね。俺はここを作った本人だからわかるんだよ」

相内は、僕の反論を軽やかに笑い飛ばした。

「神様や仏様が作ったもんならともかく、人が作ったもんだぜ。しかも、作ったのはよりによって俺たち素人だ。だったら、絶対に穴がある。出られねえわけがねえよ」

屁理屈ではあるが、一理ある。

完璧なものが果たしてこの世にあるのかという問いは、ひどく哲学的だ。

「何をしたってここから出られねえって思い込んでるなら、たぶん、そいつはここに錠前がかかっちまってるのさ」

そう言って、相内は自分の胸のあたりをぽんと叩いた。

「錠前？」

その音が、妙に重く感じられた。

「うん。先生は、カンカン踊りを何でさせられるか知ってるかい？」

いきなり話題が変わったのに面食らいつつも、僕は床を拭きながら答えた。

「作業道具を部屋に持って帰らせないように、でしょう」

あたりまえだが、看守が何よりも恐れているのは脱獄だ。

作業の終わりに踊らせることで、隠し持っていた道具が落ちると聞かされている。

「それだけじゃねえ。恥ずかしがらせるためだよ。ありゃ、爺《じじい》の俺にだって恥ずかしいんだよ」

「そうなんですか？」

「そりゃそうさ。踊らされるたんびに、俺は囚人なんだって思い知らされる。けど、そこがあっちの狙いよ。ああやって、俺らの心の臓に錠前をかけてるんだ。やすりをかけられるみたいに、朝に晩にこっちの気持ちを削られてみろよ。まともな人間はどうにかなっちまう」

削られているのは、それぞれの自尊心なのかもしれない。相内はその言葉を知らないだろうが、きっとそんな意味だろう。

「毎日毎日、おまえはちっぽけな人間だって言われてたら、どんなにふてぶてしいやつだって、そうかもしれねえって思っちまうんじゃないのかい。ああいう子供騙しが効かねえのは、あの、丸房が好きな兄ちゃんくらいさ」

「山岸……さん、ですか？」

「知らねえ。ここにでっかい傷がある。大将だっけか？」

相内は自分の右のこめかみから頭部を指さした。それですぐに、やはり山岸のことだと合点《がてん》がいった。

「あの人、ちょっと苦手で」

それを聞いて、相内がぷっと噴き出した。

「見たことあるぜ。あいつ、先生に懐いてるもんな」

「そんな可愛いもんじゃないですよ。もし懐かれてるとしても、理由がわかりません」

山岸が僕に絡むたびに冷や冷やさせられて、心臓に悪かった。

「そりゃ、気になるからじゃねえのかい」

「気になる？」

「そうそう。相手が気になるのに、理屈はいらねえよ」

そこで我に返ったように、相内は「つまんねえ話をしたな」と謝った。

「いえ、興味深かったです」

どこからどう見ても枯れたような老人にも、燦然《さんぜん》と輝く夢があるのだ。それは、僕にとっては信じがたいことだった。

もちろん、僕にだって夢はある。一刻も早く、ここから出ていくという望みが。

だが、いつの間にか夢を見ることとさえ惰性になっていたかもしれない。

できるわけがないと、心のどこかで諦めてはいなかったか。

「僕なんかより、山岸さんに話してみたらどうですか？　このあいだ、脱獄したいって言ってましたし」

「あいつは先生と出ていきたいんだろ？」

「でも」

「それに、あいつにゃ無理だ。あんたにしかできねえよ」

「どうして、僕なんですか」

僕は祖父母の血を引いているが、それを恐れ続けた臆病者だ。たくさんの人たちを他山の石にし、自分を抑え込んできた。

退屈で、面白みのない男。冒険ができない男。

それが僕だ。

相内の言葉は、見当違いもいいところだった。

僕を衝動的にさせたのは、羽嶋くらいのものだ。

「そりゃ、たぶん、あんたがこの監獄で一番頭がいいからさ」

当然のことのように相内は言ったが、意外すぎる答えに僕はぽかんとする。

「僕よりも頭がいい人はいるんじゃないですか。思想犯とか、情報通の亀田とか」

「そうだけど、ほかの連中はもっと早く出てくだろ。そんな危ない橋は渡らねえよ」

政治的な思想を持って逮捕される連中は多いが、確かに彼らは僕よりもずっと刑期が短かった。

「あんたはかっとなって前科者になったりしねえ。本当は何もしてねぇって、あんたに言われたら信じちまう。ここに来たのも、なんかの間違いかもしれねえ。あんたは真面目で馬鹿正直で、だから、誰にもできないことをやれるんじゃねえかって思うのさ」

「買いかぶりです」

「ほら、やっぱり錠前をかけられちまってる。やだねえ」

なおも彼がきらきらと輝く目で僕を見つめてきたので、思わず苦笑してしまう。

そのくせ、目を離せない。

皺に埋もれたような目は、それでいて、なんて鮮やかな光を放つのか。

「僕には仲間もいないし、知識もないし。大立ち回りもできません。そんなだから、僕には何もできない」

「そこまで大袈裟《おおげさ》なこと、頼んじゃいねえよ」

相内がおかしげに噴き出したので、だったらどういう意味なのかと僕は鼻白んだ。

「じゃあ、真っ昼間に堂々と出ていくんですか？」

「もっと悪《わる》いや。道具もないあんたに、派手なドカンなんてのは無理に決まってる」

「でしょう。それなら、どうやって？」

大立ち回りも手品めいた仕掛けもせずに、この堅牢な監獄から脱獄する？

そんなのは、無理な話だ。錠前をかけられてなくたって、結論は既に出ている。だからこそ、今日の事件を起こしたやつも強行突破に賭けたに違いない。

「それを考えるのは俺じゃねえ。誰にだって、身の丈にあったやり方ってやつがある。あんたにしかできないやり方があんだろ。あんたの考える方策は俺にゃ向いてねえし、俺が考えてるやり口はあんたにゃできねえだろうよ」

相内はそこまで言って、息をついた。

「だいたいさ。あんたはいつも、自分だけはここにいる連中とは違うみてえな顔してるくせに、ここぞってときに普通すぎるんだよ。本当に、何にも考えたことはねえのかい」

そのとき、ばたばたと廊下から足音が聞こえてきたので相内は「おっと」と首を竦めた。いけない。すっかり怠けてしまった。

僕は再び床を拭きながら、手に力を込める。摩擦で雑巾が熱くなり、その熱が僕の全身に広がっていくような気がした。

僕があかぎれを作りながら垢まみれの浴槽を掃除し、他人の監房で這いつくばっているあいだに、何もかも投げ捨てて走りだしたやつがいる。

ほんの一瞬だけでも、自由を味わったやつがいる。

そう考えると、じわっと腹の奥が熱くなった。

ずるいじゃないか。

ずるいのは、もちろん、脱走者じゃない。僕自身だ。

何もしていないくせに、僕は見知らぬ脱走者を羨んでいる。

「さて、今日の捕り物はどうだったかねえ」

どこか期待するような、あるいはどこか淋しそうな、不思議な響きの口調だった。

「もしかしたら、早速夢が叶うかもしれませんよ？」

「かもな」

「気のない返事ですね」

僕がからかうように言うと、相内はへへっと笑った。

「はずみで逃げ出せるってんなら、今まで脱獄したくてもできなかったやつが馬鹿を見ちまう。ここはもっと、難攻不落じゃなけりゃ面白くねえ」

それなのに、相内は僕にやってみろと言うのか。

無謀な話だ。あまりにも馬鹿馬鹿しい。

なのに、彼の夢は闇夜に燃え盛る焔にも似て、傍観者のはずの僕にまで飛び火しそうだ。

いけないとわかっていても、心を動かされそうになる。

日々努力して自分を律している僕にだって、感情が理性を超えてしまう瞬間はある。

相内の言葉は、それほどまでに僕のプライドをくすぐったのだ。

気づくと僕は、口を開いていた。

「――今日の脱走者が捕まったら、考えるだけ考えます」

言ったそばから、僕は自分の失言を後悔する羽目になった。

けれども、一度口に出したことを翻《ひるがえ》すなんて、それこそ見苦しくて情けない。

「煮え切らねえが、まあ、いいよ。楽しませてくれよ」

途端に相内の表情が明るくなる。

そうだ。考えるだけなら罪にもならないんだから、それでいいじゃないか。

絶対に実行されない机上の脱獄計画。

知られなければ看守には僕を罰せない。

そもそも、監獄の囚人の中で、脱獄を夢見なかった者はいるだろうか。

いるわけがない。現実主義者の僕ですら、何度となく脱獄を夢想した。

脱獄は、この監獄に住む囚人たち全員の夢といえるだろう。
彼らと連帯はできないと決めつけているくせに、僕たちは時々、同じ夢を見ている。
境涯がまったく違ったとしても、夢を共有できることもある。
それは僕にとって、新たな発見だった。

六

健康増進の運動のために外に連れ出された僕は、太陽の下で欠伸を嚙み殺す。

運動場といっても専用に整えられているわけではなく、敷地内の空き地を使っているだけだ。背後は二階建ての監房で、正面には高い高い塀がそびえ立つ。目に入るすべてが煉瓦でできていて、この赤茶色の圧迫感に押し潰されそうだ。

何しろ、花壇まで煉瓦で縁取《ふちど》られているのだ。そのうえ、外を子細に観察できないように編み笠を被せられているので、何とも言えず息苦しい。

「全員走れ！　怠けるな！」

囚人たちが「めんどくせえ」などとぼやきながら、歩くのと変わらない速度で走っている。

「こら！　そこ！」

いつもこの時間に配置される看守は二人だが、今日は四人に倍増していた。

どう考えても、先週脱獄に失敗した四人のせいだろう。おかげで監視が厳しくなり、怒鳴り声がいつも以上に飛んでいる。

相内が看守に聞き込んだ噂によると、脱獄囚は民家の納屋に潜んでいたところを捕縛されたらしい。距離にして、せいぜい一里半（約6キロ）も逃げられなかっただろう。再犯防止のため、彼は大阪監獄に送られた。

彼の失敗を、囚人たちはあっさりと忘れた。もっと上手くやればよかったのにとか、彼が失敗してよかったとか、ごちゃごちゃ思考を巡らせているのは僕くらいのものだろう。

相内の言うとおり、あんな脱獄は失格だ。とはいっても、だったらどんなやり方がいいのかは思いつかなかった。

文句だけは一人前の批評家気取りで、実際には何も思い浮かばない。

結局、僕は当事者になる勇気も決断力も持ち合わせていないのだ。

「おっ、いたいた」

走りながら近づいてきたのは、情報屋と呼ばれる亀田だった。顔は見えなくとも、長く暮らしていれば胸の番号と体格でお互いの見当がつく。小太りの男はインテリの思想犯だが、工場も違うし接点がほとんどない。

「あんたはどう思うんだよ」

唐突に本題に入られて眉を顰めたが、挨拶抜きなのはここでは常識だ。短時間しか話せないので、非礼には当たらない。

「何が」

「恩赦だ」

「え、恩赦があるのか？」

亀田は奈良監獄きっての情報通で、囚人の罪状から看守の家族構成まで、頼めば聞き込んでくれると評判だ。僕自身が知らない僕のことでさえ、亀田は語れるかもしれない。

「知らないのか？　今年は皇太子の成年式だ。その祝いで、恩赦があるはずだ」

「そういえば、そうだな」

新年早々、喜ばしいことだった。

恩赦は天皇陛下の持つ大権で、皇室の慶事のときに発令される。国民の多くは皇族の誕生日を覚えていて、手帳にまで名前や生誕日が印刷されており、常にその存在を意識させられていた。

「あんたは頭いいから、誰が推薦されるか予想がつくんじゃねえのか？」

「そういうのは、僕より君のほうが詳しいだろう」

「胴元としては新鮮な面子《メンツ》を揃えたいんだ」

「悪趣味だな」

成年式は皇室の儀式の一つで、ご成婚や即位ほどではないが盛大に祝われるだろう。慶事の内容次第では一律の減刑などが望めるが、成年式はそこまでではないはずだ。だからこそ、誰が選ばれるのかが賭けになるわけだ。

面倒だが、問われたら答えるのが僕の気質だった。こんなときまで教師根性を出してしまうあたり、僕も相当毒されている。

「榎木《えのき》かな」

「榎木って、二監の？」

榎木は過激な労働運動を煽動していた思想犯で、この監獄に入っている有名人の一人だった。

僕でさえ彼を知っているのは、そういう理由だ。

「病気の母親がいると聞いたし、家族のために東京からこっちへ戻ってきて働いてたそうじゃないか。そこまで家族思いなら、もう無茶はしないはずだ。転向が条件でも、娑婆に出られるなら恩赦に飛びつくんじゃないか？　それに、あの榎木が折れれば、続くやつもいるだろう。それだけ影響力が大きい」

「何だか当てつけっぽくないかい」

榎木と似たような境遇だが、自分の都合で監獄から出る気のなさそうな亀田は、ふんとわざとらしく鼻を鳴らす。

「そんなことはないよ」

「ありがとよ、センセイ」

「どういたしまして」

この程度で恩を売れたかは不明だったが、たまにはいいだろう。

注意される前に、僕はそこから駆けだした。

僕なりに懸命に走っていたものの、息が苦しくなってきた。僕は看守の目を盗んで、運動場の片隅にある花壇に腰を下ろす。

「はあ……」

「421号！」

ちょっと休んだだけなのにどやされ、聞こえないのをいいことに舌打ちをする。

渋々立ち上がったそのとき、体重をかけた煉瓦がぐらついて足許に倒れた。

「！」

驚きに声を上げげそうになったが、すぐに呑み込む。花壇を壊したら、間違いなく減点だ。

幸い、先ほどの看守がこちらを見ていないので、こっそり直そうとして煉瓦を持ち上げると、その下には小さな空間ができていた。

「………」

そこに、何か白いものが入っているのに気づき、迷わずそれを指で摘まむ。

石ではなく、質感は紙だ。小指よりも細い紙を巻いてあるようだ。

誰かがここに、暗号文でも隠したんだろうか。

僕は急いで草履を履いた足の指にそれを挟み、再び走りだした。なくしてしまう可能性はあったが、それはそれでかまわなかった。

興奮で、どきどきしてきた。

もしかしたら、仲間と脱獄するために策を練っている者がここにはいるのかもしれない。

仮にそうだとしたら、どういう計画なんだろう？

僕が想定しているのは、あくまで相内を満足させるためだけの脱獄計画だ。

素晴らしい計画が完成すれば、相内は「やっちまいなよ」と唆《そそのか》すかもしれない。

しかし、脱獄を実行すれば、僕は今度こそ罪人になる。

それでは、結果的に小笠原たちを喜ばせてしまう。彼らは僕に罪を犯してほしがっている。

結局、僕が罪人でないと自分たちが間違えたのではないかと不安なのだ。

それに、脱獄してもやりたいことは明確に思い浮かばない。

寧子の最後の手紙を確かめたい気持ちはやまやまだが、あれはやはり嘘ではないのか。

笠松たちは、僕が我慢できなくなって脱獄するのを待っているのだろう。

だとしたら、小笠原の計略に乗るのは何とも胸が悪い。

「あと三分！」

まず、このあいだの耕作夫のように外役の時間に逃げ出すのはそこまで悪手ではないが、あっさり失敗した。外に共犯者でもいなければ、無一文のうえに目立つこの服では逃げ切れない。

監房から外に出るなら運動の時間がチャンスだが、看守が多い時間帯なので、脱走には不向きだ。

だから、やるとすれば絶対に夜だ。しかし、監房は夜の点呼のあと、厳重に鍵をかけられてしまう。

内側には取っ手がない扉。絶対に届かない窓。

仮に誰かに扉を開けてもらえたとしても、重苦しい開閉音が廊下いっぱいに響き渡る。異変はすぐに伝わり、ほかの囚人が目を覚まして騒ぎだすのは目に見えていた。

では、壁、床、天井、いずれかをこつこつと掘るのはどうか。

まず両隣は別の囚人がいるから、左右の壁に細工するのは無意味だ。窓の下を掘るのが無難かもしれないが、窓は扉、つまり視察孔の真正面にあり、作業が難しい。そのうえ、掘った穴を隠す手段がない。最後に床だが、僕の部屋は二階なので、穴を開ければ一階の監房に落ちてしまう。天井は端《はな》から手が届かないため、作業そのものが不可能だった。

「まさに八方塞がりだな……」

僕は思わず呟いた。

あたりまえだが、そうそう脱獄なんてできないように設計されているのだ。容易《たやす》く脱獄できる監獄など意味がないし、そんな緩い場所では囚人たちの更生に影響を及ぼすだろう。

第一、脱獄は監房から抜け出せば終わりというわけじゃない。むしろ、そこからが本番だ。

建物から脱出し、塀を乗り越えて下界に辿り着かなくてはいけないのだ。

仮に廊下に出られたとしても、どこへ行くのか。監視所の背後の扉は事務室に通じており、夜間でも人がいるようだからこちらには行けない。

もう一案としては正反対に位置する工場からも外に出られるが、こちらは監視所から丸見えだ。

廊下の天窓には登れないし、ほかに大きな窓はない。

それらの難関を突破して建物から脱出できても、今度は塀をどうやって越えればいい？

それこそ、忍者のような身体能力が必要だ。

この監獄で出入りが可能なのは、表門しかないはずだ。ほかの通用口もあるかもしれないが、聞いた覚えはなかった。

唯一、表門のほかに便槽《べんそう》用の門があるのは知っている。日々大量に排出される屎尿《しによう》を捨てる場所で、業者がそこから汲み出して回収していくそうだ。とはいえ、便槽の仕組みが不明な以上は、そこに飛び込むのは絶対に避けたい。不潔だし、仮に外に出られたとしても、臭すぎてすぐに御用になってしまう。何よりも、僕自身が耐えがたい。

そのうえ、表門は監視が一番厳しいはずだ。表門を抜けられないならあの煉瓦塀を乗り越えるほかないものの、至難の業だ。数メートルもの高さの塀は煉瓦が積まれており、しっかりと掴めるような取っかかりはない。これを平然と登れるのは、猫や猿くらいだ。

やっぱり、だめか。

当然だ。どう考えても、できるわけがない。

検証すればするほど、脱獄は不可能だと思い知らされてしまう。

「運動終了！　全員、戻れ！」

結論にはとっくに辿り着いているくせに、僕はこの偉大な難問を諦めきれないでいる。

――人の作ったものから、人が出られないわけがない。

結局は、その言葉が原動力なのかもしれない。

神対人では、僕のような平凡な人間には勝ち目なんてあるはずがない。だが、人対人ならば話は別だ。万に一つくらい、チャンスがあるのではないか。

僕はこの監獄を設計した人物との知恵比べに、勝ちたい。

方程式とは違って、解を導く過程は無数に存在するはずだ。問題を前にした人の数だけ、脱獄方法はある。

運動を終えた僕は、便所へ立ち寄る許可をもらった。

厠《かわや》で、僕は足の指に挟んでいた異物を手に取った。

思ったとおり、それは丁寧に丸められた細い紙だった。

通信文だったらこのうえなく面白いのだが、内容はどうだろう。

興奮に、心臓が早鐘のように脈打つ。

そこには拙《つたな》い字で、『ココロナキ　ミニモアハレハ　シラレケリ』と書かれていた。覚えのある上の句だから、囚人が作ったものではない。湿っていて、ところどころ滲んでいる。どうにかして手に入れた墨汁を使ったのだろう。

「…………」

もっと大きな秘密があるのではと期待していたので、さすがに落胆が大きかった。

だが、一方で、あの花壇の煉瓦の下に何か隠せるのではないかと思いつき、危険を承知で書き付けを隠した人物の剛胆さに感心してしまう。

こっそりこの歌を潜ませた囚人は、まだ収監されているのだろうか。

誰かに秘密が発見されたのに気づいて、喜ぶかもしれなかった。


「あっ！　久しぶりですね」

改めて羽嶋に指摘されるまでもなく、組み紐工場に来るのは久々だった。

僕の席は相変わらず、羽嶋の隣だ。

「このあいだは、すみませんでした」

一瞬、何のことかと眉を顰めたが、信じる、信じないの言い争いをした件だと思い出した。

そういえば、羽嶋に会うのはあのとき以来だった。

「え？　ああ、お互い様だよ。教誨師に謝れって言われたのか？」

「教誨師ってお坊さんとかですよね」

「うん」

羽嶋は明らかに戸惑った様子で、頭を掻いた。

「俺、そういうの信じてなくて。神社とか寺とか、仕事で建物は見ましたけど」

「そうか」

僕はそれきり話を打ち切った。

やはり、僕は探偵小説に毒されていたのだ。

彼がキリスト教徒でない以上は、羽嶋スパイ説は根拠が薄弱で成り立たないだろう。

小笠原は、何の理由もなく凶悪な犯罪者を許容できるような人物ではない。同じ神でも信じていなければ、相手を信頼しないはずだ。

疑ったことが申し訳なくなってしまい、僕は埋め合わせのつもりで「だいぶ上手くなったんだな」と彼を褒めてやった。

「おかげさまで」

礼を述べつつ、羽嶋は澱みなく紐を編んでいる。かちかちと組み玉同士がぶつかる音が、規則的で心地いい。

羽嶋の組み紐技術が上達したのは、その軽快な音だけでよくわかった。

「仕事は何をしていたんだ?」

一応、小笠原との接点があるかないかを確かめるために、僕はもう一歩踏み込んでみる。

「学校をやめてからは大工で、次は印刷所で働いてました」

「そうなのか」

「朝から晩までインクで真っ黒になって、銭湯に行ったら嫌がられるんですよ。組み紐は全然汚れないからいいですよねえ」

羽嶋はあくまで朗らかだった。

「すっかり一人前になったみたいでほっとした。僕も頑張らないとな」

あまり邪魔をしてくれるなという牽制で言葉を放つと、羽嶋は理解したようだ。彼は時々「あ」とか「う」とか声を上げるくらいで、僕に話しかけたりはしなかった。


やがて、昼食の時間になった。

配食夫が、もたもたと手際悪く麦飯と味噌汁を配ってくれた。

「喫食！」

合図とともに、僕たちは食事を搔き込む。

今日の味噌汁は、箸で持ち上げると向こうが透けて見えるほどに薄い大根が何枚か浮かんでいた。

こんな味噌汁でも塩気がするのは、不幸中の幸いだ。

ただ味をつけただけで、出汁《だし》が利いた料理なんてもうずっと口にしていなかった。

「今度の映画は何だろうなあ。久しぶりに目玉の松《まっ》ちゃんを見てえもんだ」

「そういうのがいいよな。山も川も飽きたっての」

後ろの席からそんな会話が聞こえてきて、僕は小さく笑った。

いくら退屈だと主張しても、上映されるのは教育的な記録映画だけだ。チャンバラどころか、物語のあるものは無理に決まっていた。

それでも、願いを口に出すことは罪じゃない。それさえできなくなったら、僕たちは獣のように生きているだけになってしまう。

だから、相内は僕に脱獄計画を託したのではないか。

相内は未だに生きることに飽いてはいない。彼は生きるために生きるのではなく、目的や望みを持って生きたいのだ。

「映画、見るんですか？」

「え？」

「今、笑ってたから」

「そうじゃない。娯楽映画なんてずっと見てないって思っただけだ」

チャンバラなんて無理だと放言するのはさすがに角が立つので、僕は適当にごまかした。

彼らはまだ、興奮気味に同じ役者の話をしている。目玉の松ちゃんこと尾上《おのえ》松之助《まつのすけ》は、僕が知っているほどのチャンバラの大スターだ。

「この頃、あんまり注意されませんね」

羽嶋は、囚人の私語が増えたことを気にかけているらしい。

それには、僕も少し前から気づいていた。僕が入獄した頃は、ちょっと声を出しただけで看守のげんこつが飛んできた。当時の作業場は墓場みたいに静まり返っていた。今とはまったく違う。

これじゃ、女学校の自由時間みたいだ。

「もしかしたら、先月の売り上げがよかったからかな」

「――1042円。多いですか?」

「え」

唐突に覚えのない数字を告げられ、僕は眉を顰めた。

「何?」

「あそこに、金額が貼ってあったじゃないですか。金物が1865、指し物433、大和絣《やまとがすり》1037……」

「覚えてるのか?」

適当な数字を口にしているとは思えなかったので、僕は咎めるように聞いてしまった。

入り口近くに各工場の月間売り上げが貼り出されていたのは知っていたが、一日か二日だけだ。すぐに撤去されてしまったので、僕もよく見ていなかった。

「あ……はい」

「どうして？」

「何でって……見たから、です」

彼は困ったように口籠もった。

「それじゃ、覚える理由にならないだろ？」

「えっと、見たら、覚えるんです」

羽嶋の口ぶりは、なぜかひどく歯切れが悪かった。

その説明がどうしても呑み込めず、僕は「見ただけで？」と問い返した。

「……はい。気味悪いですよね」

羽嶋がでたらめを言っているようには到底思えず、僕は目を丸くする。

「すごい特技じゃないか！　どうやってるんだ？」

「あの……その、興味あるんですか？」

僕の勢いに気圧《けお》されたのか、羽嶋は珍しく困惑した様子だった。

「あたりまえだ」

「べつに何の役にも立たないですよ。計算は苦手だし」

「覚えていられるのは、数字だけなのか？」

興味津々の僕が畳みかけると、羽嶋は心底面食らった顔つきで答えた。

「見たものはだいたい、覚えてます。だから、字が読めなくても活字の場所は覚えてました」

「ほかには？」

「前の日にどこまで編んだかとか。何段編んだか、暇つぶしに房に戻ってから数えてました」

「すごいな！　僕はそういうのはさっぱりだ。自分の房から何かがなくなってても、しばらくわからないよ」

驚嘆のあまり、つい、舌が滑らかになってしまうが、一方で、羽嶋はどこか暗い面持ちだった。気味が悪いなんて考えるやつのほうが、どうかしている。羽嶋は僕にはない、素晴らしい才能を持っているのだ。

「惜しいな。君は自分の才能の使い方を知らないいんだろう。何かあるはずなのに」

羽嶋は目を見開き、「才能？」と怪訝そうに尋ねた。

「うん。特技かな」

「才能なんて、初めて言われました」

「そっちこそ不思議だ。──でも、確かに、ここじゃ誰にも教えないほうがいい」

「どうして？」

「たぶん、悪用できるからだ」

珍しい才能を、誰がどのように使いたがるかもわからない。たとえば、彼を銀行に忍び込ませて金庫の解錠番号を覚えさせるとか、さまざまな手段がありそうだ。

しかし、具体例を挙げると新たな犯罪の示唆になりそうで、僕は適当にぼやかした。

「言っても、外に出られないんだから問題ないと思いますけど」

「それでも、だ。もしかしたら恩赦で刑期が短くなるかもしれない」

「……意外と前向きなんですね」

「意外とってのは何だ。それに、そういうのがないと生きていけないだろう？」

言い換えれば、希望というもの。

どんなに斜に構えた人間だって、やはり、希望がないとだめになってしまう。

羽嶋は陽気で素直なだけではなく、その中には、未だに僕に明かしていない領域があるのだ。

彼の秘密を一つ知ったことで、僕は不思議な興奮に駆られていた。


日曜日。

囚人たちの元に、待ちに待った手紙が届く日だ。

「421号、手紙だ」

「はい」

いったい誰からだろうか。

ここに来てから、手紙を受け取るのは初めてだった。手紙は既に開封され、問題のない内容かどうか検閲がなされている。

差出人は、浅岡知子《あさおかともこ》――嫁に行った、妹の名前だった。そういえば結婚相手は麓《ふもと》の村の旧家だったな、と思い出す。

初めてのことに、何か不幸があったのではないかと胸が騒ぐ。

いや、もしかしたら再審の道が開けたのかもしれない。

『いよいよ春らしくなってきました。兄上様はお元気ですか。私たちは恙《つつが》なくやっております』

妹からの手紙は、そんなありきたりな挨拶から始まった。

『先日、小笠原様よりご連絡をいただき、兄上に改悛の情がないことを知らされました。あれほどの事件を起こしながらと、落胆しております』

筆致は丁寧で乱れていないので、急を知らせるものではなさそうだ。

『母上様はお天道様の下を歩けないと、すっかり家に籠もってしまっています。兄上様も、我々を憐れと思うなら、どうか早く罪を認めて先方に謝罪してください』

淡々と綴《つづ》られた文章を読んでいるうちに、耳鳴りがしてくる。

息が苦しい。

家族の不幸でなくてよかったなどという考えは、あっさりと吹き飛んでいた。

生まれてから十数年を一緒に過ごした妹でさえも、僕が少女を乱暴して殺すような人間だと思い込んでいる。

確かにもう何年も会ってはいないが、それでも人間の本質は変わらないはずだ。

「…………」


暗い監房に座り込み、僕は膝を抱える。

無条件に僕を信じてくれる人は、この世界にはいないのか。

それはどうしようもなく孤独に思えた。淋しさが肩にのしかかってくるように感じられた。

――いや。

そうじゃない。一人だけ、無邪気に信じてくれるやつがいるじゃないか。

羽嶋が。

こちらのことなど何も知らない彼だけが、僕に無垢な信頼を寄せている。それは、あまりにも皮肉な話だった。


翌日も、気持ちが晴れなかった。

原因は、明らかに、妹からの手紙だった。

鬱々とした気分のまま作業場へ入った僕の顔を羽嶋はちらと見たが、会釈のみで特に会話はなかった。

彼にしては珍しいので、僕はよほど酷い顔をしていたのかもしれない。

僕は組み玉を手に取り、かたんかたんと音を立ててそれを台の外側に落としていく。一段、二段と編み上がるごとに、頭がからっぽになっていくようだった。

無心に、ただ無心に編む。

外の世界など、僕には関係ないのだと言い聞かせるように。

「そういや、恩赦ってどうなったんだろうなあ」

「黙れ！」

作業に入り誰かが話し始めた途端に、片岡の一喝が響き渡った。

おかげで、工場はしんと静まり返る。

「何だよ、今日はさあ」

一言目で叱られ、囚人から不満の声が上がる。

「私語は禁止だ」

ぴしゃっと片岡に言われ、かえってざわめきが生まれた。

無論、監獄では大前提となる私語厳禁のルールは、誰もが嫌というほどわかっている。

とはいえ、これまでは規律が古いゴムのように緩みきっていたのに、今日に限って注意されるなんて誰だって納得がいかないだろう。ちらりと振り返ってみると、囚人たちの顔にはありありと不平が滲んでいる。

急激な変化の裏にあるものは、体制の移行しか考えられない。

そのとき、工場の外からこつこつと足音が聞こえてきた。

僕たちの履く草履の音とは明らかに違い、ブーツか革靴の音だ。

工場と廊下を繋ぐ戸ががらっと開き、誰かが入ってくる。

囚人たちの視線は、自然とそちらに吸い寄せられていく。

僕もそれに倣《なら》うと、ちょうど、制服姿の男がこちらに向かってくるところだった。装飾の多い華やかなデザインや仕立てから典獄なのはすぐにわかったが、初めて見る人物だった。

おかげで、片岡が私語を咎めた理由が判明した。

新任の典獄は、この監獄の規律を引き締めるためにやって来たのだ。

「全員起立！」

看守が声をかけたせいで、作業中だった皆が慌てて立ち上がる。

それを目にして満足げな顔になったので、新典獄は自分にとって苦手な人物だと直感する。

権力欲が強く、他人を意のままに使いたがるタイプとは上手くやれる気がしない。

「新しく赴任なさった長谷川《はせがわ》典獄だ」

片岡の紹介のあとで、長谷川はにこやかな笑顔を見せた。眼鏡の奥の眼光は鋭く、一人一人の顔を確認している。彼の目線が僕の顔の前で止まったように感じ、思わず瞬きをしてしまう。

再びおずおずと顔を上げると、彼はもう僕など見ていなかった。

「長谷川孝吉《こうきち》だ。この工場は、成績がいいようだな。これからも、気を緩めずに頑張ってくれたまえ」

長谷川典獄はカイゼル髭以外に目立った特徴はないものの、精いっぱい胸を張って威厳を示しているようだった。

「座れ」

看守に命じられ、囚人たちは黙り込んで作業を再開する。

典獄の交代は、看守にとっても囚人にとってもかなり重大なできごとだ。典獄の方針次第で、それこそ監獄の空気が一変してしまう。典獄が厳しければ、看守たちも減俸や処罰を恐れて仕事に励むからだ。

そのあとの工場は、まるでお通夜だった。

締めつけるのも二、三日ならいいが、あまり長く続くと囚人たちの精神衛生が悪化しかねない。

適度な息抜きがなければ、いずれ、厄介ごとが起きる可能性が高い。その点に典獄が早めに気づけば軌道修正が行われるだろうが、そこまで敏《さと》いかどうか。

還房の時間になり、僕たちは着替えとカンカン踊りを済ませて廊下へ向かう。

いつものように自分の独房の前に立たされた僕は、斜め前に羽嶋が佇んでいるのに気づいて目を瞠《みは》った。

雑居房にいるとばかり思っていたが、こんなに近くに引っ越していたのか。

僕たちの成績は一定期間ごとに審査され、等級が決められる。時には臨時審査で、成績優秀者は雑居房から卒業して夜間独居房や独居房に移ることもあった。

こんなに簡単に監房を移動する可能性があるなら、やはり脱獄に際して壁を掘るというのは限りなく悪手だ。

「…………」

相内とずっと顔を合わせていないのに、こんなときでも脱獄計画を考える自分の律儀さには笑えてしまう。

長く取り組んでいるくせに、この問題はどうしても解けない。そろそろ断念したほうがよさそうだ。

しかし、諦めると伝えたくとも、新しい典獄の元では、もう一度相内に会えるかどうかもわからなかった。そうなると、ずるずると解法を考えてしまうのだった。


「君は京都帝大を出ているんだって？」

それが、第一声。

馬鹿にするような、憐れむような声の調子に、僕は盛大に神経を逆撫でされた。

長谷川典獄と関わり合うことはないだろうと高をくくっていたが、僕はなぜか彼の興味をそそってしまったらしい。

映画の上映会や集会で使う教誨堂の近くには、個別に面談する教誨室がある。

ここは日曜日以外は使用されないため、空いているときは看守と囚人の面談に使われていた。

長谷川は座布団に座り、真っ向からこちらを見つめている。

一方、床に直接座した僕は、視線を落とすほかない。

長谷川の歳の頃は五十代くらいだろうか。僕より小柄だが俊敏そうで、身体はしっかり鍛えているのかもしれない。

「違うのかね？」

「間違ってはいません」

「天下の帝大出なのに、まさか罪を犯して監獄に入るとはねえ。せっかく、お国の役に立てるはずの人材がもったいない」

煽《あお》るような口ぶりにむっとしたが、だからといって、こんなところで典獄と喧嘩を始めるわけにはいかない。下手を打てば、あの真っ暗な懲罰房入りだ。僕は山岸とは正反対で、懲罰房での生活は楽しめそうにない。それだけは御免だった。

「何かご用ですか？」

本来は許されないが、話を強引に変えると、長谷川典獄はふっと目を細めた。

「怒ったのかね？」

問いつつも、長谷川は謝るでもない。そもそもが囚人に謝る看守のほうが希なので、それはそれでかまわなかったし、腹を立ててもいない。ただ、長谷川の嫌みを聞いているのが面倒だっただけだ。

わかっていて他人を小馬鹿にする態度に、僕は端から嫌悪感を覚えていた。

「いえ、典獄の貴重なお時間を無駄にするわけにはいかないですから」

「なるほど。君、未成年受刑者に学問をさせる『習学場』は知っているかね？」

「はい」

一監と二監のあいだにある、独立した建物のことだ。

この監獄では、少数だが未成年の受刑者を受け容れている。そのうち希望者には勉学を教えて更生の一助とし、再び社会に送り出していた。

それが上手くいっているかは知らないが、取り組み自体は評価されて然《しか》るべきだろう。

「一日に二時間授業をしているが、それでは足りぬ者もいる。課外授業をしてやりたくとも、新たな教員を雇えないんだ。それで、日曜日だけ、算数の授業を受け持ってくれないかね」

教師の仕事ができるということに、僕は興味をそそられた。

とはいえ、さすがに囚人同士で交流を持つのは、まずくはないのだろうか。普段の生活では、悪影響を与えないために未成年囚とは顔を合わせないよう配慮されている。

「質問をよろしいですか？」

「許可する」

「そうした行為は、規則で禁止されているのではないのですか?」

僕たち四人のルールは、国が決めた監獄則が統一基準だ。典獄は一国一城の主とはいえ、裁量による運用がどこまで可能かはこちらには測れない。

「特例を作ればよかろう。監獄にいながら帝大出の教師に習えるなんて、少年たちにとっても励みになる。やってくれないかね?」

それはどうだろう。帝大まで出ておきながら犯罪に手を染めるのか——と思われそうだ。逆に未成年囚の教育に悪いのではないか。

「………」

そのうえどう考えても当てこすられているが、もしかしたら僕は彼に外界で何かしたのか。だが、長谷川とは年齢もだいぶ違うこともあり、まったくといっていいほど覚えがなかった。

「どうかね」

いくら僕でも、こんなふうに嫌みを言う相手のためにただ働きをするのは嫌だ。

しかし、長谷川の思惑がわからないのに拒絶するのは軽率だろう。

「規則上問題がなければ、お受けいたします」

強制されたも同然で僕は内心でむっとしていたが、授業ができるのは喜ばしいから複雑だ。

「それはよかった。金のかかることはできんが、再犯させては意味がない。そのあたりで兼ね合いを見つつ監獄を上手く経営するのも、典獄の才覚次第だからな」

囚人の来歴は名簿に事細かに書いてあるが、ここには九百人もいるのだ。いちいち名簿を繰って経歴を確認したとは、暇すぎやしないか。

僕は釈然としないまま、じっと俯いていた。

「元気ないですね」

昼食の時間に指摘され、僕は視線を上げる。傍らに座したのは羽嶋で、勝手な席替えは許されないから当分はこの席割りだろう。

「面倒が起きただけだ」

「聞いていいですか？」

少し躊躇ったが、どうせ授業が始まれば噂は広まるはずなので、隠す意味はない。そう考えつつ、僕は手短に説明した。

「すごいなあ」

それが彼の第一声だった。

「え？」

飾り気のない賞賛が意外で、僕は眉を顰めてしまう。

厄介ごとを押しつけられて大変ですねと、かたちばかりでも同情を示すかと思ったのに。

「選ばれたのは、信用されたってことですよね！」

「そこまでたいそうなことじゃないだろう」

「けど、ここじゃ、看守の誰かに信じてもらうとか……そんなの、金を出しても無理ですよ」

言われてみれば、確かにそのとおりだった。

囚人たちは、外から見れば全員が犯罪者だ。冤罪だろうと、やむにやまれずであろうと、快楽のためであろうと、罪人という意味では同類だ。

看守たちも、一般人も、基本的に僕らを信頼していない。

可愛がっていたはずの妹だって、あんな手紙を寄越したじゃないか。

「そう、だな」

「ちょっと元気になりましたね」

僕の表情の変化に目ざとく気づき、羽嶋がにこりと笑った。

「うん……すま……ありがとう」

変なことを言って悪かったと謝ろうとし、そうではなかったと思い直して礼を述べる。

「どういたしまして！」

彼が声を弾ませる。

それだけで、ほんのわずかだが心が軽くなった。

「君もここに慣れたみたいだな」

「悪くないですよ。飯は旨《うま》いし、毎日食える。友達もできたし」

「友達？」

「弓削さん」

「僕に友達はいないし、作る気もない」

咄嗟に否定すると、羽嶋が愕然としたようにこちらを凝視した。

「えっ、そうなんですか？　だって、なんかすごく怖い友達がいるって……」

山岸のことだろうか。

いつの間にそんな嘘を吹き込まれたのかと、僕はため息をついた。

「あれは単に絡まれてるんだ」

「じゃあ、俺は……」

そのとき、食器がぶつかる音と何か重いものが倒れる音が背後から聞こえてきた。

「爺さん!?」

「おいっ！」

振り返ると、三列ほど後ろにいた男性が机に突っ伏している。

何だ？

僕が眼鏡を押し上げているあいだに羽嶋は素早く立ち上がり、後ろの台を飛び越えて老人に駆け寄った。

まるで野生の獣のような俊敏さに、僕は一瞬、見とれてしまった。

「何をしている！」

看守が走ってきたが、羽嶋は気にかけずに淡い柿色の着物の背中を叩き、埒《らち》が明かないと見るや老人の口に手を突っ込んだ。

「おい、どういう……」

「喉、詰まってんだよ！」

苛立ったように、誰かが叫んだ。

老人の喉が鳴り、羽嶋が手を離す。一転して背中を優しくさすると、老人がごほごほと咳き込んで、口から麦飯の塊が飛び出した。

「大丈夫？」

羽嶋が穏やかに問うのに対し、老人はしばらく呆然としていた様子だったが、やがてしわがれた声で答えた。

どうやら、大事には至らなかったようだ。

「すみません、勝手をしました」

羽嶋が頭を下げると、片岡は気まずそうな顔になって「まあ、いい」とだけ言って持ち場に戻っていく。

「飯、大丈夫でしたか」

羽嶋がいろいろな方向に謝っているが、彼らはあっさりと許してしまう。

羽嶋自身の味噌汁は椀ごとひっくり返り、中身は残っていない。僕がそれを片づけていると、帰ってきた羽嶋は残念そうに顔をしかめた。

「拭かないとだめですね」

「あとでいい。……ほら」

僕は自分の味噌汁の椀を、羽嶋に押しつけた。

「え？」

「もう、全然残っていないだろう。それこそ、喉に詰まらせる」

「いいんですか？」

「僕はもう食べ終わった」

「ありがとうございます！」

羽嶋の顔が、ぱっと明るくなった。

僕の味噌汁だってお椀に半分もなかったが、何となく、労《ねぎら》ってやりたかった。

心に錠前をかけられた僕たちは、こういうときだって自分の意思では動けない。誰かに忖度《そんたく》し、顔色を窺い、目の前で苦しむ人を助けることもできない。

だが、羽嶋はこの瞬間に自分の感情を優先した。

そんなやつが、他人の思惑のためにスパイになるわけがない。

——まいったな。

僕にとっては、羽嶋はスパイだったほうがよかった。誰かの思惑で引き合わされたほうが、まだましだった。会話をするのも挨拶をするのも、彼には何らかの理由があると考えたほうが、気が楽だ。

違うというなら、僕はこれ以上彼について思いを巡らせなくてもいい。

——なのに。

あろうことか、僕は羽嶋に好奇心を抱いてしまっている。

羽嶋がどんなふうに生きてきて、どんなふうに育ったかは知らない。彼は僕とはまったく違う人生を歩いてきたのだろう。

それを少しくらい知ったって、罰は当たらないだろう。

そのうえ、友達と言われて否定したが、本心では多少嬉しかった。

僕はここに来て初めて、この閉ざされた監獄生活も悪くないと思い始めていた。

七

習学場には、一定の間隔で机と椅子が並べられている。教壇と教卓、黒板が設置され、ぱっと見ではまるで普通の学校のようだ。

しかし、窓に嵌められた鉄格子の影が落ち、否が応でもここが特殊な場所だと思い知らされるのだった。

そこに集められた生徒は二十人ほどで、歳の頃は十代半ばから二十代手前くらいだろう。

「今日は足し算からだ」

さすがに足し算からでは一部の生徒に申し訳ないが、せっかく課外授業をやるのだから、誰もが理解できる内容で始めたかった。

まずは、生徒たちの水準を把握しなくてはいけない。

「一桁の足し算だが……記号はわかるか？」

式とは何か、記号とは何か。そこから説明しないと、落ちこぼれてしまう生徒が出るかもしれない。

「この十字が、『足す』の記号だ。足すとは、記号の両隣にあるものを加えるって意味だ。知っている生徒には退屈かもしれないが、その点は我慢してほしい」

僕の説明を聞いて勢い込んだように頷く生徒がいて、ほっとする。一方で、欠伸交じりで参加する生徒もいる。そうした生徒は日曜日を独房で過ごすよりはましだとか、看守の心証をよくするためとか、そういう理由で授業を受けているのかもしれない。

動機は何だってかまわない。

大事なのは、学ぶ意欲だ。

「じゃあ、問題を書くからな。これを解いてみてくれ」

足し算の次は引き算。

こうして始まった授業は、我ながら濃密だった。

生徒たちは問題を解いては僕に石板を確認されて、最後のほうは疲れた様子だった。

僕も疲労困憊《こんぱい》していたが、楽しさのほうが上回る。

暗算も問題ない生徒がいる一方で、九九でつまずく生徒もいる。九九の表を渡せば覚えてくるかもしれないが、それは不可能なので意味がわかる者には石板に書き写させた。

最後に時計を確かめると、まだあと五分ほど残っていた。

「最後に、質問は？」

一番前に座っていた生徒が、遠慮がちに手を挙げた。

「どうぞ」

「オンシャとトクシャって何ですか」

想定外の質問をされ、虚を衝かれてしまう。

「それは算数には関係ないが……」

そこでちらりと看守の顔を見たが何も言わないので、質問に答えてかまわないのだろうと解釈する。

「皇室で慶事――お祝いがあると、僕たち囚人にもいいことがある。この監獄内で真面目に暮らしていれば、恩赦の申し込みをしてもらえるんだ」

授業の終了時間は迫っていたが、彼らには知る権利があった。

監獄での生活を更生に結びつけ、再教育して送り出すことこそが監獄の役割のはずだ。

「恩赦と特赦が何か、わかる人は？」

二十人ほどの生徒の中から、四人がおずおずと手を挙げた。

「君」

最前列の生徒に発言を許すと、彼は立ち上がって口を開いた。

「恩赦は刑を減らすこと、です。特赦はわかりません」

「恩赦については正解だ。座って」

彼は安堵した様子で、すとんと腰を下ろした。

「特赦は、罪そのものをなかったことにするんだ。だから、前科が消える」

「へえ！」

特赦の対象は思想犯が多いようだが、詳細は僕たちには明かされない。前回の恩赦も特赦も、僕がここに来る前の話だ。亀田相手のときとは違い、彼らに対して適当な発言はできなかった。

「君たちも模範囚でいれば、機会は絶対にある。一日一日、しっかりと頑張ることだ」

もともと、未成年囚の多くは刑期が短い。反省の色を見せれば、刑期が更に短縮される可能性は十分にあり得た。

そのせいか、少年たちの表情が心なしか明るくなったように感じられた。

「では、今日はここまで」

生徒たちが退室したのを見届けて、僕は笑みを浮かべる。

長谷川に上手く使われるのは業腹だが、たとえようのない充実感が心に残る。

次の授業はどうやろうかと、僕は自然と来週に思いを馳せていた。


昨日の授業は充実して、久々に手応えを覚えていた。僕にとっては楽しかったが、生徒たちはどう思ったのだろう。感想を聞けないことがもどかしかった。

彼らの刑は軽いので、数か月で娑婆に戻れる。若者たちが世に出たときに役立つことを、少しでも教えたい。長谷川に感謝したくはなかったが、僕は久しぶりにやる気を出していた。

脱獄計画を練る一方でそんな真っ当なことも考えるのが、人間の不可思議さなのかもしれない。

「喫食！」

手を合わせて僕は昼食を食べ始めた。

そういえば、昨日は恩赦の話題が出た。

先だって亀田と話したとき、恩赦の射程に入りそうな人物として榎木のほかに相内が脳裏を掠めた。だが、相内ならばほかの囚人も候補に挙げるだろうと考え、別の人選にしたのだ。

相内が恩赦になれば刑期は早まるが、それまでに脱獄計画は完成しそうにない。いっそ、できあがった組み紐の箱にでも忍び込んで、一緒に出荷されるとでも答えたほうがよさそうだ。

どんなに頑張っても、僕には相内があっと驚くような計画は思いつかない。この監獄の堅牢さを思い知らされ、ここから出ていけないという事実を突きつけられるばかりだ。

「授業、どうでしたか？」

羽嶋に突然尋ねられ、僕は「え」と口籠もった。

典獄が長谷川に替わってから規律が厳しくなったため、工場での作業中におしゃべりに興じる者はほとんどいない。その代わりに、昼食の時間の会話はだいぶ目こぼしされていた。

「一回目だから、足し算からやってるよ」

「いいな。俺も習いたいです。小学校、二年しか行ってないし」

社交辞令だろうと思いつつも、僕は「典獄に頼んだらどうだ？」と返す。

未成年囚は更生の余地ありと見られており、囚人とは扱いが違う。囚人から悪影響を受けるのを防がなくてはいけないので、未成年囚と羽嶋が机を並べるのは難しいだろう。

「俺以外にも希望者、いそうですよね」

「貴重な日曜日をわざわざ潰すやつなんて、いないよ」

「なら、日曜日に先生をするのはどうなんですか？」

珍しく、羽嶋が茶化してきた。

「何かを教えるのは、その……悪くないんだ」

楽しいという言葉が僕には似合わない気がして、適当にごまかした。

「組み紐のときも、熱心でしたよね」

「君こそ、日曜日は面会とかあるだろう？　授業なんて無理じゃないのか」

僕が話題を変えると、羽嶋は首を傾げた。

「え？　ああ、一度だけお嬢さんが来てくれたな」

家族はいないと聞かされていたのに、心ない発言をしてしまった。

何だか気まずくなってしまい、会話はそこで途切れた。

「――そういえば、典獄と話す機会ってありますか？」

唐突に羽嶋が切り出したので、僕は眉を顰めた。

「どうして」

「五監の二階の左から三つ……四つ目の部屋の、窓の下。そこ、煉瓦が壊れてるんです。危ないから直してもらったほうがいいかもしれません」

確かに、監獄が竣工して約十年だが、素人集団が焼いた煉瓦で作ったためにあやしい箇所がある。煉瓦が割れているところも見かけた。

「いつの間に見たんだ？」

「運動に行くときに。頑丈なはずなのに、変ですね」

黙っていたのは、煉瓦について考えていたからだろう。

やはり、舌を巻くほどの記憶力だ。

羽嶋が授業を受ければ、その才能を生かす手立てが見つかるだろうか。

社会復帰さえできれば、彼の才覚を発揮する場面があるかもしれなかった。

「上ならそこまで荷重がかからないから、たまたま弱い煉瓦なのかもしれない」

「荷重って？」

「煉瓦を重ねていけば、下になるほど重みがかかる。それが荷重だ。で、耐荷重は、それにどれくらい耐えられるかってことだ」

典獄に進言すべきかは、微妙なところだった。

むしろ、黙っていれば、この情報を脱獄に使えないだろうか。

たとえば、煉瓦の欠けた部分が大きく、かつ、そうしたものが都合のいい配置になっていれば、そこに足を引っかけて塀を登れるかもしれない。

高さは二間《けん》三尺（約4・5メートル）くらいか。登り切るには忍者並みの能力と運が必要だったが、九百人も囚人がいれば、どんな特異な能力を持つやつがいてもおかしくはない。目の前にいる羽嶋だって、人知を超えた記憶力の持ち主ではないか。

けれども、建物を観察していたと知れたら、看守から警戒される原因になるはずだ。進言も時と場合によっては、僕の命取りになり得る。

「機会があったら報告するよ」

そう言ってから僕は、羽嶋の目許が和んでいるのに気づいて言葉を止めた。

「……何だ？」

「嬉しくって」

「嬉しい？」

「俺のこと……信じてくれてるのが」

「え？　だって、嘘をついてどうするんだ？」

「でも、でたらめだって受け取る人もいるんです」

顔をくしゃくしゃにして子供みたいに笑う羽嶋を前に、僕は何も言えずに口を噤んだ。

本当に、この男ほど監獄に不似合いなやつはいない。

羽嶋が娑婆にいたら、どんな服を着ていただろう。モダンな服装でもさせてみたいなと思い、僕は自分の想像力の逞しさに苦笑した。


「久しぶりに、すまんねえ」

相内に申し訳なさそうにしわがれ声で謝られて、僕は首を横に振った。

「いいですよ」

まさか、またしても看護夫に戻るとは想定外だったが、相内とはもう一度会いたかった。

少し元気づけようと、僕は明るい話題を口にした。

「それより、恩赦で減刑になるそうですね」

「ああ」

だが、相内の顔は暗いままだ。

「どうしたんですか？」

「行き先が決まっていなくてねえ」

相内はどこか苦しげに言うと、ごほごほと咳き込んだ。

「俺の家族はみんな死んじまった。さすがに、何年も会ってない甥っ子の世話になるわけにもいかねえだろ。困っちまう」

出所後に家族が快く受け容れてくれるならばいいが、誰もがそうとは限らない。

相内は再犯なので、縁戚から愛想を尽かされていてもおかしくはなかった。

前科者でも、若かったり初犯だったりであれば、人手不足の工場などから引き合いがある。

しかし、相内のような老人の場合はそれも難しいのだろう。

もっとも、監獄側も無策で囚人を放り出しはしない。それでは、多かれ少なかれ再び罪を犯して監獄に逆戻りしてしまうからだ。再犯を防ぐべく教育することも監獄の務めで、作業に従事させるのもその一環だった。引受人の制度も同様で、ここでは近隣の寺社が受け皿になっている。家族に頼れない人たちの大半は、それを利用しているようだ。

「引受人の制度を使うなら、ここで相談に乗ってもらえますよ」

「また表具師をやりたいんだけど、雇ってもらえるかねえ」

「よほど好きなんですね」

僕の言葉に、相内の口許がやっと綻《ほころ》んだ。

「たまに古い掛け軸の修復なんぞ頼まれたりして、面白えんだよなあ。裏に恋文が書いてあったりさ。あ、孫のためにへそくりを隠したいって話もあったな。それは、襖《ふすま》に仕込んでおいた」

「紙幣だったらできますね」

「分厚い紙だと透けねえからな。見つけてもらえるかはわかんねえけど」

「表具の仕事なら、お寺や神社はどうですか？　寺社は引受人になることも多いし」

「なら、このあたりがいいなあ」

相内の発言に、僕は目を丸くする。

「ここって、奈良……ですか？」

「この監獄さ。監獄暮らしは嫌でたまんねえがな、ここが俺の家だ。何せ、自分で建てたんだからな」

文字どおり、奈良監獄は彼の作品だ。

微妙な愛着があるのは、僕にだってわからないでもない。

「近くだったら、興福寺《こうふくじ》か春日大社《かすがたいしゃ》ですね」

「どっちも気乗りしないねえ」

「だったらどこがいいんですか？」

「般若寺《はんにゃじ》さ」

「般若寺、ですか？」

つい、咎めるような口ぶりになってしまった。

季節ごとに咲く花で有名な般若寺は、ここから徒歩で五分とかからないだろう。その創建は飛鳥時代に遡《さかのぼ》り、立派な山門で知られている。しかし、奈良監獄の囚人たちの引受人をしているとは、聞いた記憶がない。

「いけないかい？」

僕の浮かない表情に気づいたらしく、相内は悪戯《いたずら》っぽく尋ねた。

「だって、いくら何でも近すぎますよ。どうせなら、ここのことは忘れたほうが」

「それじゃ、更生したって言えねえだろ。覚えてるから反省するんだぜ」

「それはそうですけど」

「それにさ、近くで見てえんだよ。誰かが成功するのをさ」

何を成功させるかは、いちいち問わなくともわかった。

彼はまだ、夢を諦めていないのだ。

僕とは違い、彼は犯罪者だ。なのに、そのひたむきさに僕は絶対に敵《かな》わないのだ。

「人にはできねえことなんて、何もないんだよ。そういうのを、死ぬ前に一度でいいから見てえんだ。でなけりゃ浮かばれねえ」

枯れ枝のような老人から告げられる言葉は熱く、奔流のように激しかった。

「それが相内さんの夢なんですね」

素直に、羨ましかった。

こんなところに閉じ込められてもなお、夢を持てる人が羨ましくてたまらない。

僕の夢は……そういえば、夢は何だったろう？

この監獄で少しでもましな授業をすること？　模範囚として、刑期をまっとうすること？

――違う。

僕が無実だと世間に認めさせて、大手を振って出ていくことじゃなかったのか。

「よくよく考えりゃ、夢なんてごたいそうなもんじゃねえや。こいつは、ただの敵討ちさ」

「敵討ち？」

「ここを建てるのはそりゃあ大変で、病気や怪我で倒れるやつもいた。あと少しで出られるってところで、おっ死《ち》んじまったりな。けど、俺たちは囚人だ。死んだって、誰も気に留めやしねえ」

相内は息をついた。

「自分で作った監獄に、自分のせいで閉じ込められてるんだ。いろんな気持ちにさせられる、憎い敵《かたき》だよ」

どこか感慨深げな物言いに、僕は自分の不甲斐なさを思って肩を落とす。

「すみません、全然、いい計画を思いつかなくて」

「そっか……仕方ねえな」

床の端まで拭き終えて、僕は上体を起こした。

「そういえば、相内さんはどの辺を作ったんですか？」

「建物でいうなら、ちょうど一監のあたりかね。あとは、門の近くの外壁だな。あすこは苦労したっけ」

相内が懐かしむような目になった。

「先生は、見たことはねえかな。塀の角に、監視の連中が立ってる見張り所があるんだよ。塀がこう、四角く刳り貫かれたみたいになっててさ」

「知りませんでした」

「ここからじゃ見らんねえ場所にあるからな。見てくれはいいけど、出っ張った屋根が曲者《くせもの》でさ。全部煉瓦だろ、とにかく積むのが難しいの何の。ありゃあ熟練のやつじゃないと無理だったなあ」

外塀にそんな箇所があるとは初耳だったが、見張りが風雨を避ける工夫は必要だ。外塀の一部に空間を作りながら積んでいるのなら、強度の検討が必要だ。この監獄を設計した人物は、計算し尽くしているのだなと感心してしまう。

「とりあえず、身許引受人の件は、よかったら僕から典獄に頼んでみます。差し出がましいかもしれませんが……」

「おっ、先生にそんな権力があったのかい？」

からかうような口ぶりに、僕は数学ならぬ算数の先生を引き受けているのだと教えた。

「それで、たまに典獄と面談があるんです」

「おう、般若寺に無事に行けたら、そんときは差し入れするよ。お礼にさ」

「楽しみにしてます」

軽口を叩くと、相内は「おうさ」と頷いてみせた。

「やっぱり、あんたは先生だな。素っ気なく見えて、面倒見がいいよ」

「そのつもりはないんですが……相内さんは、特別だから」

「へえ、父親みたいか？　それとも爺さんかねえ」

雑《ま》ぜっ返す相内に対し、僕は素直に口を開いた。

「そうじゃなくて、大事な先輩です」

「嬉しいじゃないか」

相内は顔をくしゃくしゃにして目を細める。

「じゃあ、先輩らしいことも言っとくか」

「何ですか？」

「あんたは頭がよくて真面目だ。模範囚になりたいって頑張ってると、今度はいいように使われちまうかもしれない」

「肝に銘じます」

「いいか、あんまり使えるやつだと、上は手放さねえ。覚えておきな」

「はい」

彼の言葉には、経験に裏打ちされた重みがあった。

確かに、使い勝手のいい囚人は、典獄にとっては大事な駒だろう。おいそれと放り出すわけもない。

僕が便利になりすぎれば、それだけ、ここから出ていく日が遠のくのではないか。

「慣れるのは悪くねえ。けど、そいつは錠前を増やすってことだからさ。志ってやつを忘れちゃいけねえよ。ここから、一日だって早く出ていくんだろ？」

「忘れたように見えますか？」

「うーん、悪かねえんだろうけどな。今のあんたは、すごく楽しそうだ」

「…………」

「あんたの目的は、模範囚になることじゃねえだろ」

彼の言葉がぐさっと心臓に突き刺さったようで、一瞬息が詰まった。

「何だって、あんたにしかできねえことをすりゃいい。どうせ、一度っきりの人生だ。思いっきりやりな」

「はい」

僕が真顔で頷くと、相内はようやくほっとしたような面持ちになった。

次の監房に向かいながら、僕は今のやり取りを胸の中で反芻する。

ここでの生活は、前ほど嫌ではなくなっていた。授業を行うのは張りがあるし、羽嶋だって一人前になった。けれども、他人の育成を楽しんでいるのでは話が違う。

こんなことでは、だめだ。

僕は本来ここにいるべきじゃない。それだけを信じていたけれど、傍《はた》からはすべて受け容れているように見えるってことじゃないか。

冗談じゃない。

三十代をまるまるここで浪費し、監獄で飼い馴らされるなんて、僕の人生であっていいはずがなかった。

僕がここを出ていくときは、四十三か四十四。

人の寿命を考慮すれば、そのあとどれくらい生きられるのか。

ここで残りの人生の半分以上を費やして、あとは死ぬだけだ。

そう考えると、急に虚《むな》しさが込み上げてきた。

八

「あと五分だ！　きっちり走れよ！」

看守が声を張り上げる。

運動の時間、羽嶋はこちらがびっくりするほど熱心に走り込んでいた。陽光の下で、撥《は》ね飛ばす汗の雫《しずく》が光っているみたいだ。顔は見えないが、編み笠の下の顔は汗だくになっているかもしれない。

あんなに一生懸命運動したところで、すぐに風呂に入れるわけでもない。

それなのに、無心に駆け巡る羽嶋の姿が、僕にはやけに眩しかった。

僕はといえば、花壇に腰を下ろし、駆け回る連中をぼんやりと眺めていた。

「あ」

視線に気づき、羽嶋が手を振りながら近づいてくる。

許される範囲内ではあるが、羽嶋は僕を見つけると寄ってくる。仔犬のようで面倒だと思っていたが、だんだん、それにも慣れてきた。

「よくそこにいますよね。何かあるんですか？」

「ここが動くんだ。だから、気になって」

僕は小声で告げ、実際に煉瓦を動かしてみせる。

「何か入れられそうだ」

笠越しに僕の手許を見たらしく、羽嶋は相槌を打った。

「君、僕以外に話す相手がいないのか？」

「いますよ。前の雑居房の人とか」

けろっと返されて、僕は苦笑した。

「だったら、そっちと話せばいい」

「弓削さんと話すのが好きなんです。今度、本、貸してもらえないですか？」

好きだとあっさり言われて動揺しているあいだに、更なる難問を振られてしまう。

「私物の貸し借りは禁止だ。それに、僕の本は専門家向けだ。君には難しすぎる」

小学校にまともに通っていないのであれば、まずは字を読めるようにならなくては。

「でも、弓削さんの考え方が少しはわかるかもしれないし」

「へっ？」

意外すぎる発言に、間抜けな声が出てしまった。

「指の太さとか手の大きさまで、数字で考えてるじゃないですか。弓削さんの世界っていうのかな。そういうの、すごく面白いなって」

「…………」

返事ができなかった。

本当に、ずるい。

彼はこうして易々と、僕の中に築いておいた塀を乗り越えてしまう。

あの煉瓦塀すら、彼の敵ではないような気がしてきた。

「それに、俺も勉強してみたいんです。組み紐だって、算数が必要かもしれないし」

「前に言ってたな。やってないって。あれは本当なのか？」

思いがけず、厳しい声になってしまった。

「え？」

「僕は、更生する余地のある人間しか教えたくない。そうでなければ、無駄になる」

一瞬、目を伏せた彼は、すぐにとても淋しげな面持ちで微笑んだ。

「何もしていません。次郎さんは嘘をついたんです」

「次郎って？」

「社長の娘婿です」

羽嶋は爪先で運動場に線を引く。

「俺、その前は工場を建てた棟梁のところで働いてたんです。工場だって、立派な作品だ。棟梁の作品を、俺が血で汚すわけがないんだ……」

「娘婿を、庇ったのか？」

「結果としてはそうなったのかもしれないですね。でも、どうせもう、どこにも行けないから……ここが俺の居場所です。なら、少しでも居心地よくしたいじゃないですか」

羽嶋は小さく笑った。

目許は笠で隠れていたので、口許だけが見える。

本当は、泣きそうなのに無理をして笑っているのではないか。

いや、そうに決まっている。

羽嶋の表情を想像すると、僕の胸はぎゅっと締めつけられるように痛くなった。

「――どうして笑うんだ」

「え？」

「笑わなくたって、いいじゃないか……」

自分の未来を何一つ選べないのに、どうして笑えるんだろう。

握り締めた拳が、震えてしまう。

この淋しい笑みを、どこかで僕は見たことがある。

そうだ。

最後に会ったときの、寧子だ。

胸が苦しい。喉が詰まったようだ。

あのとき、寧子もこんな気持ちだったのか。

彼女自身の意思もなく勝手に将来を親に決められて、学校もやめなくてはいけなくなって。

諦念から、もう、笑うほかなくなってしまったのか。

「だって」

「諦めるのか？」

人にえらそうなことを言えた立場じゃないだろうと、僕は内心で自分自身に突っ込む。

お先真っ暗なのは、お互い様だ。

「そんなこと、ないですよ」

けろっとした口調で羽嶋が言った。

「え？」

「俺だって、やりたいことくらいあります」

「たとえば？」

「今なら、あの壁、越えたいです」

「…………」

壁を――塀を越えたら、そこには外の世界が広がっている。

ここでの生活にすっかり馴染んでいるように見える羽嶋が、そんな願望を抱いているとは思ってもみなかった。

「一緒にどうですか」

まるで、散歩にでも行かないかと誘うような気楽な口ぶりだった。

羽嶋も僕も、まだまだ若い。

僕たちにとって、ここに閉じ込められることは人生を奪われたも同然だった。

意外にも、その苦痛を羽嶋も感じていたのだ。

悪くない。いや、面白い。

羽嶋とここから脱出できたら、どんなにか痛快だろう？

だが、それはあくまで夢にすぎない。

「馬鹿」

僕がぽんと彼の胸を叩くと、羽嶋は驚いた様子で一歩後退った。

「そういう冗談は、看守に目をつけられる。やめたほうがいい」

「あ、はい……」

返事の歯切れが悪い理由は、僕の気安すぎる仕種のせいだと察した。

「ん、ああ、すまない」

「いいんです」

羽嶋は口許を綻ばせて、にっと人懐っこく笑った。

「けど、さっきの、本心ですから」

それに応えたら、負けてしまうような気がした。

「――授業の件、典獄には僕から話しておくよ」

僕は羽嶋の言葉を思いっきり聞き流し、授業の件だけをはっきりと告げる。

「お願いします」

そう言い残した羽嶋が、一足先に走りだした。

陽射しに溶けるように小さくなっていくその姿は、ひどく眩しかった。


日曜日の習学場は、有り難いことに満席だった。

今日からは、生徒に入れ替わりがあった。新入りの一人である羽嶋は工場では若者扱いだが、未成年囚に交じると年長者なので一際目立つ。

事務方の厚意で、近所の尋常小学校からもう使わない教科書を寄付してもらえたため、僕はそれを読みながら授業を進めた。

「では、次の計算だ。教室の長さが五間、一人当たりの机と椅子の奥行きが合計二尺五寸、後ろの生徒との距離を四寸とする」

僕が例題を読み上げるのを聞きながら、生徒たちは石板に情報を書き取っている。

黒板はあるが、これも訓練だ。与えられた手がかりをもとに図にする能力は、社会に復帰すればどこかで必要になるかもしれない。

「生徒が前から伊《い》、呂《ろ》、波《は》……と六人いて、先頭の生徒は黒板から一間離れているとする。そのとき、六人目の生徒と後ろの壁までの距離はどれくらいになる？」

「先生、伊呂波だけなら三人じゃ？」

質問が飛んだが、こういうのは既に慣れっこだ。彼らは素直で、目に見えることしか理解できていないからだ。

「もちろん、後ろには耳《に》、本《ほ》、へ《へ》の三人もいる。それでいいか？」

「はい」

単純な引き算の問題だったが、単位が絡むので少し面倒くさいかもしれない。

「じゃあ、解いてみなさい」

石板に向かって真剣な顔をしている者もいれば、ついていけなくてふて腐れた顔つきで石板を睨んでいる者もいる。今日初めて出席した羽嶋は、どこか居心地が悪そうに一番後ろの席に座っている。それでも真面目な様子で、石板に何か書きつけていた。

皆の計算が合っているかを確かめるために、僕は教壇を降りて各自の石板を見て回る。

完全に解けている者、端から間違っている者。頭を抱えている者。

そして、羽嶋の石板に書かれていたのは計算ではなく、どうも落書きのようだ。

初日から不真面目すぎると僕は渋面を作ったが、数字が書き込んであるので、つい視線が引き寄せられてしまう。

これは間取りというか、見取り図だろうか？

伊、呂、波という上手とはいえない字に、数字が添えられている。

何か意味があるのだろうが、看守に見られるとまずいのではないか。

「計算問題以外は書かないように」

僕が石板を指さすと、彼ははっとしたようにそれを消す。

図を認識したと、彼に教えたつもりだった。

黒板の前に戻りながら、僕は羽嶋の記した数字に思いを馳せた。

素人のくせに、僕に数字で謎かけするなんて上等だ。

あれくらい、簡単に解いてみせる。

伊、呂、波。七、十五、五、○……何だろう。数字と文字の場所に意味があるのか？　だめだ、まったくわからない。

「……それでは解答だ」

考えていると上の空になるので、僕は小さく首を振る。

授業のあいだ、僕は羽嶋が石板に書いた数字の意味を考えざるを得なかった。

二時間近くたっぷり思考を巡らせたのに、答えを出せないうちに授業が終わった。

羽嶋には正確な図面をもう一度描いてほしかったが、さすがにそれはまずいだろう。

生徒たちと一緒に教室から出る寸前に、「４２１号」と声をかけられた。

廊下に立っていたのは、長谷川典獄だった。

「あっ！」

僕以上に慌てた素振りで、看守がぴしっと背筋を伸ばす。

官舎が監獄のすぐ隣にあるとはいえ、典獄は日曜日は休みなので、ここで顔を合わせるとは予想外だったのだろう。

「ちょっといいかね。彼と話をしたい」

「はい」

断れるはずもないので頷いた僕は再び教室に戻され、看守は室外で待機となった。

ぴしゃりと扉が閉まる。

先ほどまで約二十人の生徒に授業をしていた空間は、やけにがらんとして感じられた。

「そう緊張しなくていい」

僕のほうから口を利くわけにはいかないので黙っていると、長谷川はにやりと口許を歪める。

「教え方を見に来たんだ。さすが、優秀な人は違う」

「ありがとうございます」

もしや、羽嶋の石板を注視していたのに気づかれたのだろうか。

長谷川の本心が窺えないまま通り一遍の礼を述べると、彼は真顔で口を開いた。

「ものは相談なんだが、もう一つ頼みたい」

「授業ですか？」

「前任の河口《かわぐち》典獄のときは、看守たちに多くの懲戒免職者が出たのは知っているだろうね？」

初めて聞かされる情報だったので、用心して相槌を打たなかった。下手な発言で、揚げ足を取られるのは避けたかった。

「囚人と毎日顔をつき合わせていれば、つい、彼らもほだされてしまうこともある。塀の外に協力者がいれば、彼らに付け届けを渡す手段がないとは言えない」

僕が何かを企んでいると疑って、探りを入れているのだろうか。

後ろ暗い点はいっさいないものの、これ以上罪をなすりつけられるのは御免だ。

「そこで、だ。風紀を立て直すためにも、君にはいろいろ情報を渡してもらいたい」

「……情報、とは？」

意外な一言に、一拍、遅れた。

「囚人たちの様子を観察し、何かおかしいところが見受けられれば逐一報告してほしい」

「スパイになれという意味ですか？」

空想したことがあるので、さらりと言葉が出てきた。

「おや、察しがいいな。君にとって、悪くない話じゃないか？」

僕は答えられずに黙り込んだ。

どこがいい話なのか。むしろ、刑務所で僕の立場を危うくする要求じゃないか。スパイになったのが周囲に知られれば、軽蔑されるだけでは済まない。

羽嶋をスパイではないかと疑った過去が、因果応報のように僕に降りかかってきている。

「なぜ私なのですか」

「知性のある人間は、こういう場所ではそれなりに信用ができる」

不意に、以前の相内との会話が脳裏に甦《よみがえ》ってきた。

――本当は何もしてねぇって、あんたに言われたら信じちまう。

羽嶋だって言っていたじゃないか。

――けど、ここじゃ、看守の誰かに信じてもらうとか……そんなの、金を出しても無理ですよ。

もちろん、長谷川はほかの囚人にもそれを持ちかけているのかもしれなかったが、今は、この僕が長谷川に信頼されつつある点が重要だ。

長谷川の『信頼』さえ手にすれば強気に戦えるとか、簡単に脱獄ができるとか、そこまで単純なものではない。

だが、僕はいつしか貴重な武器を手に入れていたのではないか。だからこそ、僕はこの武器の使い途をよく考えなくてはならない。

僕自身が武器を使うか、あるいは、便利に使われるかの境目だ。

「考えておいてくれたまえ」

「……はい」

猶予を与えられたのは、僕以外に候補者はいないという意味だろう。

決意を胸に秘め、僕は静かに頷いた。


夜。

一人になった僕は、石板に羽嶋の描いた図を再現してみた。

羽嶋ほどの記憶力はないので、うろ覚えだったが仕方ないだろう。

「こう、か……」

『伊』が石板の中央に書かれ、『呂』はその近くに。そして、『波』は右斜め上。

そして、『波』に添えられた五と〇という文字。ほかに七と十五もあった。

だめだ、たくさん数字があったのでそこまでしか覚えていない。

暗号か？

いや、羽嶋が暗号を考えつくような人物だとは思わない。

だとしたら、この『伊』『呂』『波』は、昼間の問題のように人間の位置関係を示しているのではないか。

「あっ」

突然、閃《ひらめ》いた。

もしかしたら、羽嶋がここにやって来るきっかけとなった殺人事件の見取り図ではないだろうか。

『波』だけが離れた場所だから、これは、自宅の二階にいたという娘婿だろう。

そして、『伊』『呂』は羽嶋と被害者。

『波』――二階から、二人のいる場所が見えるのか。

もっと正確に数字を覚えていれば数学的に計算できたかもしれないが、残念ながら、細かい点は思い出せなかった。

自分が建設に関わった印刷所での事件だと、羽嶋は話していた。

彼はあのとおりの特殊な才能を持っているから、あちこちの寸法が記憶にあっても不思議はない。

僕は脳裏に印刷所と家を思い描く。

町中にある二階建てで新築なら、さすがに茅葺《かやぶ》きではなく瓦屋根だろう。たとえ窓が大きくても、屋根が邪魔になり死角が生じる。

ましてや、見取り図によれば工場の庭と自宅は相当近い。

単純に考えて、二階の窓から軒下の殺人現場が見えるのか？

――無理だ。

現場の建物が全焼して検証できなくなったとはいえ、推測する方法はあったはずだ。

細かい数字の検証はできないけれど、おそらく、羽嶋も誰かに嵌められたのだろう。そして、相手を庇わざるを得なかった。

流れ者で社長に拾われた人間ならば、疑われてもおかしくはない。それだけで、羽嶋は犯人に仕立て上げられてしまったのだ。

もはや、羽嶋の無実は疑いようもなかった。

あの男は、人殺しも放火もするようなやつじゃない。薄々そう思っていただけに、結論が出てほっとしていた。

「……まいったな」

何よりも、仲間が、いた。

この世界にもう一人。

そして、羽嶋は世界を数字で測っていた僕に、同じ言語で語りかけてくれた。それが、何とも言えず嬉しかった。

九

「よう、先生」

ふてぶてしい声の主を、今更、顔を上げて確かめるまでもない。

外は雨で、そうでなくともじめじめとした地下にいると汗が噴き出してくる。

列に並んでおとなしく風呂の順番を待っている僕に馴れ馴れしく声をかけてきたのは、久しぶりに顔を合わせた山岸だった。

頭から右のこめかみにかけての古傷は、今日も痛々しく目立っている。

「餓鬼どもの先生やってるんだって？　俺には何にも教えてくれないのに」

絡んでくる口調には棘《とげ》があり、今日の彼は機嫌が悪いのだと知る。

「すまない。典獄の許可が出なくて」

長谷川に頼めば何とかなりそうだったが、僕は典獄に借りを作るのは嫌だった。

「新入り……って、もう新入りじゃねえよな。あいつとは仲良くしてるんだろ」

「そんなつもりはない」

僕は否定したが、その答えになぜか山岸はますます不機嫌になったようだった。

「今度紹介してくれよ」

「作業で一緒になったら」

独房で一人きりで作業をさせられている山岸は、小さく鼻を鳴らす。

「そこ、私語はやめろ！」

看守の声に僕は急いで正面を向いたが、「話の途中だ」と山岸はわざわざ僕の前に回り込んできた。

「413号！」

早足で近づいてきたのは、僕たちの四監を監督する戸森《とも り》だった。戸森は以前までは別の獄舎を受け持っていたが、最近、配置換えになったのだ。四人に舐《な》められまいと強気に振る舞っているのがわかり、彼を見ると失笑する者もいる。そのせいで、ますます戸森が居丈高になるという悪循環だった。

「黙れ！」

苛立ったように戸森が怒鳴ると、山岸はサーベルを手にした彼を見下ろした。

「何だよ」

相変わらず山岸は不遜で、腕組みをしてひどく刺々《とげとげ》しい態度を纏っている。それに気圧され、遅れてやって来た片岡はすっかり言葉を失っている。

しかし、戸森はまだ山岸の凶暴さをわかっていないようだ。

「何だよ、じゃない。おまえはここを何だと思ってるんだ！」

本気で立腹しているらしく、戸森は山岸を怒鳴りつけた。

「監獄だろ」

「その態度は何だ！　規律を守れ！」

「やだね。どうして従わなきゃならねえんだよ！」

声を荒らげた山岸は戸森に対して完全に無視を決め込み、僕に向き直る。

「なあ、先生。それで……」

反抗されたせいか、山岸の肩越しに見える戸森は青ざめている。蒼白を通り越して、白くなっているようにさえ感じられた。

謝ったほうがいい。そう忠告すべきだろうか。

けれども、山岸が僕の言葉を聞くとは思えない。彼の暴力が、僕に向かうのは嫌だった。

「この野郎！」

背中を向けられた戸森が、いきなり、山岸の後頭部にサーベルを鞘《さや》ごと振り下ろす。

がっと鈍い音が聞こえ、山岸が僕に倒れ込んできた。

他人の身体は、やっぱりあたたかい。

あたりはしんと静まり返った。それまでざわめいていた囚人たちは、皆、硬い表情になって一様に口を噤む。

異様な空気の中、僕は山岸に手を貸すか迷った。

「ってえ」

すぐに体勢を立て直し、山岸は怒りに燃える目で看守を睨んだ。

「てめえ、本気で殴りやがったな」

いつもの山岸だったら戸森の胸倉を摑むところだが、「くそ」と呻いて後頭部をさする。相当痛いらしく、立ってはいるものの足許がふらついていた。

「これ以上殴られたくないなら、おとなしくしてろ」

戸森は捨て台詞《ぜりふ》を残し、定位置に戻って威圧するようにあたりを見回した。

「大丈夫か？」

いくら何でも、ここまで強く殴ることはないだろうに。

表情を曇らせて見つめる僕に気づき、頭に手をやった山岸は唇を歪めて笑みを作った。

「ああ。けど、痛《いて》えな。まだふらふらしやがる」

「何だったら、医務所に行ったほうが」

「てめえで殴っておいて、医務所なんて行かせてくれるわけがねえよ。一晩寝てりゃ、治るって」

山岸は苦笑した。

「413号！」

ちょうど風呂の順番が回ってきたので、山岸はふらつきつつもそちらへ向かう。

怪我はもちろん心配だが、何の責任も取れないのに引き留められるわけがない。

彼の気質は相変わらず危なっかしいが、出獄したらやっていけるのだろうか。

いや、そんな考え自体がよけいなお世話だろう。山岸はこういうお節介をされて、喜ぶようなやつじゃない。

「ふう……」

目の前で人が殴られるのは、嫌な気分だった。ここでは体罰なんて珍しくはないが、粗暴とはいえ丸腰の山岸を戸森は力いっぱい殴りつけたのだ。

密かに腹を立てている自分自身に気づき、僕は苦笑する。

友達ごっこはいらない。仲間なんてものができれば、錠前が増えてしまう。

「次！」

「…………」

「421号！　入らないのか！」

怒ったように番号を呼ばれ、僕は慌てて「はい」と答えると脱衣場へ急いだ。

413号——山岸が死んだのは、その翌日だった。

いつ息を引き取ったのか、正確には誰にもわからない。

朝になって、山岸が起きてこないことを訝《いぶか》しんだ看守が扉を開け、独房で彼が死亡しているのを発見した。

その時点で、既に死後硬直が始まっていたらしい。

おかげで朝から四監全体が騒然とし、工場でも彼の話題で持ちきりだった。

看守に何度注意されても意味がなく、最終的には片岡に怒鳴られた。

「全員、静かにしろ！　騒いだやつは懲罰房に入れるぞ」

全員を懲罰房にぶち込むには限界があるので言葉だけだろうが、何らかの罰は与えられるかもしれない。

それでも、噂はまるで小さな波のように広がっていった。

浴場での一件を見ていた連中は、あのとき戸森に頭を殴られたせいじゃないかと密かに言い合った。だが、それはきっと長谷川典獄には伝わらないだろう。噂が届いたとしても、看守が囚人を殴り殺すなんて大事件だ。凶暴な囚人が暴れて自ら怪我をしただけと処理されるに違いない。

こうしてみると、僕は彼についてほとんど知らなかった。

下の名前も、出身地も、家族がいるかどうかも。

「顔色、悪いですよ」

案じるように羽嶋に言われたが、僕は半分、上の空だった。山岸のことを聞いてから、なぜだか胸がむかむかしている。

「ああ、うん」

胸につかえるものを吐き出したくとも、羽嶋は山岸と面識がない可能性が高い。だとしたら、このもやもやを彼に打ち明けても、迷惑だろう。心の中に閉じ込めるほかない。

結果的に、僕はほとんど黙りこくったまま今日の作業を続けた。

しかも、最悪なことに、午後になると背筋がぞくぞくしてきた。

昨日の入浴の際に、風邪を引いたのかもしれない。

作業の途中で監督を呼ぼうかと迷ったが、廊下から足音が聞こえてきた。

「諸君、どうかね」

足早に入ってきた長谷川典獄は、皆が起立礼をするのを満足げに眺める。

山岸はこの監獄の有名人だ。それが死んで発見されたとなれば、騒ぎになって然るべきだ。監獄全体が浮き足立っているので、風紀を引き締めるべく見に来たのかもしれない。

「あの！」

羽嶋が突然、声を上げて立ち上がった。

こういうときは、発言の許可を求めるのが監獄のルールだ。しかも、囚人が典獄に直接話しかけていいという決まりはなかった。

「496号！」

片岡が慌てて制したが、羽嶋は退かなかった。

「死んだ人は、看守に殴られたと聞きました！　調べていただけませんか！」

「黙れ！」

声を張り上げた片岡が羽嶋に駆け寄り、容赦なく平手打ちをした。

「ッ」

横っ面を張られた羽嶋が、がたりと斜め後ろに吹っ飛ぶ。

「勝手なことを言うな！」

「でも、おかしいです！」

再び立ち上がりかけた羽嶋に馬乗りになり、片岡がもう一度拳で顔を殴る。羽嶋の鼻からは血が滴《したた》り、頬が腫れ上がっている。彼が倒れたせいで僕たちの丸台はあちこちに吹き飛び、怒りの声が上がった。

「そうだよ！　調べろよ！」

「俺らは家畜かよ!?」

意外にも、囚人たちの怒りの矛先は看守たちに向いていた。

まずい。これでは一触即発だ。

このままでは囚人たちの怒りが暴発してしまう。しかも、羽嶋がきっかけとなれば、彼自身もただでは済まなくなる。

「静かにしろ！」

いきなり、長谷川が太い声で怒鳴った。いつも物静かなインテリの一喝に驚き、囚人たちはしんと静まり返る。

効果的だった。

「片岡君、君の指導不足だな」

長谷川は蒼白い顔でじろりと片岡を睨んだ。

「申し訳ありません」

こほんと咳払いしてから、長谷川は口を開く。

「413号は、脳卒中で亡くなった。皆、くだらぬ噂に惑わされぬように」

長谷川は断言したが、羽嶋は納得していない様子だった。

片岡に組み敷かれたまま、「典獄！　典獄！」と執拗に呼びかける。

彼がこんなに必死になるのを見るのは初めてで、僕は呆然としてしまう。

再び囚人たちがざわめき始めたので、僕は急いで羽嶋に近寄った。

「勝手に立つな！」

注意されたけれど、興奮して典獄を呼び続ける羽嶋を宥めるのが先だ。

「羽嶋、黙れ」

膝を突いた僕が声をかけると、羽嶋は至極悔しそうな顔でこちらを見上げる。

「だって！」

「もう、終わったことだ」

頭痛が酷い。熱っぽいのか、身体の節々が痛くて立っているのもやっとだった。

「でも、友達だったんでしょう？」

山岸が、僕の友達だって？

それは先だってきっぱり否定したはずだ。

誤解を解かなくてはと口を開きかけたとき、目の前がぐらりと大きく揺れた。

「弓削さん!?」

いきなりその場に跪《ひざまず》いた僕を見て、羽嶋が悲鳴に近い声を上げる。

だが、頭の芯も指先もぼんやりと熱くて、僕は何も言えずに下を向いた。

「おい、どうした」

片岡は羽嶋を押さえ込んだまま、気遣わしげに尋ねる。

「すみません、調子が……」

声を出すのもつらく、そこからは無言で首を横に振った。

羽嶋がおとなしくなったので、立ち上がった片岡は僕の額に触れる。

「酷い熱だ。おまえは監房に戻れ」

「…………」

寝転がった羽嶋が不安げにこちらを見やるが、僕としてはそれどころではなかった。

二分足らずのカンカン踊りもまともにできないくらいにふらついてしまい、看守は途中でやめさせた。

「少し休めよ。我慢できなくなったら呼べ」

「はい」

看守の監視下で独房に帰る途中で、監視所に立つ人物の姿が目に映った。

戸森だった。

昨日の今日で普段どおりに働いているということは、戸森の行為は不問に付されているという意味だ。

頭をがんと殴られたような衝撃を覚え、僕は目を見開いた。

「入れ」

監房の扉が開く。

猛烈な不快感が込み上げてきて、僕はよろよろと布団を敷いてそこに無言で倒れ込んだ。

がたんと大きな音がして、僕の背後で扉が閉まった。

「っ」

身体がだるい。頭の芯がぼうっとして手足が熱い。

監獄において、死は珍しいものじゃない。

囚人たちはその日を生きるのに懸命で、いなくなった連中については忘れていく。ある意味で、死んだ連中は、監獄暮らしから解放されたともいえるのかもしれない。

偶発的な怪我や病気のせいなら死も諦めがつくが、殺人は別だった。

こんなのは、あまりにも不公平だ。

僕たちは殺人やら何やらを『罪』としてここに収容されているのだ。それならば山岸が殺されたことだって、刑事事件として処理されて然るべきではないのか。

山岸に何か思い入れがあったわけじゃない。むしろ、彼の振る舞いは迷惑で鬱陶しかった。

僕はあの男の凶暴さが単純に怖かったし、一言でいうなら苦手だった。

なのに。

目の前で一人の人間の命が無造作に摘まれたのに、結果として何ごとも起きなかったと流されたのが、僕にとっては……そう、あり得ないほどに衝撃的だった。

僕は、山岸に何もしてやれなかった。彼が僕に教わりたかったことが何か、それすらも知らないままで。

ロシアとの戦争さえなければ、彼の人生はもっと穏やかなものだったかもしれない。あたたかな家庭を築き、よき父親になっていたかもしれない。

彼の前には無数の可能性があったかもしれないのだ。

「……くそ」

布団に横たわり、僕は小さく毒づく。

割り切れない感情にもやもやしながら、何とか眠りに滑り落ちようと目を閉じた。

だが、悪心《おしん》がひどくてなかなか眠りに就けなかった。

いっそ寝てしまえたら、楽なのに。

しんと静まり返った廊下から足音が聞こえ、看守たちの声が響く。

「496号は丸房行きだ。扉は開けておけよ」

「おう」

どきっとして、僕は一気に目が覚めた。

懲罰房？　羽嶋が？

「やれやれ、仕事を増やしやがって」

「本当だよなあ。山岸がいなくなったと思ったら、今度はこっちか」

どうして、羽嶋はあんな無茶をしたんだろうか。

僕には何もわからなかった。


陽射しの中、脱いだ笠を膝の上に置き、『四監　四一三號』と胸に書かれた男がぼんやりと空を見上げている。

走らずにぼうっとしている囚人を誰も注意しないのが不思議だったが、収監されたばかりの僕は、ここでのルールを知らなかった。

「集合！」

運動時間終了の合図が聞こえ、僕は413号の前を突っ切ってそちらへ向かおうとした。

と、目の前に何か見慣れぬものが落ちているのに気づき、僕はそれを拾い上げる。

赤色が褪せ、布地がところどころ解《ほつ》れている古びたお守りだ。

「あの」

泰然として動こうとしない413号に声をかけると、彼は「何だよ」と不機嫌そうに威嚇《いかく》してくる。

あまりの迫力に怯《おび》えつつも、僕はそろそろと右手を差し出した。

「これ、違いますか」

「……ああ、ありがとな」

僕が手渡したお守りを、彼はさりげなく受け取る。そっと土を払う仕種を見るに、大事なものなのかもしれなかった。

——違う。これは夢だけど、夢じゃない。

僕の、埋もれてしまっていた記憶だ。

どうして忘れていたんだろう……。

そうだ。あのとき、僕は初めて山岸としゃべったんだ。

監獄には必要以上に私物を持ち込んではいけないから、お守りも見つかれば没収されたはずだ。彼がどうやってそれを身につけていたのか、僕は当然知らなかった。

――あんた、優しいしさ。最初からそうだよな。

今更のように、山岸が告げた言葉が胸に甦る。

嘘だろう。

あいつは、あんな一瞬の行動だけで僕を評価してくれていたのか。

山岸には悪いが、僕はちっとも優しくなかった。看守に密告せずお守りを渡したのも、規則に無知だっただけだ。

だいたい、昨日も山岸が殴られたのに、庇うことも医務所に連れていくこともしなかった。

結局、僕は皆と一緒になって彼を見殺しにしたんだ。

今だって、そうだ。

典獄に告発したって自分の立場が悪くなるだけだと知っているから、当事者の一人のくせに僕は口を閉ざしてしまった。なのに、無関係の羽嶋が食ってかかって懲罰房にぶち込まれた。

僕は山岸の信頼には値しない。

君は、馬鹿だ。優しいなんていうのは、君の見込み違いだ。

僕はその言葉に相応《ふさわ》しくない、最低で最悪な男なんだ。

おあいにく様だったな。

心の中で死んだ相手に向かって毒づいてみたが、ちっとも気分は晴れなかった。

なぜだか、瞼《まぶた》のあたりがじわりと疼《うず》く。

悔しくて、悔しくて、身体の芯が燃えるように熱かった。

こんなのは変じゃないかと、叫びたかった。

何もかもが、おかしい。間違っている。

病死として処理されたであろう山岸も、一人の人間の命を消し去りながらものうのうと暮らしていく戸森も、僕を利用し続けるであろう長谷川典獄も、誰もが。

山岸は友達なんかじゃないと、ずっと思っていた。友達とは、もっと居心地がよく穏やかな関係を築く相手なのだと信じていた。

けれども、やっぱり、僕を気にかけてくれた彼は友達に似たものだったのかもしれない。

畜生。畜生。畜生。

ふざけるな。

「くそ……」

彼が友でなければ、こんなにも激しく怒りと悲しみが湧いてくるはずはなかったのだ。

「あんたの相棒、懲罰房入りだって?」

僕の隣に腰を下ろして話しかけてきたのは、亀田だった。

今日の映画は、『別子銅山・採鉱より製錬』という題名だった。僕自身さして興味もないが、かといって監房に籠もっていても羽嶋のことが気にかかってしまうので、こうしてのこのこと教誨堂にやって来たのだった。

「それが?」

「あんたたちに耳寄りの情報があるんだよ」

「え?」

「恩赦のネタ、かなり重宝したからさ。おかげで儲かったんだぜ。まったく、榎木が出てくとはなあ」

亀田はぼそぼそとした口調だったが、幸い、その細い声はかろうじて僕の耳に届く。情報屋として身につけた話し方なのだろう。

「ここじゃ、金は役に立たないだろう」

「けど、外の身内を守ってもらえるんだよ。で、聞くのか? 聞かないのか?」

「金はない」

「いいよ、前ので貸し借りなしだ。ま、手短に話すと、あんたたちの今の状況は、前の河口典獄のせいだ」

あんたたちというのは、たった今相棒扱いされた羽嶋と僕のことだろう。そして河口とは、長谷川の前任の典獄だった。

「どうして？」

「派閥争いだ」

極めてあっさりとした返答だった。

「あんた、嵌められてここに来たんだろ」

「…………」

まさかそんなことを言われると思わず、僕はぎょっとした。

認めたい気持ちはあるが、亀田の思惑が不明なので口を閉ざす。

「じつはさ、警察と裁判所は前から二つに割れてんだ。そうなると、ここにも影響があるんだよな」

警察と裁判所の争いの余波が監獄に及ぶというのは、三者の関係を考慮すれば何となく合点がいく。

僕だって、世の中が額面どおりに動かないと知っているつもりだ。

それにしても、派閥争いか――僕ですら、どこかで聞いたことがあった。この監獄の囚人にも当然派閥はあるが、関わったことはなかった。

「前の典獄は少数派で、多数派の粗を探してたんだ。で、ちょうど控訴院にあんたの事件を調べてるやつがいたみたいで、前の典獄は嵌められたらしいあんたに目をつけた。相棒も似たようなもんみたいだな。殺された社長の娘婿、奥さんを捨てて上海《シャンハイ》に飛んだらしいじゃないか」

それは酷い。思わず僕は眉を顰めた。

「表立ってあんたらの話を聞いたら、自分の立ち場が危うくなるかもしれない。積極的には手を出せないから、あんたら二人を引き合わせて腐敗を告発してくれるのに賭けてたんだろう」

「そんなの、無理だ。悠長すぎる」

「そ、何かさせる前に例の脱獄で典獄が交代になった。今の典獄は多数派で、もちろん、あんたらの告発なんて望んじゃいない。そのうち、相棒はどこかに飛ばされるかもな」

僕たちの控訴が受け容れられなかったのは、そんなくだらない争いのせいだったのかもしれない。僕の敵は、小笠原や警察だけではなかった。

きっと、さまざまな要因が組み合わさって、この状況になったのだろう。

羽嶋が近づいてきたのは確かに他者の思惑だったとはいえ、僕の予想は完全に外れていたわけだ。残念ながら、僕は探偵にはなれそうになかった。

今の情報も何かの罠かもしれないが、亀田が僕を嵌める理由がない。

亀田は看守からも情報を集めていたものの、一貫して囚人の味方ではある。囚人を敵に回せば、娑婆にいる彼の家族の安全の保障はないだろう。

「どうだい？　価値はあったかい？」

「十分だ。ありがとう」

衝撃が大きすぎて、礼を言う声が掠れた。周囲の連中は僕たちの話を気にも留めておらず、記録映画に見入っていた。

要するに、僕と羽嶋は長谷川にとっては邪魔者にすぎない。

現時点では僕に若干の利用価値があると見なしているが、羽嶋はそうではないだろう。仮に羽嶋のあの能力を知っても、長谷川に有効利用できるとは到底思えない。むしろ、僕たちは警察と裁判所の腐敗を示す爆弾のようなものだから、二人で一組にしておくほうが危険が増す。

お互いに引き離されるだけならいいが、別の監獄に送られたり、最悪の場合は山岸のように消されたりするかもしれない。

そして、僕の運命も完全に詰んでいる。

どこかで誰かが僕を見つけてくれるなんていう奇蹟は、二度と起きないのは確定的だ。

もはや僕の運命は覆らず、あと十八年を模範囚として過ごす以外の道はないのだ。

このまま、雑草のように踏みつけられて終わるのか。他人に蔑まれ、いいように利用されて？

そんな人生は御免だ。

いっそ、僕たちを踏み躙《にじ》る連中に目にもの見せてやれないのか。

それができるなら、何だってする。

長谷川たちが侮っている僕ら囚人こそが、彼らを陥れるのなら、それほど痛快な復讐はないはずだ。

暴動でも起こせばいいのかもしれないが、僕にはそんな人望もない。山岸の仇討《あだ》ちだと大義名分を掲げても、乗ってくるやつはいないだろう。

だったら、もっと別のやり方で彼らの面子を潰してやる。

こうなると、最早、結論は一つしかなかった――脱獄だ。

「センセイ、どうしたよ。知らないほうがよかったか？」

悪いことでも言ったのではないかと亀田が顔色を窺っているので、僕は笑顔を作ってみせた。

「……ああ、何でもない。ありがとう」

今まで、僕には脱獄なんてできるわけがないと自分で決めつけていた。

そんな情熱は持ち合わせていないと、自分の可能性を、勝手に狭めていた。

しかし、復讐の手段としての脱獄だったら、やり遂げられるのではないか。

何よりも僕は、羽嶋をここから逃がしたかった。

僕は羽嶋よりもずっと鈍いし、身体もひ弱だ。正直にいえば、脱獄なんて芸当をやってのける自信がない。それに、十八年とまでいかなくとも、十五年くらい我慢していれば、模範囚として出獄が早まるかもしれない。

だが、羽嶋は違う。

僕とは異なり、羽嶋はここで上手く立ち回る手段を持っていない。おまけに、典獄や看守が手駒にしたがるような、わかりやすい才能もない。

無論、羽嶋であれば、どの監獄でも楽しく暮らしていけるだろう。でも、僕は籠の鳥ではない彼を見てみたいのだ。

徹頭徹尾、それは僕の我《わ》が儘《まま》だった。

山岸の死が衝撃的すぎて、もしかしたら、僕の頭脳を構成する歯車が狂ってしまったのかもしれない。だが、上等だ。おかしくたっていい。

僕はもう我慢しない。妥協だってしない。

やってやろうじゃないか。

そう考えると、身体が震えるような昂揚感が止まらなくなる。

もっとも、まだ脱獄計画は完成していないのだが、なぜか僕は勝算があると確信していた。

——あんたにしかできないやり方があんだろ。

僕は平凡な数学教師にすぎないけれど、そんな僕にしかできないことがある。

あまりに無謀な賭けかもしれないが、僕は知りたい。証明したい。

この世には、人にしかできない——いいや、人だからこそできることがあるのだと。

多くの学者たちが立ち向かう、数学の証明問題のようなものだ。

そうした問題は、人類の叡智《えいち》を試している。

しかし、所詮、監獄は人が作ったものに過ぎず、ゴールドバッハ予想やリーマン予想のように、神秘的な難問ではない。

だからこそ、僕が、この問題を解いてみせる。

これは僕の、人としての挑戦なのだ。

十

授業終了の合図が鳴り、僕は頭を下げる。

「起立！　気をつけ！　礼！」

級長役の未成年囚が声をかけ、彼らはぴんと背筋を伸ばして教室を出ていった。

僕も続こうと思ったが、入れ違いにやって来た長谷川典獄が右手を上げた。

脱獄計画はうっすらとかたちを取り始めていたが、まだ詰めの段階にはほど遠かった。

そのためにも長谷川と話をしたかったので、ちょうどいい。

とはいえ、長谷川の用件がわからない以上は、迂闊《うかつ》なことは話せない。

相内の恩赦について話したいのだが、上手く切り出せるだろうか。

「君の授業は素晴らしいな。生徒たちの生活態度がよくなったと評判だ」

「恐れ入ります」

「それで、報告は？」

お決まりの問いかけに対し、僕はお決まりの答えを返す。

「特にありません」

ふむ、と長谷川は満足げに頷く。

「このあいだの騒ぎは驚いたが、広まらなかったのは幸いだったな」

「413号は怖がられていましたから」

山岸についてだった。

「そういえば、君は恩赦を受けるあの老人と親しいのだったね。よく看護していたとか」

「老人……402号ですか」

「そうだ」

まさか典獄が自ら、相内の話題を振ってくるとは想定外だった。

これこそ渡りに船だ。

「親しいというほどではありませんが、入獄したばかりの時期に組み紐を教わりました。ほかに、看護夫として何度か世話をしました」

僕は慎重に答え、疑われないように心がける。

「身許引受人が決まらないので、どこかの寺社に頼むつもりだ。どこがいいと思う？」

願ってもないチャンスだった。

長谷川を相手に、試してみたいことがあったのだ。

試すといっても、これからの相内の人生に関わる重大な案件だ。失敗はできない。

亀田の言葉をきっかけに脱獄計画に本腰を入れ始めた僕は、あれからすぐに一冊の本を思い出した。

学生時代に、探偵小説が好きだった友人が貸してくれた作品で、タイトルも一緒に甦ってきた。

“The Red-Headed League”と題されたそれは、赤毛ばかりを集めた組合に就職した男の話だ。題名を翻訳するなら、『赤毛組合』とか『赤毛連盟』になるだろう。

内容はやや荒唐無稽だったが、どうやって思いどおりに人を動かすのかという点は心理学的にも面白いと、友人はいたく感心していた。探偵であるホームズの推理力は、僕をおおいに驚嘆させたものだ。

だからこそ、それを応用する。

僕自身が自由に動けないのなら、動ける人間にこそ働いてもらう。それも、本人にさえ気づかれぬうちに。

この計画で必要なのは、着実な根回しだった。

前提条件が間違っていたら、正しい解は導けない。

一つ一つを地道に間違いなく準備しなくてはいけなかった。

「でしたら、興福寺か春日大社がいいと思います」

般若寺を希望した相内の意に反し、僕は近隣の二つの有名な寺社の名前を挙げた。

「なぜかね?」

「どちらもこの監獄と関係が深いし、これまでたくさんの囚人を引き受けてくれたと聞いています。たとえば、般若寺のように長年収監されていた土地と近いのは、更生した人物にとってもつらいのではないかと」

無論、それはすべて建前にすぎない。

そこを長谷川が見抜けるかどうか、僕は試していた。

「なるほど、帝大卒らしい有益な意見だ。さすがは元教師だな、よく人を見ている」

「……恐れ入ります」

ことあるごとに帝大卒と煽られるのは、慣れるとどうでもよくなるものだ。

長谷川が僕に対して抱いているのは、おそらく僕の学歴に対する劣等感だろう。ここにいては帝大卒なんて肩書きはまったく役に立たないのに、皮肉だった。

長谷川との面談を終えて教室から出ると、僕を監房に連れ戻す看守が待っていた。

「行くぞ」

僕を連れて歩きだした彼は習学場の建物を離れたところで、不意に足を止めた。

「おい、４２１号」

「はい」

「少し、話がある。典獄の用件は終わったな？」

どきりとした。

もしや、このあいだの亀田との話を誰かに聞かれていたのだろうか。

尻尾を摑ませるようなことはしていないつもりだったが、誰が足を引っ張ってくるのかわからないのが監獄だ。

「え……ええ」

同意する声が掠れた。

若い看守の名前は知らなかったが、彼は険しいまなざしで僕を凝視した。

「ついて来い」

脱獄を夢想するだけならば、罪ではない。

しかし、計画を実現させるために動き始めた段階から、それは罪悪へと変わる。

どこからどこまでが、罪の範囲なのか。

僕にはそれがわからなかった。

四九六

丸房から戻ってきた羽嶋は、工場ではちょっとした英雄扱いだった。

囚人たちが羽嶋を見る目には畏敬の念が籠もっていて、丸房で数日寝ていただけなのにと思うと、かなり照れくさかった。

弓削はいつもよりほんの少し優しくなった気がしたが、一日、二日も経てば元に戻る。

体調も全快し、羽嶋はすっかり監獄での日常に復帰していた。

「そういえば、最近、戸森殿を見かけませんね」

何気なく羽嶋が話しかけると、丁寧に箸を動かしていた弓削の手が止まった。弓削は食事時の一口が小さい。食事にかける時間も、たぶん、羽嶋の倍くらいだろう。

「そうだったか?」

「うん、休んでる気がします」

「看守の動向を気にしていると、疑われる。やめたほうがいい」

眼鏡を押し上げ、弓削は静かに告げる。弓削は決して声を荒らげないし、仕種も一つ一つが穏やかだ。目立たないように心がけているのだろう。

羽嶋より一年以上先輩のせいか、彼はここでの処し方をよく知っていた。

「うーん、だったら、402号……だっけ?」

「相内さんか?」

「そうそう」

手を止めていたものの、弓削の視線は羽嶋ではなく味噌汁の椀に注がれていた。

弓削は食事のときも神経質で、味噌汁の表面を揺らさないように真剣に食べている。羽嶋にとってはここでの食事は申し分ないし、砂と一緒に味噌の塊が沈んでいたりするので、一気に飲んでしまう。弓削はそれが不快なのかもしれないが、羽嶋には大した問題ではなかった。

「あの人、般若寺に行ったらしいですよ」

「ふうん」

「気の毒ですよね。こんな近くじゃ、嫌な思い出があるかもしれないのに」

「……そうだね」

相槌を打った弓削の表情に、羽嶋はどきりとする。

笑っていた。

それは、気づくか気づかないかのささやかな変化かもしれない。けれども、確かに弓削の口角はわずかに上がり、まるで仏像のような意味ありげな笑みを浮かべていた。

それきり羽嶋は口を噤み、床に視線を忙《せわ》しなく彷徨《さまよ》わせる。

ああ、だめだ。覚える必要なんてないのに、記憶から消せない。

気持ち悪いと思われるのを知っているくせに、つい、心に焼きつけてしまう。

羽嶋が自分は特別な目の持ち主だと認識したのは、幼い頃だ。

家の斜向《はすむ》かいに古道具屋があり、そこから品物が盗まれた。数か月後、羽嶋は近所に住む男の持つ煙管《キセル》が、古道具屋からの盗品だと気づいた。ありふれた煙管だったが、雁首《がんくび》に小さな傷があったのだ。それを指摘したおかげで犯人が捕まり、羽嶋はちょっとした謝礼をもらえた。

どうしてわかったのかと母に聞かれて素直に事情を説明すると、彼女は褒めるより先に顔を曇らせた。

目にしたものが、まるで写真のように正確に脳裏に焼きつく。それを羽嶋自身は特におかしいとは捉えていなかったが、母は息子が普通と違うと悟って困惑した様子だった。

絶対にそれを他人に言わないようにと諭されたが、学校に通うようになると隠せなくなり、羽嶋は周囲から気味悪がられるようになった。

母が体調を崩したので、家計を助けるために学校をやめたが、自分のこの能力も一因だった。何でも覚えている友人がそばにいたら、やはり、気持ちが悪いものだろう。自分のほくろの数までもが羽嶋の脳に記憶されるのだ。それを嫌がられて、学校にいづらくなってしまった。

だから、羽嶋は他人と深く関わるのを諦めた。

己の『目』について知られなければそこそこの距離感でつき合えるが、親しくなれば隠し通すのは難しい。ふとしたことで、相手に気づかれてしまうからだ。

自分の中に、他者の存在を入れてしまうのが怖かった。

何かのきっかけで関係が失われたとしても、羽嶋は相手のすべてを記憶してしまう。思い返しても苦しいだけなのに、記憶はつぶさに甦ってくるのだ。

そうして喪失の痛みと記憶の再現を繰り返すうち、羽嶋はいつしか、自分は何もないほうがいいのだと学んだ。

人との関係は、ないに越したことはない。あったとしても、薄ければ薄いほどいい。

淋しかったけれど、痛みよりは淋しさのほうがましだった。

家族にさえも理解されず、どこにも馴染めなかったが、記憶の扉を開けるのは楽しかった。

暮らしている長屋の壁の染みのかたち、場所、数。

今いる監房の床にある傷の形状や数。昨日窓から見た、葉っぱの枚数。

弓削の睫毛の本数。横顔。唇のかたち。

何もかもが、消し去れずにはっきりと残っている。

意識しなければ次第に埋もれていくが、忘れたわけではない。きっかけを摑めば、引き出しから取り出すように目的のものをするすると見つけられた。

しおりを挟んでおくような感覚だ。

近頃は、羽嶋は意図して自分の周囲の光景を記憶するよう努めていた。

写真館の技師が写真機のシャッターを押すように、羽嶋は記憶に残すためのスイッチを入れる。

こんなことをしても、何の意味もないのはわかっている。

けれども、その意味のない行為に、弓削なら意味を与えてくれるかもしれない。

昼食を終えて作業に戻った羽嶋は、もう、弓削とは口を利かなかった。

「ッ」

不意に脳裏を過ったのは、血塗れになった豊太郎の顔だ。

近頃は考えなくなっていたのに、見開いた目、口許から溢れた血、汚れた着物、全部を思い出せる。

それを忘れさせてくれるのは、弓削だけだった。

弓削はきっと、あの見取り図の意味を理解し、自分もまた無実だと信じてくれたはずだ。彼の態度の穏やかさからも、そうだと思える。

「どうした？」

弓削が心配げに聞いてきたが、羽嶋は首を横に振った。


その夜、羽嶋は布団の中で何度も寝返りを打った。

豊太郎の死に顔が甦ると、その日の晩は決まって目が冴えて眠れなくなってしまう。

自分の記憶力が、こういうときはいっそう忌々しい。

たぶん、一昨日、ハツ子からの手紙を受け取ったせいだろう。

全部カタカナで書かれた手紙には、次郎が印刷所の金を持ち逃げし、愛人と上海に高飛びをしたこと、印刷所を閉めたこと、母方の田舎に帰ることなどが淡々と綴られていた。

次郎があんなやつだとは、思ってもみなかった。やはり、彼が真犯人だったのだろう。

欺かれていたのだという衝撃を受けたが、一方では納得していた。とにもかくにも、これであの事件は幕引きだった。

だったら、もう、自分が憎まれ役になる必要はないわけだ。

豊太郎への義理は果たしたはずだし、これからは、好きに生きていける。

羽嶋にとって、猥雑さを煮詰めたような監獄は生まれ育った場所によく似ていた。

粗暴で監獄送りもやむなしと思える囚人も、逆に、どうしてこんな人がここにいるのかと首を捻《ひね》りたくなる囚人もいた。

後者の一人が、421号——弓削だった。

初めて見たとき、ひどく場違いな雰囲気の人だと思った。眼鏡をかけているのも相まって、詩や芸術を好む青年が、住む世界を間違えて入り込んでしまったように見えた。

ほかの囚人たちが遠巻きに、だけど、それなりの関心を持って弓削を眺めているのも頷けた。

監獄にいる大半の連中と違って弓削はいつも穏やかで、羽嶋の失敗に声を荒らげることさえなかった。

もしかしたら思想犯かもしれないと雑居房の囚人に尋ねたところ、意外な過去を教えられた。

弓削は女学校の数学教師だったが、教え子を乱暴したうえに絞め殺したそうだ。

おとなしそうな外見の弓削がそんな非道な真似をするようにはとても見えなかったので、人は見かけによらないと驚いた。

指導係としての彼は、素っ気ないが意地悪ではなかった。

むしろ、意外と優しかった。羽嶋が算数を習いたいと言い出しても、笑い飛ばさずに典獄にかけ合ってくれた。

びっくりしたのは、彼と自分では世界の見方が異なる点だ。

初めて組み紐を習ったときも、一寸が自分の指の一節なのだとこともなげに言った。

羽嶋は大工だったが、そんなことを考えた経験がなかったので、驚かざるを得なかった。

そして、気づいたのだ。

弓削は数字でこの世界を測っている。

では、弓削は羽嶋をどんなふうに捉えているんだろう？

ただの４９６号だろうか。それとも、数字以外の何かだろうか？

「……ただの４９６号かな……」

羽嶋は独りごちる。

羽嶋に何も問わない、弓削の接し方が心地よかった。彼は羽嶋の能力を知る前も知ったあとも、いっさい変わらなかった。

たった一度、忠告めいた言葉をかけられただけだ。

自分を大切にしろ――と。そんなことを人から言われたのは、初めてだった。

何も持たないように心がけている、虚ろで空っぽな自分を大事にするなんて発想は、いっさい持ち合わせていなかった。

そのせいか、そうした新鮮な言葉の一つ一つが嬉しくて、心に染みた。

413号の不審な死を調べてほしいと長谷川典獄に食ってかかったのは、落ち込む弓削を見ていられなかったからだ。彼が悲しんでいると、自分まで苦しくてたまらなかった。

413号には、運動場で声をかけられたことがある。彼が弓削について親しげに語っていたので、友達なのだろうと思った。男前で、気さくで、面白い人だった。

弓削の友達が殺されたのかもしれず、その事実が抹消されようとしている。それが許せなくて、羽嶋は怒りを爆発させてしまった。

あんなふうに他人のために怒ったのは、初めてだった。

次郎の罪を被せられたときでさえも、どこか他人事《ひとごと》のように感じていたくせに。

弓削に出会ったおかげで、自分は初めて生きている実感を味わったのかもしれない。

弓削は、自分にとってはただの421号なんかじゃないのだ。

だから、一度だけ、自分の心からの望みを口に出してしまった。

――今なら、あの壁、越えたいです。一緒にどうですか。

弓削の感情は、決して動かないと思い込んでいた。けれども、彼の瞳に今までと違う光が宿ったのに、羽嶋は気づいてしまった。

あのとき、初めて思った。

弓削と外の世界に行きたい。彼をこんな場所に閉じ込めておきたくない、と。

十一

「差し入れが来たから、入れておいたぞ」

一日の作業を終えて還房した僕に、廊下から若い看守が声をかけてきた。

僕は視察孔に向けて「ありがとうございます」と礼を言う。

しかし、差し入れとは珍しい。誰からなのか、見当もつかなかった。

「このあいだは助かった。何度も済まないが、また頼む」

差し入れの手続きは結構面倒なのだが、彼なりに恩義を感じて簡略化してくれたのだろう。

「はい」

もう一か月も前のことだが、授業のあとに彼から経理の計算を依頼された。

典獄としての長谷川の倹約ぶりは徹底しており、経費削減を合い言葉に事務方の職員も減らされたそうだ。おかげで職員の残業も多く、期限の間際になっても経理の計算が間に合わないとかで、看守たちに加えて僕まで駆り出された。機密事項と言えるような書類もなく、部外者を入れても問題ないと考えたのだろう。

まだ何もしていないのに脱獄計画がばれたのではないかと冷や冷やしたので、計算のためだとわかったときには、呼び出されて嬉しかったくらいだ。

あれ以来、僕は日曜日ごとに彼を手伝っている。

「あ」

差し入れの主は相内で、ものは般若心経が書写された冊子だった。

季節は夏が近づいており、相内もすっかり落ち着いたのだろう。

本来ならば一度に持ち込める本は一冊で、僕は数学の本を常に申請している。だが、これはお経だからか、僕がそれなりに監獄に貢献しているからなのか、お目こぼししてくれたようだ。

表紙は布張りで、蛇腹《じゃばら》を広げてみると横に長い。長方形の台紙の両面に華やかな和紙が貼られている。和紙は分厚く、しっかりとした作りだ。

上等な作りの割に筆蹟はあまり上手とは言えなかったので、もしかしたら、相内が手ずから写経してくれたのかもしれない。表具の仕事をまたやりたいと言っていたから、彼が望む場所に行けたらしいことにほっとした。

彼の親切心が微笑ましくて、僕は般若心経の表紙をそっとさする。

般若心経を選んだのは、希望どおり般若寺に引き取られたという彼なりの洒落《しゃれ》っ気だろう。

羽嶋の仕入れてきた噂は、やはり正しかったわけだ。

よかった。

僕は賭けに一つ勝ったのだ。

ささやかすぎる布石だったが、その成功は僕を安堵させた。

それにしても、相内は僕などよりもずっと真っ当に生きている。

では、僕はどうだろう？

相内から焚きつけられたのがきっかけとはいえ、今や羽嶋の脱獄を本気で計画している。むしろ、以前よりも監獄にふさわしい悪党になってきたかもしれない。

これまでは、誰かに自分を変えられるのは嫌だった。自分の歩調を他者の思惑で変更させられるのは、我慢できなかった。

たとえば、数字は不変だ。1の意味が場合によって変わっていたら、それこそ大混乱が生じる。その変わらなさこそが美しいと感じていた。

だからこそ、僕はこんなところに閉じ込められたくらいじゃ変わらないと躍起になっていた。反省する理由もないと、勝手に拗《す》ねていた。

だけど、僕はやっぱり数字なんかじゃない。

弓削朋久というちっぽけでつまらない、それでいて、1にも2にも、場合によっては100にだってなれる存在のはずだ。

脱獄計画は、その証明のためにある。

だとすれば、次は羽嶋の説得だ。

羽嶋は間違いなく、長谷川に目をつけられている。次に問題を起こしたら、彼は奈良ではなくほかの府県の監獄に送られるかもしれない。看守たちは典獄の手下だから、羽嶋を注意深く観察しているだろう。もちろん、相棒と見なされている僕も注目されているのだから、慎重さは必要だ。

羽嶋の説得と並行して、脱出路を決める。

そのために外の様子を調べるなら、三十分の運動時間では足りない。何とか合法的に外に出て作業をしたいし、そのほうが羽嶋にも接触しやすい。

外役を割り振られるのが一番有り難いのだが、それは望めそうにない。

「うーん……」

腕組みをして唸っていると、特徴的な足音が外から聞こえてきた。

目を瞑っていてもわかる。これは、戸森の足音だ。

山岸の死のあとも何食わぬ顔で出勤していた戸森は、なぜかここ一か月ほどまったく姿を見せていなかった。

免職にでもなったのかと予想したが、残念ながらその予想は外れ、今週から再び出勤し始めた。ただ、怪我でもしたのか、以前と違って片足を少し引きずっている。

夜中にずる、ずる、という足音が耳に届くのはどことなく不気味だったが、その音から僕はいつの間にか父を思い出していた。

もしかしたら、戸森も父と同じように、卒中か何かを患ったのかもしれない。

心身が健康でなければ務まらない仕事だし、仲間がいるところでは具合の悪さを隠すよう心がけているようだ。たまに見かけると、ひとりぼっちのときの戸森は疲れたように肩をがっくりと落としている。

山岸の件で罰が当たったならば、多少は気持ちが晴れる。

それでも、彼を許せないのに変わりはなかったが。

「では、今日はこの問題で最後だ」

僕はそう言うと、黒板に複雑な数式を記す。

刑期が短い者もいて、生徒たちは少しずつ入れ替わっている。課外授業を受けるくらいなのだからおおむね真面目で、教え甲斐もあった。

羽嶋は生徒としては、もはや古株の一人だろう。こつこつ頑張っていて、以前よりも目に見えて計算が速くなった。

例によって授業の終わりに姿を見せた長谷川は、僕を教室に残らせて話しかけてきた。

「近頃、組み紐工場の業績がいいのは君の提案のおかげだそうじゃないか」

僕は工場での作業に積極的になり、看守に組み紐の工程に一段階加えるよう提言した。

五分ほど早く作業を終わらせる代わりに、自分が編んだ組み紐に問題がないかを確認する。

そんな簡単なことだ。びっくりするほど単純だったが、囚人の中にはそういう初歩的なことさえ考えつかない者もいる。早めに粗が見つかればその時点でやり直せるので、不良品ができる確率がぐんと減るはずだ。

片岡が半信半疑で提案を受け容れると、成果はすぐに表れた。組み紐の買い取り価格が上昇したうえに、注文数が純増したのだ。

当然、四監上工場の実績も上がり、担当の看守らはたいそう喜んだ。今では、うちの工場は一と六の日と日曜日には食事に茶が出るようになった。

おかげで僕は看守や典獄に取り入っていると陰口を叩かれているらしいが、ほかの囚人の感情などどうでもいい。

僕が相手にしているのは、長谷川典獄ただ一人だった。

「大したことはしていません」

「過ぎた謙遜は、嫌みだな」

典獄の発言のほうが嫌みに感じられるが、腹を立てても意味はない。

「申し訳ありません」

淡々と答えているように見せかけて、僕は慎重に言葉を選ぶ。

脱獄計画にとって、長谷川は欠かせない人物だ。これまでどおりの関係を維持したかった。

「先日の授業も、たいそう評判がよかった。今度、フランスの大使が来られる際に、君の授業を見学してもらう予定だ。心してやってくれたまえ」

先日は見学者受け容れのためにわざわざ授業を平日にずらしたのだ。生徒たちにとってはいい迷惑だと思ったが、それをもう一度やらねばならないとは。

「文部省の役人たちも、君の授業を見てみたいと話していたくらいだ」

「……はい」

長谷川はやって来た連中に、あの女学生殺人事件の犯人だと喧伝するのだろう。無論、僕が京都帝大を出ているとの情報もつけ加えて。

「君の学友は省庁に勤めている者も多いだろう。確か、司法関係にもいるはずだ。会いたくはないだろうな」

よく調べているものだ。

つくづく彼は、僕のことが嫌いらしい。

勝手に口を利けないので黙っていると、長谷川は焦れたように赤くなって先を促した。

「発言を許可する」

「そうした不安はありません。仮に再会しても、面変わりしてわからないでしょう」

「それはどうかな。学生時代の友人は素晴らしいものだ。私も昔、ともに肩を並べて勉強をした友人がいた。敬虔で真面目な男で、学生だったからこそ出会えたと思っている。その頃から彼の政策の理念は……いや、やめよう」

らしくないことを口走ったと思ったのか、長谷川は咳払いをして僕を睨《ね》めつけた。

「話が逸れたな。質問は？」

「次の見学は、いつでしょうか？」

「二週間後の予定だ。授業の内容を練り込むつもりかね」

「囚人のあいだに何か問題が起きているわけではないのですが……」

僕は逡巡しながら、口を開いた。

「それが見学と関係あるのかね？」

曖昧な物言いだったせいか、少し苛立ったように彼が問うた。

「運動場の雑草がだいぶ伸びており、滑って転ぶ者もいます。美観の問題にもなりますし、抜いてもらえませんか？」

長谷川は不愉快そうに自分のカイゼル髭を撫で、「ふん」と不快そうに鼻を鳴らした。

「典獄に要求をするとは、君もずいぶん偉くなったものだな」

「あ……いえ、申し訳ありません」

差し出口と受け止められたかと、心配する素振りで僕はわざとらしく口籠もった。

この会話は僕にしかできない脱獄計画を実現させるための、ささやかだが重大な実験だった。

「まあ、いいだろう。囚人に怪我人が出ては困る。対策を立てさせよう」

「ありがとうございます」

僕は一礼し、ほっと息を吐く。

「君も大変だな、囚人にも我々にも媚《こ》びて」

「…………」

「あと十七、いや、十八年だったか？　私の退官まではまだまだ時間がある。監獄をよりよくするために、君にはつき合ってもらうよ」

やっぱり、そうか。

長谷川は僕に減刑の機会を与えるつもりはさらさらない。

残り十八年近く、僕という人間を骨の髄までしゃぶり尽くして利用する心算なのだろう。

しかも、典獄には転勤がある。

下手をしたら、何だかんだと理由をつけて、この男の転勤先に身柄を移される可能性だってあるのではないか。定年後は、僕を紹介して後任に恩を売るのかもしれない。

こうなると、模範囚として減刑という道も遠のきそうだった。

このまま再審が叶わないなら、それも一つの人生かもしれない。

羽嶋に脱獄をさせたいなんて夢は、僕の身をも滅ぼしかねない分不相応な冒険だ。

別々の監獄で暮らせば、その衝動は消えるだろう。

――だが。

何とも言えない感情が、僕の喉のあたりまで込み上げてきている。

将棋の駒のように僕たちを勝手に動かす長谷川の胸倉を、摑み上げて怒鳴りつけてやりたい。しかし、それをすれば懲罰房入りは間違いないうえに、長谷川の信頼を損なうのは目に見えていたので、僕はぐっと堪えた。

諦めたくない。僕の人生は僕のものだ。羽嶋の人生だって、そうだ。他人にそれを弄ぶ権利なんてない。

「光栄です」

次々と押し寄せる感情を押し隠し、僕は口許に薄い笑みを浮かべてみせた。

典獄の機嫌を損ねなくてよかったと低姿勢を見せているように受け取ったのか、視界の端で長谷川が意地悪く口許を歪めるのが見えた。

ここに来て、何百回経験したかすら数えたくもない朝。

あと何千回も、僕は同じ朝を繰り返すのだ。

けれども、何か新しい発見、新しい思いつきが一つでもあれば、今日は昨日とは違う日になる。

そう考えると、自然と日々に張りが出る。

今日は運動はないはずが、予想に反して僕たちは狭い階段を下りて、運動場へ向かわされた。

自分の目論見《もくろみ》が一つ当たったのではないかと、僕は胸を高鳴らせる。

一方、いったい何をさせられるのかと、編み笠を被せられた囚人たちは不満げだった。

「おまえらは、今日からしばらく運動場の草むしりを行う」

看守の宣告に大声を出した者こそいないものの、小さな不満の声が漏れた。

笠の下で僕はがっかりした顔を作ってはみたが、実際には少しにやついていたかもしれない。

ここまでは、僕の予想どおりの展開だった。

「作業に戻りたければ、一刻も早く終わらせることだ。いいな！」

「質問です」

不服そうな態度を隠しもせず、囚人の一人が挙手する。笠を被っていてもなお、そうした様子は口ぶりから伝わってくるものだ。

「許可する」

「この運動場だけでいいんですか？」

「いや、敷地内のすべての雑草と言われている」

持って回った言い方からぴんと来たらしく、その囚人は追加の質問を試みる。

「もう一ついいですか？」

「許可する」

「工賃はどうなるんですか？」

「掃除夫と同等の工賃だ。草むしりなんぞ、子供にもできるからな」

掃除夫と同じでは、かなり安い給料だ。夏場に草むしりを強いられ、囚人たちから更なる不満の声が零れた。

せっかく、工場が上手く回るようになっていたのだ。不満も多いだろう。

こうなったのも僕の思惑のせいだが、さすがにそれを白状するわけにはいかなかった。

「いいから、始めろ！」

合図とともに花壇の近くで草をむしっていると、じわじわと羽嶋が近づいてくる。

僕のほうから彼を探さずに済んだので、ほっとした。

「おい」

僕は近くにいた羽嶋に小さく声をかけた。

「塀の、崩れそうなところ。あったら覚えて教えてくれ」

そびえ立つ煉瓦の外塀は、脱獄の際に必ず攻略しなくてはいけないものだ。誰もがちらちらと塀を気にしているのが、少しおかしいくらいだ。

「どうして？」

「本気なら、越える手助けをする」

あえて、何を越えるのかは言わなかった。

それでも、伝わったらしい。羽嶋が口許を引き締めるのが見えた。

「——弓削さんは？」

「僕はいいよ。君よりは短い」

刑期があと十八年近くも残っているのはぞっとするが、それでも、羽嶋の前にある永遠にも似た期間とは違う。

「一人は無理です。俺、頭悪いし」

「二人はもっと無理だ」

「俺は弓削さんとがいいんです」

「………」

僕は一瞬、返す言葉をなくしてしまう。

「一緒がいいんです。一人じゃ嫌だ」

信じられないくらいに強情な台詞に、僕は心の中だけで深々とため息をついた。

「考慮する」

確答は避けたが、羽嶋は頑是無《がんぜな》い子供のように「わかったって言ってください」と縋《すが》った。

これは計算外だ。

「珍しく食い下がるな」

「置いてはいけないから」

強く言い切られた言葉は、期せずして僕の心に突き刺さった。

確かに、そうだ。

羽嶋が一人でここを出ていったら、僕は置いていかれるんだ。

相内も、羽嶋も、そして山岸もいないこの監獄に。

この先ずっと、長谷川に媚びへつらって生きる人生が待ち受けている。

それも十八年で終わればいいが、僕が脱獄の共犯者だと知れたら、成功しようが失敗しようが罪は更に重くなるだろう。

「――わかった」

下手なごまかしはできないが、羽嶋を納得させなくては意味がなかったので、僕は仕方なく同意した。

その返事を聞いて、羽嶋はほっとしたように口許を綻ばせる。

「見つけたら、何とかして知らせてほしい。あとは僕に任せてくれ」

「あ……ああ、はい」

羽嶋は軽く頷くと、草をむしりながら、自然と別の方向へと移動していく。

ようやく一人になり、僕はふうっと胃の奥底から息を吐き出した。

もう少し説明するか迷ったが、ここで僕と連絡を取る手段を思いつくくらいの才覚がなくては、脱獄なんて上手くいくはずがない。

羽嶋なら、きっと、大丈夫だ。

それに、現時点で脱獄計画は怖いくらいに順調だ。

僕に対する長谷川の嫌悪感を利用する作戦は、上手くいっていた。

長谷川は僕が成功したり、尊敬されたりするのを許せない。四人のくせにと、僕を侮っているからだ。僕を信頼できるのも、下に見ている証だった。

僕の提案によって四監上工場の売り上げが上位に躍り出たら、長谷川はそれを妨害してくるのではないかと推測し、片岡に積極的に改善策を提言した。

そんな典獄に草むしりが必要だと提案すれば、僕たち四監上工場におはちが回ってくるのはわかっていた。

相内を般若寺に送り込めたことも同様で、長谷川は存外素直な性分のようだ。

とはいえ、まだ安心はできない。

僕を油断させるためにあえて単純な言動を続けているのかもしれないので、細心の注意を払わなくてはいけなかった。

何が正解かがわからない分、これは数学よりもずっと厄介だ。

僕は草をむしりながら、上目遣いに塀を見やる。

めいめいが編み笠を被せられていたが、あみだに被っても文句は言われないので、視界はそう悪くない。草むしりの大義名分のおかげで、普段は接近を禁じられている塀にぐっと近づけるのも有り難かった。

整然と並べられた煉瓦は、土埃やら何やらのせいで薄汚れている。逃走経路に使えるほど崩れている箇所があればいいが、飛び石のようだったら意味はない。それに、摑んだ途端に崩壊して落下するなんてこともあり得そうだ。

つくづく、この塀は難敵だった。


草むしりの二日目。

慣れない肉体労働に、既に身体はぎしぎしと悲鳴を上げている。ずっと屈んでいるせいで腰が痛く、腿のあたりもじんわりと疲れていた。

風呂を終えて監房に戻ると、僕は布団に倒れ込んだ。

片岡の配慮で夜間の工場作業はなくなったので、夕食はそれぞれの監房に配膳されることになっている。疲労のせいであまり食欲もなかったが、何とか食べ終えた。

畳んだ布団を枕に横になっていると、ずる、ずる、と特徴ある戸森の足音が聞こえる。

ああ、嫌だ。

死んだ父を思い出して、感傷に襲われてしまう。

故郷なんて、思い返しても何にもならないのに。

「おい」

視察孔から声をかけられ、僕は飛び起きた。

「はい」

思ったとおり、それは看守の戸森の声だった。

「食器はどうしたんだよ！」

声を荒らげられ、僕はびくっと肩を震わせる。

「え？　あ、こちらです。申し訳ありません」

食器は食器孔の前に置いたつもりだったが、少し場所がずれていたので見づらかったかもしれない。僕は空になった食器を更に右に置き直した。

「よし」

着任したばかりの頃の戸森はもう少し穏やかだったが、当時とは人が変わったように、いつも苛々している。こちらが地なのか、山岸への良心の呵責《かしゃく》でどこかおかしくなってしまったのか。

いや、良心の呵責を感じるような者なら、初めから山岸を殴り殺したりしないだろう。

配食夫が食器を回収し、今日一日の作業が無事に終わったことに僕はほっと息をついた。草履の編み目の隙間に差し込んであった紙切れを手に取り、そっと広げてみると、案の定、いくつかの数字が書かれていた。
③。3、3。15、6。……数字はまだ続いている。③は三監の近くに違いない。

あまり上手くない数字は、教室で見た羽嶋の筆蹟だった。筆記具を手に入れるため、彼は日曜日に通信室に行ったらしい。手持ちの本を破って紙切れを持ち込み、墨を浸して監房に持ち帰る。この紙を濡らすと墨が生き返るので、何とかして数字だけは書けたのだろう。彼はこの紙を、花壇の例の場所に隠していた。

これは座標だ。

頭が悪いなんて、謙遜もはなはだしい。

羽嶋も出席している授業で、先週、関数を扱った。そこで座標の概念を教えたのだ。そのせいで授業があまりにも難しくなりすぎてしまい、次からはまた四則演算に戻った。それでも、羽嶋は僕が何を伝えたかったのかを明確に読み取ったようだった。

羽嶋が知らせてきたのは、欠けたり崩れたりという破損しかけた煉瓦の位置だ。明日になったら、草むしりのときにこの座標が正しいかを確認しなくてはいけない。

座標を石板に書き出してみると、意外と壊れかけた煉瓦は多かった。看守たちから、報告はないのだろうか。

「けちだからな……」

草むしりの必要性に気づかぬ長谷川が、塀の補修の必要性に思い至るわけがない。あの男は、いかに安上がりに監獄を運営するかしか考えていない。

浮いた金を着服するのではなく、安価に監獄を経営したことを実績とし、よりいっそう出世したいのだろう。

長谷川は上っ面を整えるのに懸命で、そのしわ寄せを、僕が一身に被っている。たとえば、実績を上げつつ経費を節減するために教師をさせられるだけでなく、人員削減のせいで困った看守に経理の計算を任される始末だ。そして、長谷川が僕にスパイ役を押しつけたのは、人手が足りずに目が行き届かなくなったところを補いたいのだと気がついた。

一つ一つは、労働力として囚人を上手に利用していると褒められるかもしれない。しかし、僕たちだって馬鹿じゃない。少しずつ知識を蓄え、経験を積み重ねていく。その結果を、彼は考慮していない。要するに、囚人たちを舐めているのだ。

おかげで僕の計画は着々と実現に向かっている。

僕の考えている方法は、前提条件を整えさえすれば、あとは羽嶋一人で実行できる。難易度はそう高くないはずだった。

けれども、ここまで考えておきながら、彼一人で行かせるのはあまりにも無責任ではないだろうか。かといって、二人一度というのは失敗する可能性が跳ね上がってしまう。

だが、長谷川の鼻を明かすならば、誰よりも従順にしていた僕が出ていくほうが効果的だ。それもわかる。

一人か、二人か。

行くか、行かないか。

それは大きな違いで、最大の問題点だった。

まさに、To be, or not to be, that is the question. というやつだ。

二人で挑戦するならば、羽嶋に計画の詳細を伝えなくていいので、秘密は漏れない。一方、脱出の難易度は格段に上がる。

それに、ここで逃げ出せば、僕は冤罪の被害者ではなくなり、ただの犯罪者に堕するだろう。

それでは、小笠原たちを喜ばせるだけだ。

とはいえ、監獄に留まって真面目に刑期を勤め上げても罪は消えない。汚名を雪《すす》げる逆転の目は、もはやあり得ない。

僕は正座をしたまま、紙切れと石板を見つめて考え込む。

これらの点を結べば、星座でもできるだろうか。

いきなり、頭上で誰かが呟き込んだので、僕は思わず顔を跳ね上げた。

「！」

視察孔からこちらを覗き込む目と視線が合い、悲鳴を上げそうになる。

「どうした？」

当番の看守の声だった。

「なんでもありません」

「早く寝ろよ」

「はい」

看守による監房の点検は珍しいことではないが、今は紙切れも石板も出したままだった。見られてしまった。

心臓が激しく脈打ち、手が汗で濡れてくる。

僕はいつから観察されていた？　戸森は足音が特徴的なので気を配っていたが、ほかの看守にはあまり注意を払っていなかった。

しくじったかもしれない……。

背筋を冷たいものが滑り落ちていくが、僕はかぶりを振って悪い想像をどこかへ追いやろうとした。

大丈夫だ。これくらいはよくあることじゃないか。

僕は両手で何度か顔を叩いた。

今の件は忘れて、頭を切り替えよう。

仕込みは順調なのだから、あとは長谷川からの接触を待てばいい。

そうすれば、脱獄のためのお膳立てはおおむね整う。

そこから先は、僕の覚悟の問題だった。

十二

夏にふさわしく、どこからか遠雷の音が聞こえている。

蒸し暑い工場の窓は開け放たれ、鉄格子越しに風がそよそよと入ってくる。

羽嶋は今日二組目の羽織紐に取りかかっており、僕も同様だ。それぞれの組み玉同士がぶつかるかちかちという音が心地よい。

「この頃、機嫌がいいですね」

「かもしれないな」

先夜、看守に見られていたことに僕は動揺したが、一週間以上経っても何も起きなかった。要は、お咎めなしなのだろう。

脱獄計画に関しては、塀をどうするかという点以外は絵図面ができつつあった。

相内が言うところの派手なドカンなんて要素は皆無の、僕にしかなし得ない地味極まりない脱獄を見せてやろう。

それにしても、ここまで順調なんて、何かしら落とし穴や見落としがあるんじゃないだろうか。

もちろん、あの煉瓦の塀を越える手段がはっきり決まらないのだから、何もできあがっていないといえばそうなのだが、光明を見出せそうだという希望を抱いていた。

あとは、羽嶋にいかに首尾よく計画を伝えられるか――それに尽きる。

悩んではみたものの、やはり、僕は一緒には行けない。僕は彼ほど機敏に動けない以上、足手まといになるのは目に見えている。運よく彼が外に出られたら、情報の攪乱《かくらん》などで後方支援するつもりだった。

手を貸したことを知られれば安全ではいられないだろうが、長谷川であれば僕にも上手に転がせるはずだ。

「421号」

片づけの時間になる直前、唐突に看守に呼ばれて僕は相手を見上げた。その後ろには、別の看守が立っている。

嫌な予感がした。

「来い」

看守たちは僕の肩を摑み、強引に前に引き出す。

何ごとかと囚人たちがざわめく中、僕は小突かれるように出口へ向かった。

「弓削さん!?」

羽嶋が声を上げたものの、「静かにしろ」と片岡に制され、不満顔で黙り込んだ。

「どこへ連れていくんですか?」

僕が尋ねると、看守は冷酷に答えた。

「質問するな」

「片づけを」

「許可なく発言をするな！」

腹を軽く肘で突かれ、僕はごほっとみっともなく咳き込む。突然のできごとに、工場の連中は冗談を飛ばすこともできずにしんと静まり返っていた。

痛みから目に涙が滲む。

もしかしたら、僕の知り合いが見学にでも来ているのだろうか。あるいは、長谷川が何か小言を言うために僕を待ち受けているのか。

げんなりする僕を、彼らは監視所の近くにある階段まで連れてきた。

一階へ向かう狭い階段では手を放されたものの、前後を挟まれているので、立ち止まろうとすると背後から小突かれた。

——まさか。

ぞくっとした。

この先にあるのは、誰もが恐怖する懲罰房——重屏禁房だ。

恐れていたとおりに丸房のある小部屋の扉が開けられ、僕はその場に踏ん張ろうとした。

こんなのは、人権侵害じゃないか。

「僕は何もしていない！　どういうことだ!?」

看守二人に背中を押され、僕はだらしなく丸房の前に転がってしまう。

「黙れ」

「こんなの、正当性がない！　おかしいだろう！」

音も光も届かない場所に何日も閉じ込められたら、僕は平常心でいられる自信がなかった。

「黙れと言ったろう。典獄の判断だ」

「理由を知りたい！」

僕は声を張り上げたが、無理やり立たされ、丸房の入り口に身体を押しつけられる。

「ッ」

ご丁寧に眼鏡を奪い取られたうえにそのまま前にぐいと押されて、つんのめってしまう。バランスを崩して膝を突いた瞬間、背後で扉が閉まった。

すべてを闇が包み込む。

「開けてくれ！」

僕は暗闇で急いで振り返り、扉のあったあたりを拳で叩いた。

「開けろ！　話を聞け！　どういうことだ！」

往生際悪く怒鳴ってみたが、当然、返事はいっさいなかった。

叫ぶのにも疲れて息を切らし、僕はその場にへたり込んだ。

顔に近づけた自分の指さえ見えない暗がりの中で、僕は壁に寄りかかり、がっくりと項垂《うなだ》れる。

看守たちは僕の部屋をじっくりと調べ、石板を見つけるに違いない。通信文は排泄物と一緒に処理したが、石板の意味ありげな座標をどう受け取るかはわからなかった。

そして、あの経本。許可された以外の本を持っていると知られれば、それも違反として処罰の対象になる。

そこから脱獄計画を練っていたと解が導かれれば、僕はもうおしまいだ。

脱獄は願望として夢想するだけなら罪ではないが、その気になって計画を考え始めた段階で、話は変わってくる。計画をしたと見なされれば、その時点で重大な規律違反。

まだ何もしていないのに、この計略は潰《つい》えてしまったのか。

僕は膝を突き、しばらく動けなかった。


雨上がりの空気が、どこか蒸し蒸しとしている。

夏の夜空には黒雲が垂れ込め、星を隠していた。

監獄の周囲の塀は、点々と設置された外灯によって照らされている。

そんな中、植え込み近くに背中を丸めた人影が見える。俊敏に動きだした影は、一直線に塀に向かっていた。

煉瓦の塀は修理中で、工事用の足場が組まれている。

違う。僕の計画は、そっちに行くことじゃない。警備の厳しい足場に向かうなんて、看守たちの思うつぼだ。

そう教えたいのに、なぜだか声が出ない。

僕は喉を押さえたが、やはり、喉が潰れたようだ。飛び出そうにも監房の中からでは何もできず、僕は漆喰の壁を叩いた。

「いたぞ！　あそこだ！」

看守たちの怒号が響き、ランプの光が塀の近くを明るく照らす。

暗がりに潜んでいたはずの男が、驚いたように走りだした。

昼間のような明るさに、僕は何度も瞬きを繰り返す。

だめだ。逃げてくれ。そのままでは、捕まってしまう……！

「脱走者だ！」

かんかんかんかんと、半鐘の音が忙しなく鳴り響いていた。

紺色の制服に身を包んだ看守たちが三人、羽嶋の元に走っていく場面を僕は手を拱《こまね》いて見つめるほかなかった。

「だめだ……」

絶望と落胆から、僕はがっくりと膝を突く。

ああ、やはりしくじったんだ。

せめて僕が一緒に行けば、こんな結果にはならなかった。たとえ規律が緩んでいたとしても、脱獄計画についてはつぶさに話し合えない。それが、今回の失敗を招いたのだ。

脱獄なんて、最初で最後の企みだ。一度失敗すれば、二度目はない。

「こいつは、処分しておこう」

「そうだな。また逃げられたら面倒だ」

看守たちは即座に話を決めてしまう。

背後には手錠をかけられて、その場に跪く羽嶋の姿がある。

一人が拳銃を抜き、羽嶋に照準を合わせる。

「こんなやり口で脱獄できると思ってたのか？」

「考えが甘いんだよ。悪く思うなよ」

「……!!」

銃声と同時に、僕は何か、言葉にならない声を上げたようだ。

目を開けると、光のない空間だけが広がっている。

どこまで行っても、この先には光明が見えない……。

まるで僕の人生みたいだ。

――そうか。ここは丸房だ。僕は脱獄を企んだことがばれて、懲罰を受けているのだ。

凄まじい悪夢だった。

息が荒いうえに全身が汗だくで、僕は二の腕のあたりで額の汗を拭く。

「は……あ……」

酷い夢のせいで、寝た気がまったくしなかった。

考えてみれば、観客である僕の立ち位置のおかしさや照明の明るさなど矛盾はいくつかあった。なのに、それらを差し引いてもなお、凄まじい恐怖で心が軋《きし》む。

怖かった……。

失敗しても殺されはしないとわかっていても、それでも、恐ろしい。

「あーっ！」

生じた不安を紛らわせるために僕は声を出してみたが、壁に吸い込まれて消えていくばかりだ。

両手で顔を覆うと、指に髭の感触があった。僕はあまり髭が伸びるほうではないが、ここに何日もいるということなのだろう。減食された可能性はあるので、一日一食なのか二食なのかが判然としないし、時間の経過も不明だった。

多くの囚人が恐れる丸房は名前のとおり円筒形の監房で、内部は真っ黒に塗られている。

円筒形なのは、閉塞感に耐えかねておかしくなった囚人が頭をぶつけて怪我をしないようにという人道的な配慮らしい。寝具すらないところに入れておきながら、人道なんて糞食らえだ。排泄箱と食事を出し入れする小さな穴が開けられているが、一日のうち一、二度、ほんの数秒開くだけだった。

排泄も手探りで行わなくてはいけないうえ、極端に狭いから監房よりも臭う。そのせいで尚更気が滅入り、神経が磨り減った。

闇の中では、何もできない。

なるほど、日々の作業は囚人にとっては一種の福音なわけか。何もさせないのが人間性の剝奪というのは、わかる気がした。

闇は、どこまでも闇だ。

こうして手を伸ばしても、何も見えない……。

僕を包み込むぬるくおぞましい漆黒は、絶望にも似ている。まるで全身に絡みつくみたいだ。こんなふうに絶望に包まれたのは、寧子を殺したと決めつけられたとき以来だ。そういえば、久しく彼女のことを思い出していなかった。

寧子と最後に交わした言葉が何だったか、覚えていない。けれども、僕が手紙を受け取れないと言ったことで、ひどく傷ついた顔をした。それを謝れば泥沼になりそうだったから、僕は何も言えなかった。

あのときの彼女にのしかかっていたのも、この、つらいほどの闇だったのだろうか。

やはり、寧子は自ら死を選んだとしか思えない。

彼女には命を賭《と》して訴えたいことがあったのではないのか。

だが、小笠原の自己の都合のためにそれを他殺と決めつけたのであれば、寧子の死は無意味になってしまう。

それでは、あまりにも惨《むご》い。

最後の手紙があってもなくても、それがどんな内容であっても、僕の中ではもう大した問題ではなくなっていた。

一人の少女の思いを、大人たちがよってたかって踏み躙ったことのほうが大問題だった。

なのに、僕は無力だ。

こんなところに閉じ込められて、何もできない。

「……くそ」

八方塞がりだった。

つい今し方夢にも見たとおり、脱獄なんてそうそう上手くいくはずがない。この夢は、僕の本能が発する警告だ。

それでも、どうしてなのだろう。

すべての道は閉ざされたとわかっているのに、暗がりの中、僕はまだ次の一手を考えている。

どうして諦めきれないのか、僕には自分で自分が理解できなかった。

床に横たわり、僕は静かに時を数える。

籠もったような空気と臭いは、特に感じなくなっていた。感覚が麻痺してしまったのかもしれない。

外で人が動く気配がしたが、どうせ食事だろうと、僕は起き上がる気力も出なかった。

そうしているうちに、いきなり音を立てて食器孔ではなく扉が開いた。

光が目に突き刺さるように眩しく、僕は目を細める。

「出ろ」

看守の命令にのろのろと身を屈めて裸足で外に出ると、そこには看守を引き連れた長谷川がいた。

「久しぶりだな。反省はしたのかね？」

「反省をする理由がわかりません」

久々にしゃべるので、声が掠れてしまっていた。

筋力が落ちたのかしゃんと立っていられず、身体がぐらぐらしてみっともないことこのうえなかった。

丸房に収容される前後でまったく変化がなかった山岸と羽嶋の精神は、信じられないくらいに頑健だと言えよう。

「我々には、囚人の考えなどお見通しだ」

長谷川の憎たらしい声に耳を傾けているうちに、ようやく少しずつ、頭が働いてくる。

「これで身に染みたはずだ。君は実直な人間だ。私に反抗することなど考えていないだろう？」

長谷川の手が、僕の背中に添えられた。慰撫するように背中を叩かれ、僕はぎこちなくそれを受け止めた。

あたたかい。

典型的な飴と鞭だった。

それがわかっているのに、僕の心はゆるやかに溶けていく。

「君の同期が、控訴院で手を回した話を聞いたようだな」

「！」

そうか。

僕の事件を調べていた人物とは、大学時代の友人の滝だったのか……！

僕を信じてくれていた人が、いた。

たとえ潰えたとしても、僕に手を差し伸べようとしてくれた人はいたのだ。

なのに僕は、脱獄を実行して滝の信頼さえも裏切るのか。

「気の毒だが、君が再審請求してここから出ていく目はもう残っていない。だとしたら、ここでは利口に立ち回るべきではないかね？」

どうせ何をしても揉み消してやると、彼は言外に語っていた。

優しさとは裏腹の冷ややかな響きに、僕はのろのろと顔を上げる。長谷川はその眼鏡越しに、僕を冷徹に観察しているようだった。

「君の監房から、何も見つからなかったとは考えていまい？」

先ほどから、長谷川の台詞はずいぶんと持って回ったものだ。

ようやく、今回の絵が見えてきた。

僕が丸房に入れられたのは、亀田が看守に滝の情報を漏らしたからだ。

亀田の情報を聞いた長谷川は、僕にだめ押しして絶望させようと考えたのに違いない。

この程度では亀田が僕を売ったことにはならないし、彼も必要に迫られたのかもしれないが、さすがにこれは腹立たしかった。

いずれにせよ、あわよくば僕の弱みを握れないかと、長谷川は僕の部屋を徹底的に調べたのだろう。だが、石板に書いてある座標の意味はわからなかったはずだ。

だとすれば、まだ脱獄の目はある。

僕がこれからの振る舞いを間違えなければいい。

当然、決して失敗はできない。

強く拳を握り、僕は自分の頭脳に刺激を与えようとする。

必ず塀を越えなくてはいけない以上、あの座標は僕たちにとって切り札と言える情報だ。あの情報を失えば、脱獄計画は一歩後退する。それどころか、立ちゆかなくなるだろう。

石板の数字が何かを適当にごまかしても、長谷川のような男は嗅覚でそれを読み取るものだ。嘘を見抜かれた場合は僕の立場は悪くなり、監視は増える一方に違いない。看守たちが僕を見る目は、これ以上なく厳しくなるはずだ。

とはいえ、あの情報の意味を明かしたらどうなる？　僕が長谷川の歓心を買うために情報を渡したと知れば、羽嶋は裏切られたと考えるかもしれない。そこから僕たちが決裂する可能性だってあった。

時間はない。

——決断を。

ここで判断を違《たが》えたら、僕はきっと一生後悔する。

握り締めた僕の指は、血の気が感じられないほどに白くなっていた。

「どうなんだ？」

長谷川の声に苛立ちが混じり、僕はとうとう顔を上げた。

「——情報を集めていました」

屈辱ではあった。

寧子の事件での取り調べでさえ、僕は罪を告白することはなかった。なのに、こんなところで安寧のためにプライドを抑えつけなくてはいけないのだ。

「情報だと？」

「はい。何か変わったことがあれば知らせるよう、典獄に言われましたから」

「どんな内容なのかね？」

これまでの地味な積み重ねで、信頼は買えた。ならば、それを安全に代えるか。あるいは、脱獄に代えるか。

だが、選《え》り好みできる立場ではなかった。

「監獄の周囲を取り囲む、塀についてです」

「ほう」

長谷川の口許が満足げに歪み、それが僕の惨めさを煽り立てる。

相手に阿《おもね》って行動する僕は、権力に忍従する豚そのものだった。それどころか、豚にも失礼だろう。

僕はとうとう、羽嶋の努力を踏み躙ったのだ。

「弓削さん！」

一夜明けて、いつもの朝が戻ってきた。

着替えて工場にやって来た僕を見るなり、羽嶋は顔をくしゃくしゃにした。

「よかった……ずっと心配だったんです」

「元気だったか？」

僕の質問に対し、羽嶋は大きく頷いた。

「はい！」

「……そうか」

「弓削さんは、どうですか？」

「ずいぶん、鍛えられたよ」

僕は笑うことさえしなかった。

少し――いや、だいぶ疲れていた。丸房から帰ったのは昨日で、こうして翌日から作業に復帰したのだ。

ここで笑顔の一つでも見せれば、反省していないと見なされるので、しばらく行動には細心の注意が必要だ。

気持ちを引き締めなくてはならなかった。

作業のあいだ、僕が黙り込んでいたので羽嶋は放っておいてくれたようだ。

穏やかな沈黙が、今日は心地よかった。

「喫食！」

号令と同時に僕は椀に手を伸ばし、食事を始める。

「おい、見ろよ」

不意に一人が声を上げた。

「何だァ？」

「外だよ、外」

泰然と食事を続けていた羽嶋も、彼らにつられて顔を向ける。

無視できずに、つい視線を向けると、鉄格子が嵌められた窓越しにわずかに外の様子が見えた。

「！」

喜びゆえに声を上げないよう、僕はぐっと息を呑んだ。

煉瓦塀の傍らには、見慣れぬ人々が集まっていた。衣服はそれぞればらばらだが、紺や黒で、柿色ではない。格好からいっても職人で、彼らは板を使って塀の周りに足場を組んでいる。

勝った。僕は、最後の賭けに勝ったのだ。

「ありゃ、皆様脱走してくださいってお誘いじゃないかねえ」

誰かが茶化すように言ったので、囚人たちはどっと沸いた。

塀の工事などは滅多にないことで、皆は騒然としている。

「恩赦の代わりかぁ」

「何だ何だ、気が利くじゃねえか」

あまりにも騒ぎが大きくなったので、ある程度はお目こぼししてくれるはずの片岡もむっとした顔つきになり、サーベルを振りながら窓に近寄る。

「こら！　着席！」

そんな中、立ち上がって窓の外を見た羽嶋は、目を見開いてぽかんと立ち尽くしている。

「どうした？」

僕が尋ねると、羽嶋は憑きものが落ちたようにすとんと腰を下ろした。

顔色がひどく悪く、可哀想になったくらいだ。しばらく黙っていた彼は、肩を落とし、どこか落胆した様子だった。

僕は湯ざましを飲みながら、羽嶋の反応を窺う。

彼を傷つけてしまったことで、僕の胸はひどく痛んだ。

けれども、大事なのはその先だ。

「——あそこ、ちょうどいいと思ってて……」

羽嶋の目には、ありありと落胆の色が浮かんでいた。

「うん、君のおかげだ」

僕の言葉に、はっとしたように羽嶋が顔を上げる。

「どうして」

「危ないだろう？　移動中に煉瓦が落ちてくるとか、何かあってからじゃ遅い」

「え……」

羽嶋は愕然とした面持ちだった。僕に、裏切られたと思っているのだろう。

だが、僕は羽嶋を裏切ったからこそ、この最後の賭けに勝てたのだ。

脱獄の必要条件は、そびえ立つ煉瓦の塀を越えること。何度も繰り返し考えているが、表門と便槽を使えない以上、それ以外に方法はない。

もちろん、崩れた箇所を取っかかりにすれば、何とかなるかもしれない。

だけど、それは一瞬だ。羽嶋は未知数だが、僕は、二間三尺（約4・5メートル）はある塀を道具なしで登り切るような能力は持ち合わせていない。それこそ、活動写真に出てくる忍者でもなければ無理だ。悠長に塀に挑戦していればそれだけ時間を浪費するし、見つかる可能性は高くなる。

ゆえに、皆、塀の外にいる外役の時間に脱走しようと試みるのだ。

しかし、それを羽嶋に説明する余裕がない。

「諦めるんですか？」

「…………」

羽嶋は探るような目で、僕をじっと見つめている。

僕の心臓はさっきから凄まじい音を立てていて、もしかしたらこの大音響が、身体の外にまで聞こえてしまうかもしれない。そんな錯覚を感じるほどだった。

長谷川に対峙するときよりも、ずっと、緊張していた。

「君は？」

「俺は、嫌だ。ここで終わるのは嫌です」

すうっと緊張が解けていく。

「だろうな」

羽嶋の回答はあまりにも予想どおりだったので、僕はつい笑ってしまう。

「弓削さんだって、あれくらいで、折れたりしないはずです」

「折れたから、教えたんだ」

僕は努めて平静に告げると、自分の麦飯を掻き込む。そして咳き込まないよう、湯ざましで飯を流し入れた。

それを見ていた羽嶋は、低い声で「嘘が下手ですね」とだけ言った。

「何だって？」

「目を見ればわかります」

羽嶋は真剣な口ぶりだった。

「そんなにわかりやすいつもりはないんだが」

「でも、伝わることってあるでしょう」

「典獄に目をつけられて、なけなしの情報も吐き出した。それでも、できると思うのか?」

他人を試してはいけないと知っていたが、これだけは、聞いておきたかった。

「できますよ」

「どうして」

「だって……たぶん、弓削さんはできないことはやらないでしょう?」

君も、そう言うのか。

僕は思わず口許を綻ばせかけたが、俯いてそれを隠した。唇の端に力を入れても、震えるばかりでにやついてしまいそうだったからだ。

羽嶋から寄せられる無垢な信頼ほど、強いものはない。僕自身でさえも己を信じ切れない瞬間があるのに、彼は躊躇いがいっさいない。

期せずして、山岸の言葉が甦ってくる。

——それって、勝算があるなら脱獄するってことだろ?

そうだ。そのとおりだ。結局僕は、諦められなかった。

この脱獄に、僕の人生のすべてを賭けてもいい。

だからこそ、長谷川との会話で勝負に出られたのだ。

長谷川は僕をできるだけ長く、便利な道具として使うつもりに違いない。いくら何でも、そんなことには耐えられない。

「敵わないな」

「え？」

「いや……僕は自分で思ってるより単純なんだなって」

「そうですか？」

羽嶋は不思議そうに首を傾げている。

「そうだよ」

足場がすべて組まれれば、突発的に脱走を試みる囚人も現れかねない。脱獄を防ぐために、典獄も看守もこれ以上ないほど囚人の動向を警戒するだろう。警備が最高潮に厳しくなるのは目に見えている。

だが、看守とて人間だ。それならば絶対に、自分の仕事に倦《う》む瞬間があるはずだ。それが人間性というものなのだから。

「何も聞かなくて、よく平気だな」

「口にすれば、だめになることもある。それに、俺……信じてますから」

「……ありがとう」

僕が礼を言うと、羽嶋は不思議そうに目を瞬かせた。

そんな相手だから、僕も羽嶋を全力で信じられる。この男となら、何かができると思わされてしまう。

誰かを信じること。そして、信じてもらえること。

それだけのことが、僕には素直に嬉しかった。

それはまた、娑婆にいる滝が教えてくれたことでもあった。

僕を救おうとしてくれた彼を裏切るようで申し訳ないが、これは、滝への謝意の表明でもある。滝がぶつかった壁があるなら、僕が脱獄で意趣返しをしてやろうじゃないか。

今度こそ、証明してみせる。

僕のような凡庸な人間でも、何かができるのだと。

そうでなくとも、世界は理不尽なものだ。

たとえば寧子のように命を賭けたとしても、その声を真摯に聞いてもらえるとは限らない。

だから、この世界に風穴を開けてやりたい。

それができる可能性がわずかでもあるのならば、もう、迷わない。

羽嶋と一緒に外へ行こう。

無謀だと百も承知な、二人揃っての脱獄を実現してみせる。

もちろん、僕が逃げ出したくらいでは、世界はひっくり返らない。寧子の死の意味だって、誰にも伝わらないだろう。彼女の真意は、残念ながら僕にもわからない。

でも、それでも、僕は自分の可能性に賭けたい。

二十六年も生きてきて、こんな衝動は初めてだった。

かつて祖母が庭で燃やしていた焔——あれはいつだって僕の中で燻《くすぶ》っていたのだろう。

いつの間にか見えなくなっただけで、本当は、熾火《おきび》となって存在していたんだ。

それを何となく感じ取っていたからこそ、殊更に焔の存在を恐れていたに違いない。

一度心にある情熱を認めれば、僕は常識も何もかもかなぐり捨てて、この身を焼き尽くしてしまうからだ。

だけど、今更、この焔をなかったことにはできない。

僕にはもう、救いはない。自分の罪を否定する術《すべ》もない。外の世界に味方はいない。

だからこそ、今しかない。

もう、僕の望みを隠すのはやめよう。

自分に嘘をついたって、仕方がない。

僕は羽嶋が自由になるところを、見たい。そのときは、自分こそがそばにいたかった。

十三

窓をがたがたと風が揺らし、不穏なものを感じたのか片岡がちらりと外を見やる。

「ひでえな」

ぼそぼそと囚人たちが呟いている。

折れた枝でも飛んできたら、鉄格子を嵌めたガラス窓とはいえ無傷では済まなそうだ。

嵐といっても差し支えないだろう。

まだ雨は降っていないが、外はずいぶん暗い。僕たちがいる工場も昼間なのに電灯を点け、自家発電のぼやけた光があたりを照らしている。

時々、風に飛ばされた枝や葉が窓にぶつかって鈍い音を立てる。

煉瓦塀の工事が始まってから、今日で三日目。

昨日も午後から雨で補修が思うように進まなかったらしく、足場が撤去される様子はない。

季節外れの台風であれば万一を考えて足場も外すだろうが、そこまで酷くはないだろうという判断かもしれない。

嵐の音に半分意識を持って行かれながらも組み紐の作業に従事していると、突然、片岡が立ち上がった。

何ごとかと視線を走らせると、出入り口には長谷川典獄の姿がある。

本来は立って礼をしなくてはいけないが、長谷川はそれを片手で押し止めた。

彼の見回りは珍しいことではなかったので、僕はそのまま組み玉を操り続けた。

「作業はどうかね。欠伸などして、身が入っていないようだが」

長谷川はそう言うと、僕の隣の列にいる囚人をじろりと睨んだ。

「今月は草むしりをしてもらったが、ここは取り分け優秀な工場だ。多少の遅れは取り戻せるだろう。頑張ってくれたまえ」

ちらっと長谷川がこちらに目をやった気がしたが、僕は視線も上げなかった。

「では」

それだけ言って長谷川が出ていってくれたので、僕は胸を撫で下ろす。このあと、ほかの工場も見回りに行くのだろう。

お膳立てが整った今、僕は、決行の日取りに頭を悩ませていた。

足場が組まれているうちに脱獄を実行しなくては、計略の前提が崩れてしまう。

しかし、扉を開ける音の大きさや屋根を這うことを考えると、普通の天候ではだめだ。というのも、囚人たちは音に敏感だ。ただ雨が強いくらいでは、異変に気づいて看守を呼びつけるだろう。だからこそ、暴風雨であれば申し分ない。

徒歩で逃走するには晴天が望ましいとはいえ、その分、追うのも容易くなる。

雨ならば、こちらは歩きづらいが捜索も難航するはずだ。もちろん、足跡が残るという致命的な欠点はあるが、それは致し方ない。

問題は、そんな日が来るかどうかで、僕はずっと気が立っていた。

僕がぴりぴりしているのを感じているらしく、羽嶋は無言で組み紐に取り組んでいる。

効率はいいが、これでは結論が出ないうちに一日が終わってしまう。

焦りとともに組み玉を操るうちに、検品の時間になった。

前方に立った片岡が、口を開く。

「そのまま、手を休めずに聞け。明朝の運動は休止で、一日作業とする」

囚人たちから小さな声が漏れたので、「嵐の中で走りたいならかまわんぞ」と片岡は真顔でつけ足した。

「明日まで大荒れらしい。ガラスが割れた場合は、速やかに看守を呼べ」

つまりは、今日から明日にかけて、荒天はほぼ決定的ということだ。

現代の天気予報の精度は、あまり高いものではない。

それでも、日露戦争の折、中央気象台が天気を予測したのは記憶に新しい。『天気晴朗なれども波高し』の一文は、あの頃子供たちのあいだで大はやりした。

子供心に天気をどうやって当てているのか不思議だったが、それは物知りなはずの父もよくわかっていなかった。気象を専門とする友人に、海上や陸上に観測点があり、その情報を電話や電報で収集すると教えてもらったのは、大学生になってからだ。

そのうえ、今日は戸森の夜勤日だ。条件としては、このうえない部類に入る。

ならば、今夜しかない。

覚悟を決めた僕は、ちらりと傍らの羽嶋の顔を窺う。

言葉にしなかったが、僕の意味ありげな視線に気づいたらしく、羽嶋は小首を傾げた。

「何か？」

「この天気じゃ今日は眠れないな」

「いっそ起きていたほうがいいかもですね」

「それしかないな。一晩中、作業したいくらいだ。つき合うなら材料を届けるよ」

「じゃあ、眠らないで待ってますよ。いつでも呼んでください」

冗談めかした羽嶋の答えに、僕の意図が伝わっていたことをきちんと察した。

「作業終了。還房するぞ」

片岡の声が響き、僕は立ち上がった。

自分の独房の前に立つと、斜め向かいの独房の羽嶋と目が合う。

何食わぬ顔で視線を逸らし、僕は房に入った。

看守の点検を受け、部屋に布団を敷いてかたちばかり横になる。

夜間も視察孔から確認されるので、寝たふりは必須だった。

真夜中に近づいていくにつれ、風の勢いはどんどん酷くなっていった。

獄舎全体が、風で揺れているのではないか。

それほどの勢いだ。

時間を計る術はなかったが、僕の部屋は監視所に近い。交代の話し声が聞こえてくるので、だいたいの時刻がわかる。しかし、今夜は風雨のせいでそれすらも不明瞭だった。

興奮と緊張、それから恐怖に、すっかり目が冴えてしまっている。

本当は、怖くてたまらない。

あのなまなましい夢を、思い出してしまうからだ。

けれども、心に決めた以上は後に引きたくない。

だって、勝算はある。

そして、僕は勝算があるなら、勝負に出られる人間だ。

——山岸、そうだろう?

今はもうこの世にはいない男に、僕は心の中で語りかける。

——ちょっと遅くなったけれど、これから君の敵討ちだ。絶対、成功させるから待っていてくれ。

こういう場面で神にも仏にも、そして死んだ山岸にも祈れないのが、僕という人間だった。だが、助けてほしいときだけ神頼みするなんて、そんな無様な真似は御免だ。

「……よし」

呼吸が浅くなっていたので、僕はあえて深呼吸をした。

胸がどきどきと早鐘のように脈打ち、わんわんと耳の奥で心臓の音が鳴り響く。心を落ち着けなくては。

今夜失敗したら、二度目はない。耳を澄まして、外の気配を探らなくては。

風が唸る音が、まるで、音楽のようだった。

木々が揺れて枝同士がぶつかる音。何かが飛んできて、壁に激突したような音。

そして――。

ずる、ずる、ずる。

風の音に紛れかけてはいたが、耳を澄ますと、片足を引きずるあの足音が聞こえてきた。

この作戦を思いついたきっかけは、戸森の足音から亡父を連想した点にある。

戸森の欠勤は脳の病のせいで、それが原因で彼の視力に問題が生じたのではないかと推理したのだ。

といっても、全盲では看守の仕事は務まらないし、生活に支障を来《きた》す。おそらく、視力の低下か視野の部分的な欠損だろう。

脳の不具合が人間の視神経に影響を与えるというのは、僕も知っている。

父の人格が変わった理由を知りたくて、大学に入ってから医科の教授に尋ねたことがあったからだ。

返答は芳しくなかったが、視野が欠損すると無事なほうの目で見えないところを補うので、実際はなかなか気づかないのだとか。

その仮説のおかげで、戸森が食器の位置に文句を言うことへの説明がついた。

もしかしたら、戸森は自身の不調を認識していても、解雇が怖くて言い出せないのかもしれない。

山岸の頭を殴って死なせた戸森が、脳の病気になるなんてあまりにも皮肉だった。

いずれにしても、戸森こそが僕が衝くべき「穴」だ。

がたっと一際大きな音を立ててガラス窓が揺れたので、僕は身を震わせてしまう。

今夜は僕のように、眠れない者も多いだろう。

けれども、これが天のくれた唯一の機会のように思えた。

「……よし」

小さく呟いた僕はのそりと起き上がった。

監房の扉近くにあるボタン。これを押せば連絡板が廊下側に倒れ、間違いなく戸森はここにやって来る。

羽嶋は起きているだろうか。

今夜決行だと言外に伝えたが、待ちくたびれて寝入ってしまった可能性だってある。

緊張で胃のあたりがきりきりと痛くなってきた。

悩んでいるうちに、ずる、ずる、とあの足音が近づいてくる。

深呼吸を一つ。

——行くぞ。

僕はボタンをぎゅっと押した。

かたんと音を立てて、連絡板が廊下側に倒れた。

「421号、どうした」

ほかの囚人を起こさぬように、戸森が控えめな声で尋ねる。電気を消したまま僕は息を殺し、彼の死角と思われる戸口横にある手洗いの前に立った。

「おい？　返事をしろ！」

僕の姿が見えないのに驚いたらしく、慌てた様子で戸森が視察孔から声をかけてくるが、僕は息を潜めて動かなかった。

「開けるぞ！」

外から解錠され、扉が重々しく開く。
一、二、と僕は頭の中で数字を数え始めた。

「421号！」

戸森が室内に足を踏み入れた瞬間、僕は彼の後頭部に石板を叩きつけた。石板が割れる鈍い音のあと、戸森がどさりと布団の上に倒れる。

「………」

先ほどよりもますます脈は速くなっており、既に僕の息は上がっていた。

それでも、どうにかして戸森の服を剝ごうとする。指が震えてボタンが外せずにいるあいだに戸森が「う」と声を上げたので、今度は腹を蹴った。

初めて人を殴ったので、加減できているのかという不安が込み上げ、僕は膝を突いて頸動脈のあたりに指を当てる。自分の心臓の音がうるさくて何も聞こえないが、指先に微かに脈を感じた。

よかった。

いくら戸森が山岸を死に追いやった人物でも、殺しては同類になってしまう。

自分の私物と戸森が持っていた手ぬぐいを使って、彼に猿轡《さるぐつわ》を嚙ませて後ろ手に縛る。

完璧だ。

僕は戸森の制服を急いで着込み、脱がせたブーツも履いた。

他人の体温が残っていて気持ち悪かったが、今は、そこに文句を言っている場合ではない。

少し考えたが、サーベルは邪魔なので置いていった。

それから、僕はあらかじめ机の上に出してあった般若心経の経本を、ポケットにぐいっと押し込んだ。

ポケットの中にすべての監房を開けられる共通の鍵があるのを確認し、戸森に軽く手を合わせる。

そして、何食わぬ顔で外に出た。

ここまで数えたのは二百五十。約四分といったところか。

戸森の革のブーツは少しきついが、この程度ならば問題はない。

「静かに寝ろよ」

僕は自分の独房に向かってわざとらしく声をかけ、赤い連絡板を内側に戻し、外から扉を閉めた。

羽嶋の連絡板は、まだ倒れていない。呼ぶというのは、そういうことのはずだ。

寝てしまったならば、扉を開けて起こすほかない。

ずる、ずる、と戸森の真似をして歩く。

羽嶋の監房の前に差しかかったそのとき、かたんと音を立てて羽嶋の独房の連絡板が倒れた。

よかった……起きて、いたのか。

どっと安堵の気持ちが込み上げてきたが、僕は喜びを抑えて羽嶋の監房に近づいた。

「４９６号、どうした？」

戸森の低い声を真似て僕が尋ねると、視察孔から「腹が痛くて」と細い声が聞こえてくる。

「熱も、あるみたいです」

「わかった……あっ！」

錠前を開けようとして、僕は鍵を取り落としてしまう。

がしゃん！

思いがけない大音響に、僕は全身を強張らせた。

ほかの看守が来たら、一巻の終わりだ。

怖い……。

緊張しすぎて、頭がくらくらしている。

僕は監視所と廊下を素早く確認したが、天窓が揺れる音と何かが外壁にぶつかる音だけが聞こえ、人の気配はないようだ。

呼吸が浅くて、息が苦しい。

何食わぬ顔で扉を開けると、羽嶋は布団から抜け出して正座していた。

制帽を被った僕を一瞬不安げに見たので帽子を軽く持ち上げると、ようやく羽嶋は口許に笑みを浮かべた。

「薬はいるか？」

「……いいえ、我慢できると思います」

羽嶋の返答を聞いた僕は、彼に一歩近づいて「監視所の裏の階段だ。鍵は壊れているから、先に行け」と耳打ちした。

それから顎をしゃくって羽嶋を廊下に出し、ついで僕が滑り出る。

心臓が潰れそうだ。

羽嶋の部屋を抜け出すときに閉めた扉が一際大きな音を立てた気がして、僕はびくっと身を竦ませる。

だが、廊下には誰も出てこなかった。

監視所の奥には扉があり、その向こうは事務室や典獄室、教誨堂などがあるが、そちらには何の動きもない。

信じられないほど、計画は上手く進んでいる。

とはいえ、ここまでが第一段階で、ほんの序の口だ。

第二段階は、この建物から外に出ることだ。

不思議な気分だった。

いつも誰かに見張られていなければ廊下にさえ出られないのに、今、静謐の中で僕たち二人だけが亡霊のようにここに立ち尽くしている。

失敗したら羽嶋まで巻き込んですべてが終わるという緊張感に、僕の心臓は早鐘のように脈打つ。

足に力が入らず、なかなか一歩が踏み出せない。

そんな僕の背中を、羽嶋がぽんと叩いた。

「…………」

わずかな体温だったが、効果は絶大だった。

少しばかり気持ちが落ち着いてきて、僕は一呼吸入れ、戸森の真似をして足を引きずりはじめた。

監視所が無人では、万一誰かが来たときにすぐに疑われてしまう。一瞬だけでも人がいるように偽装すべく、僕は監視台に立った。また、ここに置いてある捕縛用の縄も持ち出したかった。

そのあいだに、羽嶋は監視所の斜め後ろにある階段に向かう。

階段の出入り口は、簡素な格子戸で塞がれている。そこには大きな南京錠がかけられ、一見すると、鍵がなければ通行できないようだ。

だが、それこそが目眩《めくら》ましだ。

微かな物音に首だけで振り返ると、羽嶋は屋根裏に通じる格子戸を押すところだった。

南京錠は、実際には壊れているのだ。ツルの部分を掛け金の輪に引っかけ、ちゃんと使えているように見せかけているだけだ。

ここの鍵が破損していると知っていたのは、経理の仕事を手伝ったからだ。予算に南京錠が申請されており、ご丁寧に『二階楼上階段　南京錠』と書かれていた。

薄暗い監視台に立ち、僕は五本の廊下を順に眺める。

これが、奈良監獄の内部を見る最後の機会だ。

初日に僕を感動させた建築は、やはり、胸が震えるほどに美しかった。

羽嶋が木製の階段を上がり、屋根裏に向かう。

すぐに、天井裏からごそごそと物音が聞こえてきた。まずい。鼠よりも大きな動物が動き回っているのが、これではすぐにわかってしまう。今は監視所の真上だが、監房の上の部分に出れば、勘がいい者は脱走者の存在に気づくかもしれない。

急いだほうがいい。

意を決し、縄を持った僕も羽嶋に続いて階段に向かった。

格子戸を押し開けて階段に身体を押し込むと、隙間から手を伸ばし、南京錠を元のように掛け金に引っかけておいた。

緊張は、ようやく収まりつつあった。一段一段を慎重に上り、ぽっかりと開いた入り口から自分の身を滑り込ませる。戸を閉めると、中はあの丸房のように真っ暗だった。

屋根裏の空気は埃っぽく、明らかに澱んでいる。

「羽嶋？」

「はい」

埃のせいで噎《む》せそうになり、僕は慌てて口許を押さえた。

「窓、どこかわかるか？」

「………」

返事がない。

ややあって、か細い声が聞こえてきた。

「風を感じる……こっちです」

少しでも集中しようと目を閉じると、前方から空気の流れが感じられた。

羽嶋が動きだし、ごそごそという音と気配が右斜め前に移動する。僕は暗がりの中、懸命にその音を追いかけた。

額から滴ってきた汗の雫が目に染みて、痛いくらいだった。いつの間にか、全身に汗を掻いていた。冷や汗なのか、蒸し暑さからなのか、自分でも区別がつかない。

けれどもこの暗がりは、丸房の闇ほど怖くはなかった。近くに羽嶋がいるからなのだろうか。

とはいえ、急がなくてはならない。

闇と格闘しているうちに、ふと、気づいた。

奥に、うっすらと明るい何かが見えるのだ。目を凝らすと、それはほんの毛ほどの隙間から入るわずかな光だった。

もがくように闇を探りながら、おそるおそる歩を進める。

「弓削さん？」

「あった」

木製の枠に手が触れ、僕は安堵の息をつく。周囲を触ってみると、鎧戸《よろいど》のようだ。だが、これに鍵がかかっていたら一巻の終わりだ。緊張しつつ金具を探すと、かちゃりと音がして、それが外れた。

鎧戸を開けた瞬間、室内に風が入ってくる。

「うわっ」

あまりの勢いに、僕は微かな悲鳴を上げた。

ようやく見えた窓は大人が一人何とか抜け出せるような大きさで、そこから屋根と塀が覗いている。吹き荒れる風がごみや葉を吹き上げ、僕の顔にも何かが当たった。

あれほど渇望していた外の空気を、僕らは味わっているのだ。

「行こう」

「待って。どっちですか？　三監か、運動場？」

そういえば、これまでは計画の全貌について話していなかった。意図して情報を伏せていたのだが、それでもついてきてくれた羽嶋はまさに大物だ。

「五監だ」

あたりには人の気配はなく、大粒の雨に打たれた雑草が蠢《うごめ》く庭は、荒れ狂う夜の海のようだった。海と違うのは、要所に設置された外灯が周囲を照らし出している点だろう。しかし、奈良監獄は自家発電なので電力に余裕がない。おかげで光は弱く、風で送電線が揺れるせいか電灯は点いたり消えたりを繰り返す。

外灯の下を避けていけば、そう目立たないはずだ。

「でも、五監はあまり問題なかったし、修理してないんじゃ」

「勝算はある」

羽嶋の躊躇いは理解できていた。

失敗はできないし、僕だって怖い。

あの夢を正夢にするわけにはいかない。

それに、僕はどうせなら明るい夢が見たい。とびきり楽しい夢がいい。

夢とはそういうものじゃないのか。もう、悪夢ばかりの生活とはおさらばしたいんだ。

「行こう」

煉瓦の仕切塀は敷地の中にあって、囚人のいる獄舎と、表門や看守が出入りする前庭とを完全に分けている。囚人は入獄したときしか、仕切りの向こうを見ていない。

だが、じつのところ、僕はこの敷地にある建物についてはおおむね把握できている。

今となってはそれが僕の強みだった。

入獄のとき目にしたが、二階建ての表門には高さ数メートルの円柱状の二本の塔が付属しており、そこが見張り所になっている。唯一の出入り口なので、警備が最も手厚い。塔には一晩中看守が詰めており、少なくとも二人がそれぞれ別方向を受け持っている。

「……わかりました」

先に外に出たのは、羽嶋のほうだった。彼は裸足で、草履は胸元にしまい込んでいるのだろう。

僕は履き慣れないブーツだったので、よけいに慎重に進まなければいけない。眼鏡をポケットにしまって帽子をズボンのベルトに挟み、僕は四つん這いになった。

ひとまず、一歩。そしてまた一歩と慎重に前進する。屋根の瓦を蹴り落とさないように、僕は細心の注意を払っていた。

「…………」

手も足も汗と雨で濡れ、耳鳴りが酷くなっている。

昂揚だけでなく、不安が棘のように心に突き刺さる。

もう、戸森は目覚めているのではないか。きつく縛ったつもりだったが、それでも限度はある。何とか猿轡を外して大声で喚けば、ほかの囚人たちが目を覚ます。そこで大騒ぎになり、宿直がやって来るだろう。

そうなれば、すべてが終わってしまう。

「わっ」

手か、足か。どちらかわからないが、とにかく、ずるりと滑った。

「!!」

身体全体が傾ぎ、四つん這いの体勢のまま前のめりになる。

前傾になった僕は慌てて手近な瓦を摑んだが、支えきれず、逆にふわっと身体が浮き上がった。

落ちる。

そう思った瞬間、後ろから襟首を摑まれた。

「ッ」

今度はぐうっと息が詰まって喉が鳴ったが、身体はそこで止まった。瓦を落とさなかったのが幸いだった。

羽嶋が咄嗟に手を伸ばしてくれたのだ。

「……すま、ない……」

「いいです。気をつけて」

羽嶋は言ってから、目の前にある屋根の切れ目を指さした。

「ここで下りるんですか?」

「うん」

壁に沿って据えられた雨樋《あまどい》にしがみつくと、それを伝ってそろそろと地面に下りる。

この時点で、二人とも雨でびっしょりと濡れていた。

ぬかるんだ地面に着地し、ようやく僕は安堵した。一足先に地面に辿り着いた羽嶋は、素早く自分の草履を履く。

ここまで何分くらいかかっただろう。僕はすっかり、時間を数えるのを忘れていた。

目の前の仕切塀は、案の定、人影がなかった。

そのうえ、僕の思惑どおり、足場が設置されていない。

とはいえ、仕切塀の高さは一階の屋根と同じくらいなので、肩を踏み台にすれば、一方が越えられる。あとは縄を垂らしてやればいい。

僕があえて補修を進言した部分は、外塀でもできるだけ表門や見張り所から離れた部分で、逆に言えば囚人たちが脱獄のために目をつけるような場所だ。

であれば、工事中は、看守たちは外塀に取りつけられた足場を中心に見回るだろう。

つまり、足場が設置されているあいだは、仕切塀や前庭側がかえって手薄になると睨んだのだ。

そうでなくとも、脱獄する囚人が、一番警備の厳しい表門方面に向かうとは普通は考えないはずだ。それを逆手に取った作戦は今のところ順調で、僕たちは容易に仕切塀を越えられた。

「…………」

前庭から眺める奈良監獄の表門は、息を吞むほどの華やかさだった。

ドーム形の屋根が載った二つの塔を備えた表門は堅牢かつ上品で、見事な建築だった。

移送中から編み笠を被せられていたので、何となく立派な建物だとしか思っていなかった。入獄時の自分は、ここから真っ当に出ていくんだという怒りと、たった一人でこんなところに追いやられた失望の二つに引き裂かれそうだった。

でも、今は違う。

「こっちだ」

羽嶋に合図を送り、僕は上体を屈めて走りだした。

目標は、かつて相内が苦労して作ったという外塀の四隅にある見張り所の一つだ。

表門の塔は、脱獄を防ぐにあたって死守しなければいけない場所で、平時はここの警備が要になる。だが、塀の一辺の両端に見張り所が、その中央に表門があるなら、警備としてはかなり手厚い。ならば、その二重の警備は無駄だ――長谷川はそう考える男だった。

僕たちは点滅を繰り返す外灯の脇をすり抜け、植え込みの陰から陰に、できるだけ素早く移動を試みた。

「行こう」

僕たちは身を翻し、目的の見張り所へ向かう。見張り所には人影があったが、ぴくりとも動かない。

そこで羽嶋は何かに気づいたように、僕を見て手を動かした。それを合図に、僕は息を殺して看守に近づく。

「…………」

目の前に看守が立っていたが、何かがおかしい。

「！」

驚きのあまり、僕は息を呑む。

看守は、立ったまま目を閉じていたのだ。

よく見ると、看守は自分の立ち位置の左の壁と背面の壁を利用し、その対角線に棒を斜めに嵌め込んでいる。それを止まり木のようにして、居眠りに耽っていたのだ。

嘘だろう……職務怠慢にもほどがある。

これでは、何のために立ち番できる構造になっているのかわからない。

疲れてぼんやりしているかもしれないとは考えていたが、寝ているとまでは思わなかった。

僕が拳を握り締めたのを見て取り、羽嶋は看守の前に飛び出し、相手の腹部を容赦なく殴りつけた。

「ぐぅっ」

倒れかかってきた男を難なく左手で支え、彼はだめ押しで首のあたりに手刀を叩き込む。

躊躇いのないやり口に、僕は驚愕して身体を強張らせる。

羽嶋は自分の服に挟んでいた手ぬぐいを出し、手早く相手を後ろ手に縛った。

そこでようやく僕の視線に気づいて、困ったように眉根を寄せた。

「戸森を殴ったんでしょう？　俺もやっておかないと」

そんなところまで平等にする必要はないのに、妙なところで律儀なやつだ。

「制服は？」

風がごうごうと吹きつけ、僕の着慣れない上衣が空気を孕《はら》んでいる。このままでは、凧《たこ》のように吹き飛ばされてしまいそうだった。

「時間がないから、このままで。それより……あった」

羽嶋は看守の制服を探り、屈託ない笑みを浮かべて縄を見せる。

ちなみに捕り物用の縄は監視台と看守の人数分経費を計上していたので、必ず持っているだろうと思っていた。長さが足りるよう、持ってきた縄と結び合わせる。

「ここ、登るんですね？」

小声で問われたので、僕も声を潜めて「うん」と返事をした。

見張り所の屋根は少しだけ出っ張っているので、予想どおり格好の足場になりそうだ。

それにしても、風雨が酷いとはいえ、ほかの見張りに見えてしまうのではないか。

と、電気がふっと消えた。

「えっ」

停電だ。

奈良監獄が闇に包まれている。信じられないような幸運だった。

「ちょうどいい。俺が先に行って縄を下ろします。肩、借りれますか？」

「ああ」

僕の肩に乗った羽嶋は、すぐに勢いをつけて飛び上がった。反動でよろけつつも見上げると、羽嶋は屋根を足場に、するすると器用に塀をよじ登っていく。

天辺まで登り切ると、羽嶋は塀の上からさっきの縄を放り投げて寄越した。

僕は縄を両手で握り締め、それを支えに塀を登る。

もう一方を持つ羽嶋の負担は相当だろうが、僕は決死の思いでまずは見張り所の屋根まで登った。濡れた煉瓦の塀にぴったりと張りついて、一度息を整える。

幸い、電気はまだ消えている。

一抹の期待を持って手を伸ばしてみたものの、僕の身長では塀の天辺には届かない。羽嶋に更に負担をかけるのは申し訳なかったが、縄を引っ張ると、応えるように彼が力を入れ返した。

よし。

「行くぞ」

再び縄を強く摑むと、僕は思いっきり屋根から飛び上がった。

足が塀に着いたので、垂直の状態で塀を蹴り上げる。

「うっ……く……」

二歩、三歩、あと少し……届いた！

僕は塀の天辺に手をかけ、全身の力を振り絞ってそこによじ登った。

信じられない。

僕は夢にまで見た、塀の天辺にいる。

煉瓦でできた塀に無様にも両手足を使ってへばりついていたが、それでも、僕は今、ここから出ようとしているのだ。

何とも言いようのない感情が押し寄せてきて、唇が戦慄《わなな》く。叫びたいような気持ちに襲われたが、僕はそれをぐっと堪えた。

「弓削さん」

羽嶋に呼びかけられて、僕ははっとした。

ぐずぐずしていたら、捕まってしまう。

振り返ると、暗闇の中でそびえ立つ煉瓦造りの監獄の影は、憎たらしいほどに優美で荘重だった。

だけど、この美しい監獄とも今夜でお別れだ。

もう誰も、僕たちを閉じ込めることはできない。

塀の外側には、一定間隔で控え壁が設置されている。僕たちはそれを伝い下りていったが、途中で待ちきれないように羽嶋が飛び降りた。

僕もつられて、身体を躍らせる。

「ッ！」

地面に両足が着いた瞬間、じんと重い衝撃が足に伝わってきた。

停電は続いているらしく、警報も鳴らなければ誰も集まってこない。

僕は羽嶋と顔を見合わせると、どちらからともなく右手を差し出す。一度だけ握手をして、それから、「行こう」と小声で告げた。

「どこへ？」

奈良監獄の周囲は畑が広がり、人家は見当たらなかった。

この夜更けでは路上に誰がいても目立つし、獄衣なら尚更だ。畑の様子を案じて見に来た農民にでも遭遇したら、それこそ大騒ぎになる。

早いところ移動して、二人分の衣服を手に入れなくてはいけなかった。

「春日山だ」

羽嶋は少し緊張した面持ちで前を向き、僕を見ずに大きく頷く。そして、手早く草履を履くと、無言で歩きだした。

「…………」

僕はもう一度振り返る。

かつて若草山の上から見下ろした煉瓦造りの美しい監獄は、まるで、嵐の中にそびえ立つ西洋の城館のようだった。

ざまあみろ。

この城を今宵、僕は征服した。とうとう、成し遂げたんだ。

逃げおおせずに途上で捕まったとしても、それでも、いい。脱獄が成功した以上、長谷川も戸森も処分される運命に変わりがないからだ。

——山岸、君のための復讐は果たした。

彼は、そんな真似を望んでいないかもしれない。僕の自己満足かもしれない。

けれども、それでかまわない。僕は、友達への手向《たむ》けに何かをしたかった。

もしかしたら、山岸が助けてくれたんだろうか。

できすぎた停電といい、彼の気性のように激しい嵐といい、そんな非現実的なことを考えてしまう。

ともあれ、これで弔い合戦はおしまいだ。

この先は、二度と彼のことは思い出さない。思い出は全部、ここに置いていく。

それが僕なりのけじめだ。

「……行こう」

人が作った場所から、人が逃げられないわけがない。

その単純な事実を、僕は証明したのだ。

Quod Erat Demonstrandum.

Q.E.D.——すなわち、証明終了だった。

奈良監獄を取り巻いているのは、春日山の原始林だ。

藤原氏の氏寺である興福寺は八世紀に創建され、神仏習合の元で春日大社と緊密な関係を持つようになった。春日大社の背後にある春日山は僧徒たちの修行の場で、神聖な山であり、いつしか浄土とも見なされるようになった。

もともと日本では神のおわす山を神奈備《かむなび》と呼び、おいそれとは開拓できない。春日山も当然ながら神奈備の一つだ。ゆえに春日山の周辺は人の踏み入らぬ鬱蒼とした森林のままで、最低限の手入れしかされていなかった。

おかげで、首尾よく山中に入り込むまでに、僕たちの手足は切り傷だらけになってしまった。それでも、何とか山に入ることができてほっとした。木々の合間を縫って進めば、どこかには辿り着くだろう。

いつの間にか、羽嶋が僕を先導している。

彼はこういう道なき道を歩くのも、苦でない様子だった。

「羽嶋」

「……はい」

背中越しになぜか羽嶋が一拍置いて答えたので、僕は首を傾げた。

「あ……いや、弓削さんに名前で呼ばれるの、慣れてなくて」

「496号がいいのか？」

「まあ、その服ならそれらしいですけど」

見ようによっては、看守と囚人の二人連れに受け取られるかもしれない。

羽嶋なりの冗談のようだった。

「もし、はぐれたら好きなところを目指してくれ」

「いいけど、これじゃ、すぐ捕まりそうですね」

羽嶋は自分の獄衣の袖を引っ張る。

「そうだな。まずは君の服を手に入れないと」

歩きながら僕は戸森の制服を探ったが、ポケットには財布はおろか、一銭たりとも入っていなかった。さすが戸森だと思ったが、かまうまい。

相変わらず風は強かったが、歩けないほどではないし、いつの間にか空には星が見えている。

「あとは食べ物か……ここじゃ手に入りませんね」

「沢があるはずだ」

「まずは、どっちへ行きますか？」

「京都だ」

山伝いに北へ向かえば、懐かしい京都に出られる。

奈良駅のほうが断然近いが、始発までは数時間あると思われる。当然、警察もそこを張るだろう。のこのこと電車に乗るために出向けば、そこで捕まるのは目に見えている。

しかし、奈良駅と京都駅とでは人の多さが段違いだ。せめて羽嶋の衣服さえ何とかなれば、監視の目を掻いくぐれるはずだった。

「そろそろ、気づかれましたかね」

「たぶん」

「大騒ぎだろうなあ」

こんなときでも、羽嶋は朗らかだった。

「そうだ。手、見せて」

「手？」

案の定、僕たちの掌はお互いに擦り切れ、血が滲んでいた。

「名誉の負傷ですね」

「かもな。ほら、そろそろ行くぞ」

しゃべっているとどうしても歩調が鈍るため、僕たちはどちらからともなく黙り込んだ。

どれぐらい、歩いただろうか。

蒸し蒸しとした空気のせいで汗が噴き出し、体力の消耗は相当だった。

それでも空が白む前に、一歩でも前進しておきたかった。

「少し、休もうか」

体感ではかなり進んだ気がするが、実のところはよくわからない。

「……川の音だ。だいぶ近いみたいです」

「行ってみよう」

耳を澄ますとさらさらと流れる水音が聞こえてきたので、その音を頼りに歩く。すぐに、闇の中でも沢が見つかった。

がさっと音を立てて、尾の長い鳥が飛び立つ。

「山鳥か……」

あしびきの山鳥の尾のしだり尾の——という万葉集の歌を思い出す。どうやら、起こしてしまったようだ。

ここは本当に昔ながらの大和国なのだと、少しおかしくなった。

「捕まえれば、食えたかな」

「火を熾《おこ》せないから、無理じゃないか？」

「残念です」

羽嶋は心底残念そうに告げ、山鳥がいなくなったほうに名残惜《なごり》しげな視線を向けた。

「どこかで食糧を調達しないとな。万葉集に食べ物を拾った歌はあったっけ……」

僕は落ちていた枯れ葉を摘まみながら、そう呟く。

このあたりはナラやコナラが多いのか、僕のブーツの爪先あたりに乾いたどんぐりが落ちている。こうしたものを食べられないのが惜しかった。

「まあ、いざとなったら数日は水だけで何とかなりますし」

そう言う羽嶋は身を屈め、両手ですくってさも旨そうに水を飲んだ。

こういうところが僕を慰撫する演技なのか、それとも本心なのか、わからない。だが、彼のそうした振る舞いに僕が元気づけられるのは事実だった。

「でも、すごいですね！」

羽嶋は振り返り、きらきらした目で僕を見つめた。

「何が？」

「何でこんなに簡単に脱獄できたんですか？」

「え」

僕は言葉に詰まる。

言わせてもらえば、決して容易くはなかった。塀をよじ登るのは僕にはつらかったし、羽嶋だってあちこちを擦りむいている。

「全然、簡単じゃなかっただろう」

「だけど、壁を掘って地道に苦労するみたいなのは、なかったたし」

それ以前に、下準備にかなり心を砕いてきたつもりだ。けれども、その努力が間近にいる羽嶋にさえも見えなかったのなら、それは僕の作戦がそれだけ完璧に近かったのだろう。ここまで来られたのだから、それは自画自賛していいはずだ。無策に逃げ出したあの囚人とは、違うのだ。

「それは僕が、頭を使って準備したからだ。もしかして、気になってたのか？」

羽嶋がそれを疑問に感じているとは、想定外だった。

「そりゃそうです。いくら考えるのは任せるっていっても、限度がありますよ」

おかしげに羽嶋が笑うと、しんとした山の中で彼の笑い声だけが響いた。

「今まで、脱獄できたやつなんていないだろうし」

「どうだろう。脱走者がゼロとは思えないけど。脱獄できたとなれば、監獄の威信に傷がつく

し、試すやつも出るかもしれない。だから隠しているのかな」

「それもあるかもしれないけど、ここまで来られたのは、俺たちくらいだと思いますよ」

誇らしげに胸を張る羽嶋は、じつに子供っぽかった。

「幸運が重なっただけだ」

もちろん、それは建前であり、僕だって自慢したい気持ちはあった。

けれども、あまり浮かれると足をすくわれるのではないか。

「あ、何で足場を使わなかったんですか？　煉瓦を覚えるのはいいけど、場所を数えるのは結構大変だったのに」

「すまない。でも、あれは囮《おとり》なんだ」

囮という言葉に、羽嶋は釈然としない顔つきになる。

探偵小説であれば、このあたりで種明かしをするのが常道か。

それに、僕も少しばかり成果を披露して褒められたかったので、方針をあっさり転換した。

「足場ができれば、脱走を企てるやつが出るかもしれない。だったら、看守たちは足場の近くを特に警戒しなくちゃいけなくなる」

「……だから？」

羽嶋はまだ、合点がいかないらしい。

「そもそも、脱走するのに、あえて表門に向かうやつはいないだろう？　僕だったら、足場のある方面を集中的に警備して、表門のほうは少し手を抜くよ。人を増やしてもらえるなら別だけど」

「けど、さすがに人手を増やすかもしれないでしょう」

「その分、典獄は彼らの夜勤手当を余分に払わなくちゃいけなくなる。教員に囚人を使うようなやつが、脱獄対策に金をかけるはずはないだろう？　あの典獄は、信じられないくらいにけちなんだ」

「なるほど……だから、仕切塀のところに足場がなかったのか」

羽嶋が感心したように唸る。

長谷川の性格は、もうわかっている。

とにかく帝大出の僕が嫌いで、上手く使って自尊心を満たしたいと思っていること。できる限り安価に効率的に監獄を経営し、監獄改革の第一人者として司法省で出世したがっていること。

敬虔な友人の話をされたことで、もしかしたら、長谷川は小笠原と知り合いで、だから僕に殊更きつく当たるのではないかと思いついたこと。

友人のための復讐という大義名分を得て、長谷川は更に増長し、僕に対して横柄になったに違いない。

いずれにせよ、長谷川のそんな性格が把握できたのは幸いだった。あとは彼の自尊心をくすぐることで、上手い具合に操縦できるだろうと考えたのだ。

無論、長谷川自身はそんなことにつゆほども気づかないはずだ。

だからこそ、あえて塀の破損についての情報も開示した。それこそ、脱獄できそうな場所を中心にだ。長谷川は塀を確認するだろうが、僕が指摘した場所をなるべく早く直すに違いないと睨んでいた。

足場があっても、長谷川の性格では夜勤の増員には踏み切らないだろう。かといって、塀の補修は優先度が高く無視し得ない問題だから、もともと夜勤に入るはずの人間の持ち場を増やすはずだ。

表門は見晴らしがいいうえ、塀の両端にも看守がいて監視自体はかなり手厚い。それだけに、ここから人員を割くはずだ。だからこそ、狙いは表門に近い見張り所になった。

おまけに奈良監獄は途轍《とてつ》もなく広い。前に聞いたところでは、三万坪近くもあるのだとか。これはちょっとした大名の屋敷並みで、持ち場から足場まで何度も往復しろと命じられれば、看守だって疲労困憊するだろう。

疲れから眠気も増すだろうし、給料も増えないのなら仕事に対して手を抜きたくなるのも納得できた。

看守たちの疲労と気の緩みが頂点に達しているであろう瞬間こそが、狙い目だ。

もっとも、看守たちの見張り所には棒が引っかかるような窪みができていたから、ああやって怠けるのは彼らの習慣かもしれなかった。

「じゃあ、鍵が壊れてたのは偶然ですか？」

「それは知ってたんだ。前、看守に頼まれて経費の計算を手伝ったから」

「そんなことまで？」

羽嶋は驚いた様子だった。

「さっき言っただろう、典獄はけちだって。どこの部署も人手が足りないんだよ。計算なんて僕じゃなくてもいいけど、典獄が信頼してるならってことで、僕にお声がかかった。で、予算案に鍵の費用も申請されてたんだ」

長谷川は少しでも費用を減らすために、予算の申請に対し、事細かな但し書きを要求した。そこに、壊れた鍵について書かれていたのだ。だが、典獄は監視所に人がいればいいのだからと、あっさり却下した。

そうした項目をこっそり見ながら、僕は監獄の運営と構造について学んだ。予算が下りるところは、管理上外せない部分。難色を示されたり却下されたりしたところは、軽視している部分。

時間をかけてそうした情報を手に入れ、僕は監獄の全体図とその組織図を次第に把握していった。

典獄が安上がりに監獄を経営しようとすればするほど、真面目な人間のやる気は削がれてしまう。それに失望して看守を辞めるのは、たいてい真面目な人物だ。残った看守の質が次第に悪化しても、驚くに値しない。

悪貨は良貨を駆逐するというやつだ。

万全ではない状態の戸森が復帰できた点を考えれば、看守の人手不足を穴埋めできないのだと想像がつく。

「俺、何にもしてないんですね」

羽嶋ががっかりしたようにぼやいたので、僕は力強く首を横に振った。

「そんなことはない。足場がなければ、今回の計画は実行できなかった。君の能力があったおかげで、僕たちはここまで来られたんだ。それに、典獄との関係を築けたのも君のおかげだ」

「俺の？」

「典獄からの信頼がどれくらい重要か、僕はよくわかっていなかった」

僕は拗ねて、諦めて、誰とも関わりたくないと思っていた。それを変えたのが、相内であり、羽嶋であった。

「監獄じゃ、信頼は買えない。それを君が教えてくれたから、今度の計画を思いついたんだ」

脱獄計画としては、このうえなく地味だ。

胸が空《す》くような爽快感もなければ、血湧き肉躍るような面白みもない。

きっと相内は下の下だとため息をつくだろうが、下策であれども策は策だ。

自分の立場と能力を使い、典獄を操縦して計略を成功に導く。

これこそが、僕にしかできない脱獄計画だ。

「ほかに質問は？」

「やっぱり、弓削さんってすごいなあ」

てらいのない羽嶋からの賞賛が、僕には何よりも嬉しかった。

「ただ、京都に出ても金がないのは困りますよね。盗むのは気が進まないですけど……」

「大丈夫、少しならあるよ」

僕はそう言って、ポケットに押し込んであった例の経本を差し出した。

「お経？　高く売れるとか？」

「そうじゃない」

般若心経を開き、僕はページの上部を破いた。

「えっ」

いきなりの行動に驚いた羽嶋が声を上擦らせるが、僕は手を止めなかった。

和紙は二枚一組で貼りつけられていて、その隙間から紙幣が覗いている。

「これ、お金？」

「相内さんの差し入れだ」

相内は蛇腹に畳んだ面ごとに、一円紙幣を一枚ずつ挟んで糊づけしてくれていたのだ。丁寧な仕事ぶりは、彼が腕のいい表具師だったことを示している。

長谷川たちにこの秘密が知られれば言い訳できないと思っていたが、幸い、看守たちはそこまで有能ではなかった。

「あの人、そんなにお金貯まってたんですか？」

「いや」

僕は首を横に振った。

「経理の仕事を手伝ったときに、頼んだんだ。僕から出獄祝いに、貯まってた給金をこっそり相内さんに渡してほしいって。本当はいけないんだけどね。僕は使う当てがなかったから」

若い看守は有能とは到底言えなかったが、親切心はあった。

それを利用したのは少し申し訳なかったものの、彼は自分の犯した失敗にすら気づいていないだろう。だから、長谷川にばれてしまうこともないはずだ。

「あげたつもりだったんだけど、これは相内さんからの謝礼の先払いかもしれない」

「何か、約束でもしたんですか？」

「夢を見たいって言っていたんだ。誰かが脱獄を成功させるところを、見たいって」

夢、という言葉に羽嶋は目を見開いた。

「そっか……俺たち、一緒に、相内さんの夢を叶えたんですね」

「うん」

僕はそこで言葉を切り、身を屈めてもう一度、水をすくって飲んだ。

「どうもしゃべりすぎたな、喉が痛い」

「確かに、こんなにたくさんしゃべるところ、初めて聞きました」

僕は照れくさくなってしまう。

「せっかく自由になれたんだ。僕だって好きなだけ話したいよ」

「今までは我慢してたんですか？　俺、たぶん、外でも中でも変わらなかったですよ」

「君は口数が多すぎる」

ともあれ、この般若心経を持ってきたのは、相内に累が及ばないようにするためだ。申し訳ないが、どこかで隠滅させてもらうつもりだった。

僕は般若心経に忍ばせてあった一円札を全部抜き取り、そのうちの半分を羽嶋に差し出した。

「これ、渡しておく」

「でも」

「お互い、金は必要だ」

「これから、どこへ行くんですか？」

申し訳なさそうに金を受け取った羽嶋が聞いたので、僕は首を傾げる。

「決めてない。実家には戻れないし。とりあえず、南か北か……」

いずれにしても、畿内から出ないと話にならない。

「北海道は？」

唐突な発言には、完全に意表を衝かれて僕は目を丸くする。

「北海道？」

「行ったことありますか？」

「まさか！　君は？」

何か思い出でもあるのだろうかと尋ねてみると、羽嶋は人懐っこく笑った。

「ないけど、映画で見たじゃないですか。すごく広くて、人もそんなに住んでいない。見つからないかもしれないし」

「いい案だ。じゃあ、僕は佐渡《さど》にでも行こうかな。でも、島だと逃げるとき大変か……」

「えっ⁉」

「え？」

「一緒じゃないんですか？」

「えええ⁉」

羽嶋に大真面目な顔で問われて、僕は言葉を失った。

「俺は、弓削さんと一緒がいいです。だから来たんです」

大それたことを、羽嶋はあたりまえのことのように言ってのける。

「だけど、二人だと、見つかる危険が……」

「一緒に行きたいって、言ったじゃないですか」

さらっとした言葉なのに、僕には、まるで希望の光のように明るかった。

「一人より、二人だったら何かできそうだし、俺はまだまだ夢を見たいです」

「…………」

僕にとっては、羽嶋を逃がすことこそが最大の目標だった。

長谷川や戸森に対して復讐心は抱いていたが、脱獄した段階で目標は達成できてしまった。

それを成し遂げたあとにどうするのか、ほとんど考えていなかった。

「脱獄をやり遂げても、その先はあるんです」

僕の人生は、監獄の外で続いていく。

そして、羽嶋の人生も。

「それに俺、弓削さんがいてくれなかったら、自分の才能……とやらの使い方がわからないまま終わりそうです」

「やけに一生懸命だな」

からかうように告げると、羽嶋は肩を竦めた。

「だって、一人は淋しいじゃないですか」

「………」

僕は目を瞠った。

淋しい、か。

そうかもしれない。

集団で暮らしていようと何だろうと、監獄の中にあるのはいいようのない孤独だった。

その淋しさを、いつの間にか羽嶋が埋めてくれていた。

だとしたら、今度は僕が彼の願いを叶える番だ。

「それに、弓削さんがどんなふうに世界を見ているのか、教えてもらえてないし」

気が合わないと思っていたけれど、いつしか、彼は僕の世界を構成する一員になりつつある。

秘密を分かち合える友人がいるのも、緊張感があって悪くない。

「だめですか？」

「――そうだな。なかなか悪くない……いや、いいかもしれない」

「じゃ、決まりだ！」

にこりと笑った羽嶋の顔に、僕は胸がいっぱいになった。

よかった。

僕はもう、羽嶋の淋しい笑顔を見たくなかった。

だから、この表情が、何よりのご褒美のように思えてしまう。

「で、北海道ってどうやって行くんですか？」

確かに、この男を放り出すのはまずすぎる。一人で脱獄させるなんて無茶を、実行しなくてよかった。

授業でちょくちょく教えたとはいえ、羽嶋が読める漢字はそう多くはない。

それでは北海道どころか、京都あたりで捕まってしまいそうだ。

「北海道なら、青森まで行ってから船だな」

京都から東京まで、急行列車であっても半日、普通ならもっとかかるはずだ。

上野《うえの》から青森は、ほぼ一日がかりだろう。

まずは京都駅で電車に乗れるかにかかっている。

「ともかく、この先に農家くらいあるだろう。そこで服を手に入れよう」

「そう上手くいきますかね」

「わからない。でも、それはさすがに目立つな」

僕はそう言って、自分の上衣を手渡した。シャツまで着込んでいたので、上衣がなくてもかまわない。看守の制服に柿色の股引《ももひき》はあまりにも不似合いだったが、誰も見ていないのだからかまわないはずだ。

羽嶋は揺れる水面に自分の姿を映して、「ま、いいか」と苦笑する。

「行こう」

「はい」

十分に休めたせいか、羽嶋は元気よく頷いた。

「北海道に行ったら何するんだ?」

「魚が美味しいらしいですよ。刺身食べたいなあ」

あんまり食べつけないけど、と羽嶋はつけ加える。

「いい考えだ。生の魚なんて久しくお目にかかってない」

「そうそう、旨いものをいっぱい食って、それから、組み紐でもやろうかな」

声を弾ませた羽嶋の発言に、僕は思わず笑ってしまう。

「北海道はめっぽう広いって聞くのに、そんなことをちまちまするのか？」

「じゃあ、探検しましょう」

「探検？」

「俺らならできますよ。何しろ、脱獄しちゃったくらいです。それに比べたら探検なんてお茶の子さいさいです」

「楽天家だな」

「だって……ほら」

羽嶋が指さした先には、立派な角を備えた牡鹿が立っていた。

春日大社の神鹿《しんろく》が、ここにまで遠征しているとは思ってもみなかった。

「神様も見守ってくれてるじゃないですか」

「それが楽天的だって言うんだ」

神仏から罰を与えられるとつゆほども考えないところが、さも、彼らしかった。

でも、そうだな。

僕も罰が下るとはこれっぽっちも考えていない。

それはもしかしたら、やけに朗らかな羽嶋の影響かもしれなかった。

証明は終わったけれど、僕たちの人生は続く。

きっともう、僕は悪夢にうなされたりしないだろう。

だからこそ、無事に最果てに辿り着いたら、彼女のために、彼女の信じたものに祈ろう。

僕は無実だけれど、無辜《むこ》ではない。無謬《むびゅう》でもない。

無知だっただけだ。

あのとき手紙を読まずに少女に突き返した、臆病な自分を、生涯、後悔し続ける。

この先、僕は彼女のことを忘れずに生きていくだろう――ずっと。

終

「ようやく、新聞に載らなくなりましたねえ」

じゃがいもの種芋を埋めていた羽嶋が声をかけると、鍬《くわ》を振るっていた弓削が手を止めた。

「まあ、そうだな」

北海道にやって来て、一年半。

開拓団に紛れ込んだ二人は、誰からも疑われずに新しい生活に乗り出せた。

割り当てられた広い農地は開拓のしがいがあり、面白かった。

羽嶋は農作業は初めてだったので、農具の使い方もよくわからなかったが、仲間たちが懇切丁寧に教えてくれた。

「お互い、筋肉つきましたよね」

「うん」

湯嶋《ゆしま》と馬場《ばば》と互いに偽名を名乗っていたが、それにもすっかり慣れた。

この村には電気が通っていないので、夜、寝る前にささやかなランプの光の下で、数日遅れの新聞を読む。

新聞は同じ開拓団の団長が、読み終わったものを渡してくれる。

北海道では記事自体が遅れているが、かまわなかった。それまで新聞を読む習慣はなかったし、そもそも羽嶋はひらがなとわずかな漢字しか読めない。難しい文字は、弓削が一つずつ教えてくれた。

活版印刷で目にしていた文字の意味が、ここに来てようやくわかりかけてきた。

奈良監獄から脱走した二人の男の捜索は、まだ続いているのだろうか。それとも、刑事たちは諦めたのだろうか。

新聞で目にする限りは、扱いは日に日に小さくなっていった。典獄の長谷川は更迭《こうてつ》され、新しい典獄が就任したらしい。

もっと華やかな記事になるのではないかと羽嶋は密かに楽しみにしていたが、あまりにも地味な脱獄だったうえに、警察にとっても監獄を管轄する司法省にとっても汚点でしかない。おかげで、大がかりな捕獲作戦も行われなかったようだ。

たまたま手に入った大衆雑誌には、独自特集として記事が掲載されていた。

そこには、羽嶋と弓削の似ても似つかない似顔絵が印刷され、これでは永遠に見つからないだろうなと申し訳なくもなった。

雑誌によると、弓削の指摘どおり、長谷川が監獄の経営を緊縮しすぎたのが問題視されているのだとか。

職員たちの忠誠心が低く、皆、なかなか事件の夜の真実を言い出さなかったらしい。特に酷かったのが見張り所にいた看守で、彼は自分が居眠りしていて殴られたと言うのを躊躇い、誰も来なかったと証言したという。

口裏を合わせたわけではないのに、看守たちの証言はばらばらだった。

そのせいで、典獄たちは羽嶋と弓削が足場を使い、奈良駅のほうに逃げたのではないかと推測した。

罰を恐れて黙っていた看守がまともな証言をしたのは三日もあとで、おかげで初動捜査が遅れたこともあり、こうして羽嶋たちが無事に逃亡できたのだ。

「やっぱり金払いはよくないとだめですよねえ」

「何だ？　誰か雇いたいのか？」

「いや、けちは身を滅ぼすなっていう」

「それ以前に、僕たちはけちるまでもなく貧乏じゃないか」

「確かに」

羽嶋は頷く。

「そこ」

「え？」

「一寸、ずれてる」

種芋の穴がずれたのに気づいて弓削が指さしたので、羽嶋は思わず噴き出してしまう。

「何だ？」

「らしいなって」

ここでの生活は厳しすぎて、多少のことには目を瞑らなければやっていけない。少しは大雑把になるかと考えていたが、弓削はまったく変わらない。

彼は相変わらず、数字でこの世界を切り取っている。

何度尋ねても、その視点は羽嶋には得られないものだったが、それでもいいのかもしれない。

「仕方ないだろう。性分なんだ」

「そこがいいんですよ」

羽嶋がにこりと笑うと、眼鏡を押し上げた弓削は赤面し、そして口を開いた。

「——最近は、こういう自分も悪くないって思ってるよ」

弓削が答えるのを聞いて、「ですよね」と羽嶋は頷く。

「なんだ、それ。可愛げがないな」

「俺はそういう弓削さんといるのがすごく楽しいんで、足して二で割るとちょうどいいかなって」

「数学的には問題がある発言だな」

「俺、計算は苦手だから」

羽嶋がさらっと返答したので、弓削は小さく笑んだ。

色白だったのが信じられないくらいに弓削は日焼けしたが、こういう生活は意外と彼に似合っている。

「じゃがいもが上手くいったら、次は何を作ろうか」

「うーん、煉瓦とか！」

煉瓦と聞いて、弓削は顔をしかめる。

「冗談にしたってやめてくれ。それは作物じゃないだろう」

「作物じゃなくたって、いいじゃないですか。俺たちの家を建てるってのは」

「なるほど……」

弓削は目を細めると、上空に向かって大きく両手を伸ばす。

「確かに、それも名案だ」

以前に比べて、弓削は発想が柔軟になってきたらしい。

自分もまた、変わったのだと実感する。

羽嶋だって、今はもう、自分が空っぽだとは思わない。

一人ではないから、かつてのように淋しくもない。

この人こそが、自分の欠落を埋めてくれた。誰かと肩を寄せ合って生きられるのだと教えてくれた。

だから、もう、絶対に手放さない。

「でしょう。すごくいいと思います」

「そうだな」

どこか嬉しげに微笑んだ弓削は、突然、「あ」と伸びを止めた。

「何？」

つられたように、羽嶋は弓削の視線の方角に目を向ける。

白樺の枝には、小鳥が止まっていた。

手つかずの自然が多い北海道では、小鳥など珍しくないので、弓削が注視する理由がわからなかった。

「つぐみ」

「つぐみ？」

「うん、こんな時期にもまだいたんだな」

弓削はなぜかひどく感慨深げに呟き、つぐみを凝視する。

そこに、ふわりと一陣の風が吹く。

一声鳴いて飛び立ったつぐみは天高く舞い上がり、やがて、空の彼方に消えていった。

主な参考文献

矯正協会『日本近世行刑史稿　上・下』
重松一義『図鑑　日本の監獄史』（雄山閣）
奈良少年刑務所「FOREVER」製作委員会・編『FOREVER　２０１7年3月31日』
高田鑛造『一粒の種』（大阪労働運動史研究会）
松本広治『反骨の昭和史』（勁草書房）
奈良監獄『奈良監獄報』大正六年七月中〜大正十一年一月
寮美千子・文　磯良一・絵『奈良監獄物語　若かった明治日本が夢みたもの』（小学館）

協力

公益財団法人矯正協会　矯正図書館

この作品はフィクションです。
実在の場所、団体、個人等とは一切関係ありません。
本書は書き下ろしです。

カバーイラスト　尾崎伊万里
ブックデザイン　bookwall

著者紹介

和泉 桂
1996年「犬とロマンチスト」でデビュー。清澗寺家シリーズなど、著書多数。

奈良監獄から脱獄せよ

2023年8月25日　第1刷発行

著　者　和泉 桂
発行人　見城 徹
編集人　菊地朱雅子
編集者　黒川美聡
発行所　株式会社 幻冬舎
〒151-0051 東京都渋谷区千駄ヶ谷4-9-7
電話：03(5411)6211(編集)
03(5411)6222(営業)
公式HP：https://www.gentosha.co.jp/

印刷・製本所　株式会社 光邦

検印廃止

ISBN978-4-344-04035-9 C0093

この本に関するご意見・ご感想は、下記アンケートフォームからお寄せください。
https://www.gentosha.co.jp/e/